潘多拉
系列
02

相遇千万次的陌生人

Meet tens of millions of strangers

关羽熙
Guanyuxi Works 著

贵州出版集团
贵州人民出版社

图书在版编目（CIP）数据

相遇千万次的陌生人 / 关羽熙著. -- 贵阳 : 贵州人民出版社, 2017.12（2020.3重印）

ISBN 978-7-221-14484-3

Ⅰ.①相… Ⅱ.①关… Ⅲ.①长篇小说－中国－当代 Ⅳ.①I247.5

中国版本图书馆CIP数据核字(2017)第290711号

相遇千万次的陌生人

关羽熙 著

出 版 人：苏　桦
出版统筹：陈继光
选题策划：大鱼文化
责任编辑：胡　洋
特约编辑：李文诗
装帧设计：Insect
封面绘制：panda
出版发行：贵州人民出版社（贵阳市观山湖区会展东路SOHO办公区A座 邮编：550081）
印　　刷：三河市华东印刷有限公司
开　　本：880×1230毫米 1/32
字　　数：230千字
印　　张：8.5
版　　次：2018年1月第1版
印　　次：2018年1月第1次印刷
　　　　　2020年3月第2次印刷
书　　号：ISBN 978-7-221-14484-3
定　　价：45.00元

/目录/

X I A N G Y U / Q I A N W A N / C I D E / M O S H E N G R E N

/目录/

X I A N G Y U / Q I A N W A N / C I D E / M O S H E N G R E N

X I A N G Y U / Q I A N W A N / C I
D E / M O S H E N G R E N

第一章
棕榈市的初遇

凌晨三点，棕榈市机场大道北岔口。

应急道上停着一辆哑光黑法拉利488，车轮遒劲有力地扭着，停得相当豪放。车上无人，只在车尾处放了警示牌。

这条路再往北200米，一辆撞上隔离带的厢式小货车翻倒在路旁，车身因翻滚已经严重变形，歪了的引擎盖子里头，正冒着丝丝水汽。

警车和救护车呼啸而来，很快把事故现场围了个严严实实，红蓝警示灯交错闪烁，闪得人头脑发昏。

这条路是棕榈市前年新修的，因为过路费定价偏高，市民们来往机场基本还是走原来的便道。本来就冷冷清清的一条路，到了深夜里，几分钟也不见得过一辆车。

前来办案的小交警二十出头，平时都是在队里处理些琐碎杂事的，没什么现场经验。

"怎么偏偏赶上我值班的时候出这种事……"

小交警心中打鼓，绕到小货车翻倒的内侧，正打算看看情况，却发现有位不速之客早已先他一步。

这位不速之客，是个女的。月光下，她正蹲着翻拨伤者的衣服。

小交警听前辈们说过不少车祸死伤者的财物被顺手牵羊的事，今儿叫他给碰上，一股子险恶之感即刻涌出胸腔。

也真不知道这种人是怎么想的，这种晦气财也敢发，不怕半夜撞鬼吗？

想罢，他大步上前，出声喝止："哎，干什么的？这里是车祸现场，你不能随便进来！"

女人什么也没听到似的，用手机闪光灯照亮伤者的胸口，继续摸索着伤者的衬衫，一副不找到点值钱的东西就不罢休的样子。

"这人还真是……"小交警快步走上前拉住她，没好气地呵斥，"叫你起来你没听见吗？"

手机闪光灯下，小交警隐约看到这个女人的手上戴着乳白色的乳胶手套，就像是医生做手术用的那种。

女人冷漠地瞥了他一眼，总算起身。

这时小交警才在夜色中看清这个女人的样子，不由得愣住了。

她身材颀长，大约一米七出头，一双桃花眼眼角微吊，鼻梁硬挺，两片薄薄的唇冷冰冰地抿成一条平行线。

此刻她正斜着脸，露出流畅的下颌线，松松淡淡地看着那具毫无生气的尸体，像在看一个冰冷的物件，禁欲又性感。

血沾在她身上那件看起来价值不菲的珍珠丝绸白衬衫上，领口微微敞着，隐隐地露出一条优美的沟壑。

小交警咽了下口水。

如果十分是满分的话……他在心里默默地给眼前的女人打出了分数——十二分。

"看够了没？看够了过来看看他。"女人意识到小交警灼热的目光，嫌恶地摇摇头。后者这才意识到自己的眼神实在露骨，一阵脸红，连忙收敛目光，上前。

死者的右腿差不多断了，只剩下皮肉连着大腿根，断口处肌肉骨骼清晰可见。加之整张脸被擦得血肉模糊，几乎辨不出人形，甚是骇人。

小交警哪里见过这种惨烈景象，吓得大声疾呼：“急救员呢？这里有人受伤！”

“别白费力气了，人已经死透了，没得救了。”女人抱着双臂，给出了冷淡的结论。

几个急救员拎着担架跑来，他们探了探伤者的颈动脉，又查了查瞳孔反应，无奈地冲小交警摇了摇头。

的确，人早就不行了，这会儿身子都凉了。

女人向车头方向扬了扬下巴：“主驾驶还有一个。”

急救员一听，赶忙跑去驾驶室查看，司机头部受创、满脸是血，同样没气了，不过身子倒还是温的，像是才咽气几分钟的样子。

女人刚想上前和急救员解释些什么，小交警却将其拉出警戒线：“你这样走来走去会破坏现场的，不要影响我们办案。”

“办案？”女人慵懒地转了转脖子，“我怎么没看到警察？”

小交警以为女人揶揄他年纪小没气势，将身板挺得直直的，拍了拍胸前的编号：“我就是警察。”

“我说公安，没说交通警察。”

“这是车祸，公安来做什么？”

“这可是杀人案，什么时候你们交通警察也办杀人案了？”女人越过小交警，走向救护车，将染血的手套扔进了生物危害袋。

小交警前一秒还在思考什么样的人会随身携带医用手套，后一秒就被女人的一番话惊到了：“你什么意思？哪儿来的杀人案？”

“驾驶室死的那个，或许是车祸，但被甩到车外面这个，车祸前就死了。”见小交警越发疑惑，女人似乎有些不耐烦，“活人股动脉破裂是不可能只流这么点血的，我检查过了，皮下出血点也不符合死前伤的特征。他左右肺叶上一边一处的很小的刀创，那才是致命伤。”

“你的意思是，断腿的那个人是被杀的？”小交警还是不能消化眼前的情形，追问着。

“是的，你的车祸案，就在刚刚升级成命案了。”

女人从口袋里掏出车钥匙，远处应急道上的法拉利488立刻闪了两下锁灯。她转向小交警，脸上的表情明暗不清："哦，对了，我就是报案人，我叫孔映。"

棕榈市交警大队里，孔映在打哈欠。

一天前，她刚被自己在美国的主治医生Sarah准许出院，就匆匆订了这个红眼航班回了国。

下了飞机后，她本想早点赶回家，却不曾想到从机场回市区的路上碰到这档子事。作为一个刚饱受了十二个小时飞行折磨的飞行恐惧症患者，她的心情自然不会太好。

两具尸体已移交了公安法医处，按理说这里没孔映什么事了，可小交警始终怀疑她在死者胸前摸的那几下是顺了什么财物，非要她出示身份证明。

协助办案的她，却被污蔑成顺手牵羊的小偷，孔映在打电话叫律师和答应其无理要求之间权衡了几秒。

说实话，她现在只想早早了结此事，回家泡个热水澡，好好睡上一觉。

于是她不情不愿地从包里掏出一本深蓝色护照，扔在桌上。

护照是美国的，英文不大好的小交警只认出她的英文名字，叫Cheyenne Ying Kong。他往后翻，签证页上盖着形形色色的海关出入章，一本几乎快要用完了。

"这不会是假的吧？"小交警没见过美国护照，翻过来覆过去地看，一脸狐疑。

孔映的怒火一点点在胸腔积累："你上网搜一下我的名字就能查到，我的中文名叫孔映，网上有我的照片。"

"叫什么？"

"孔明的孔，映衬的映。"

小交警在搜索栏里输入"孔映"二字，很快，首页就跳出了不少链接，他点进去一看，页面上的照片果然和眼前人一模一样。

只不过照片里的人笑得灿烂，面前的人却是……怎么看怎么脾气暴躁。

小交警读了两行介绍，突然道：“原来你是医生啊。”

这网页上明明白白写着，眼前这个人不仅是个医生，还是个医术高超的著名骨外科医生，斯坦福大学医学博士毕业，发表过的论文更是不计其数。

小交警脸上立刻堆起歉意的笑：“不好意思啊孔医生，给你添麻烦了。”

“我可以走了吧？”孔映把护照丢进手提包，语气不善。

“可以，可以。”

孔映刚起身，交警大队的门就被打了开来，从外面走进一个个子极高的男人，周身带着风。

孔映只是跟他擦肩而过，却不由得停住。

只见那男人的脚步停在了孔映背后两步的地方，向小交警开了口：“我刚刚接到电话，说林泰出车祸了，我是他的上司，也是他的朋友。”

他的嗓音极好听，像低音提琴。

男人五官端正，踩着乐福鞋，裤脚微微吊起，里面穿着简单的白T，外面是无扣开襟的星空蓝羊绒衫，挽起的袖口下露出结实的小臂，肌肉的线条走向相当完美。

极品。

孔映心中一动，嘴角弯月似的勾起，逸出一丝媚气。

“是姜廷东先生是吧？你来得正好。”小交警的手伸向孔映的方向，“这位是孔映孔医生，她是第一个发现事故的人，也是她报的案。”

姜廷东回过头，对上了孔映的眼。

孔映，挺特别的名字。姜廷东在心里想。

他看孔映的眼神，就像在看掌心的朱砂痣。

她胸口沾了血，整个人白得发光，一双凤眼掩着慵懒，没有焦点。

有关这个女人的零星片段从褊狭的脑缝里争先恐后跳跃出来，她那张有些苍白的脸像碟片一般与记忆碎片中的容颜精准重叠，分毫不差。

姜廷东不知道自己此刻看起来是否坦然自若，但在记忆的惊涛骇浪之下，他可以忍耐的程度也不过如此。

她还是那个模样，除了人更瘦了些，表情变得出人意料的强势与冷淡外，她与从前并未有太大的变化。

他在看她的脸，而她在看他紧身白T下的腹肌，各有所思，各有所图。

小交警在这微妙的对视下，彻底搞不清楚状况了。难道这两人在这毫无浪漫可言的交警大队一见钟情了？这也行？

“你们认识？见过？”小交警微弱的声音在角落里响起。

“没见过。”孔映欣赏够了，悠悠然移开了目光。

她抬步向外走去，姜廷东望着她的背影。

怎么会没见过，孔映，我已见你千万次。

孔映走出交警大队时，正碰上一辆哑光黑法拉利488被架上拖车，她驻足观赏了一会儿，心里还想：这车和我的车同款同色，连改装的尾灯都一样，车主真是有品位。

然后她的目光扫过车牌号，有一秒钟的愣神。

是怎样有品位的车主，才能和她上同一个号牌的呢？

“你是这辆车的车主？”迎面走过来一个交警，跟她敬了个礼。

孔映立即瞪圆了眼睛：“这是干吗？为什么要把我车子拖走？”

“车辆过了年检期限，被依法扣留了。”

“什么？”

交警指着车玻璃窗上的年检贴纸：“这都过期多久了，你也不看看。”

“不是……”

“这个是给你的，补好手续再来提车吧。”

交警塞给孔映一张收据，不再给她说话的机会，转身便招呼拖车开走了。

孔映捏着收据站在台阶上，试图消化眼前的情况。

她花了大价钱，在机场VIP停车楼里泊车整整一年，有保安24小时巡逻，又有专人定期护理保养，为了爱车孔映考虑得可谓面面俱到，可她偏偏就忘了年检这码事。

忘了也就算了，她还堂而皇之地把年检过期的车开进交警大队，这跟老鼠进了猫窝有什么区别。

早知道她看到车祸就应该远远避开、报警了事。

对，她本应该那么做的。

可是为什么没有呢？

孔映觉得脑中一片混沌，她察觉出自己有些不对劲，便看向自己拿着收据的手，发现它在抖。

该死。

孔映握紧拳头，试图控制自己，结果冷汗都激出来了，她却抖得更厉害了。

她以为经过一年的治疗，再看到车祸现场，自己不会再触景生情，起码不会再发疯。

原来前几个小时的冷静，只是单纯的症状延迟，而她，从来没有被治愈。

孔映慢慢在台阶坐下，从包中摸索出药瓶，用力咽下一片药。

长途飞行打乱了她的生物钟，可只不过是一天没吃药而已，她就变得如此不堪一击。

那些堆积成山的药瓶，永无休止的治疗，幽暗窒息的病房，这一刻都在她脑中故态复萌。

不知坐了多久，身后传来那个低音提琴般的嗓音。

“不回去吗？”

孔映回头，那个叫姜廷东的男人似乎刚出交警大队的门，打算要离开的样子。

她收起药瓶，冷静地站起："回不去啊，车被拖了。"

即便是第二次打照面了，但孔映还是觉得这个男人的外形，无可挑剔。

身材明显是被严格地管理着，已经到了多一分少一分都不敌如今的完美。一双笔直的长腿流畅而下，夜色中，简直无与伦比。

最重要的是，他有着一双鲸鱼形状的眼睛，眼头很圆，眼尾细长带着弧度，毫无温度的珠圆瞳仁，底下沉着黑灰色的汪洋大海，说是双摄魂眼也不过如此。

笑起来的话，应该会更好看的。

只可惜，他不笑。

姜廷东注意到孔映直勾勾的眼神，心中生出了些不悦。

直白的女人他没少见，但像孔映这样露骨的，还是头一个。

于是他不再多说，直接转身离开。

孔映原本指望着姜廷东能绅士一下，提出送自己一程，结果没想到这家伙的心比脸更冷，居然什么都没说转身就走了。

姜廷东走出去几步，看了看表，这个时间，怕是不太可能有出租车路过。

所以，这个女人到底打算怎么回去？

不过，也不关他的事。

正当他打算继续往前走的时候，后背突然被拍了一下，力道还不小。

"先生，你这样可不太好吧？"

姜廷东转身，看到白眼快翻出天际的孔映，保持着雕塑般的表情："有什么事吗？"

"好歹我也是第一个下车去救你朋友的，我的车子被拖了，又没有办法回去，你难道连问都不问一句吗？也太不绅士了吧？"

姜廷东没想到她除了眼神之外，言语也如此直接，顿了一下，没说话。

居然不接话？孔映简直不敢相信这世界上会有这种人，一副好皮囊，居然配了颗榆木脑袋。

姜廷东彻底无视了暴怒的孔映，走下台阶，一个人向停车场走去。

孔映一瞬间觉得胸腔都快要被他气炸了，却又毫无办法，只得在原地踢石子泄愤。

末了，她又有些后悔，毕竟他的朋友刚去世，自己刚才表现得好像有点太咄咄逼人了。

孔映叹了口气，重新将包背好，准备去路上碰碰运气看看有没有出租车经过。

她刚走下台阶，一辆深灰色宾利欧陆停在了她面前。

姜廷东从驾驶位下来，右肘抵在车顶，惜字如金："去哪儿？"

孔映没想到他会回来。

"去哪儿？"姜廷东面无表情地重复了一遍。

"去山茶岗纪念墓园。"

姜廷东扬了扬下巴："上车吧。"

清晨六点，欧陆在高速上飞驰。

孔映很喜欢姜廷东车里的味道，那是一种清新的柑橘香，又混合着神秘的木质香，对平复紧绷的神经很有效。

欧陆在路上平稳地前进着，沿途的路灯一盏盏晃过孔映的脸，有一丝迷离不清的意味。

车里放着一首泰国民谣，是一个叫Calories Blah Blah的组合唱的。孔映记得，自己第一次听到这个组合的音乐，还是萨婆婆放给她听的。

萨婆婆是泰国人，是孔映外公的续弦，虽和孔映没有任何血缘关系，却格外疼爱她。孔映的外公去世后，她搬回泰国居住，从此再未回来过。

姜廷东安静地开着车，只字不提刚才的车祸。孔映则一副很放松的姿态，将身体深深陷在座位里。

姜廷东的侧脸很好看，像是被精雕细琢过，又拥有自然的流畅。微微挽起的袖子下露出结实的手臂，恰到好处的喉结更加散发荷尔蒙。孔映自认也算阅人无数，但姜廷东在她眼里，有着一种她从未感受过的无法言喻的性感。

孔映问："去世的那个人，是你朋友？"

"是。"

"节哀。"

姜廷东没有回答。

节哀吗？

他还没来得及难过。

他总觉得林泰还没走。

不过是在深夜接到交警打来的电话，只是几分钟的电话而已，是不会就这样把一个人永远带走的。

"觉得他还在，是吧？"孔映直视前方说。

姜廷东被戳中心事，心情像平静的湖水被投进了一颗石子。

孔映明白。

当年外公刚刚去世的时候，萨婆婆一滴眼泪也没有掉，她总说他没有死，还留在身边呢，所以没什么可伤感的。

而萨婆婆真正崩溃是在孔映外公的告别仪式上，她上前去握他冰冷的手，就那样突然跪倒号啕大哭了起来。

孔映想，大概那时候，萨婆婆才意识到外公是真的不在了吧。

车子转上临海路，姜廷东突然偏头看了一下孔映："我见过你。"

"嗯？"

"大概，一年前。"

姜廷东不确定两人是否曾这样面对面，但从一年前开始，他会看到她的影像，关于她的过去零星的碎片，就像电影一样在他脑海播放。

姜廷东不懂自己为何会得到她的记忆，他不知道她叫什么，是哪里人，甚至不知道她是否存在。

直到刚才，他在交警大队见到她。

“一年前，我出车祸撞到了头，有些事情不太记得了，可能有过一面之缘吧。”孔映轻轻带过，并未把姜廷东的话放在心上。

“冷吗？”

孔映不知道姜廷东为何突然这样问，只是很简短地答：“不冷。”

不过，她的疑惑很快得到了解答。

车子的敞篷在孔映的头顶上方被打开了，流动的空气钻进孔映的肺，刺激着她全身的细胞，正当她感到浑身舒爽的时候，姜廷东说：“太阳快升起来了。”

的确，到了日出的时间了。

橙红的太阳从海岸线破壳而出，映出广阔的金黄光晕，孔映伏在车门上，静静地看着这天海绚烂。

大海、风、沙滩、日出，孔映觉得那一秒心中有一场盛大的海啸，席卷而来的是自由的味道，这是她在过去一年都不曾拥有过的。

棕榈市，我回来了。

棕榈市的天气总是多变的，刚刚日出时还是霞光万丈，这会儿已经阴雨连绵了起来。

姜廷东有意等候孔映，毕竟墓园偏僻，总是不好叫车的，但孔映还是拒绝了，她不知道自己会在这里待上多久。

日光隐去，天空灰暗，不透明的云像濒死的雨挣扎着流动。劲风夹杂着雨水砂砾，打在黑色的雨伞上，发出令人不舒服的声响。

要不是父亲孔武打电话来，孔映甚至不知道自己已经站在这里一个小时了。

按掉电话，她的目光重新落回面前的墓碑上。今天是母亲的周年忌日，她飞了十几个小时回国，连家都没有回就跑来墓园，却还是一无所获。母亲的生命，连带着27年间她与母亲全部的美好过往，都在那场事故中消失了。

墓碑上照片里的女人很美，雍容华贵，即便年过50，仍保持着得体的妆容，绾着端庄的发型，淡淡笑着注视着前方。

“秦……秦、幼、悠……”孔映反反复复读着墓碑上的名字。

该死，还是想不起来。她在心中咒骂。

数千座墓碑林立于这座墓园，每一座墓碑上都有不同的名字、不同的照片、不同的生卒年月，镌刻着家人朋友的寥寥数言，静默无言地耸立着。

生前毫不相干的人，死后竟能长眠在一起，这大概……也算一种缘分？

那，和这个人的缘分呢？

与这个该被称作“母亲”的女人，她对孔映有着27年的养育之恩，骤然分别该是肝肠寸断，可孔映却已失去为她悲伤的权利，因为……孔映已全然不记得了。

雨越下越大，黑云翻滚着，树被吹得咯吱乱响。

“妈妈，想想自己有一天也会毫无预兆地离去，在这个地球上不会留下一点痕迹，就觉得有些可怕。”

孔映伸出手去，接住了落下的雨。

X I A N G Y U / Q I A N W A N / C I D E / M O S H E N G R E N

第二章
重回手术台

“Cheyenne，你病了，只是你不知道而已。”眼前的金发女医生轻轻地摇头，“我不能批准你出院，你至少还要在这里住上几个月，直到我弄清楚到底发生了什么。”

“我没疯！Sarah，我的精神没问题！”

“我们相识十几年了，你知道我不可能害你的，你要相信我，你现在的状况很差。”

“我自己就是医生，我知道我自己的状况！”孔映大声咆哮。

“冷静一点，你这样是不行的，恐怕我又要给你注射镇静剂了。”

几个护工扑上来，孔映极力挣扎着，针头还是被精准无误地刺入了静脉。

“Cheyenne，相信我，你会好起来的，只要你听话。”

黑暗随即吞没了孔映的视野，留在她耳畔的，就只有Sarah温柔得令她颤抖的声音。

闹钟响了。

孔映一下子从床上弹起来。

她大口喘着气，反复确认着周围的环境，直至终于意识到这里并不是那个让她感到窒息的康复院，才慢慢平静下来。

是梦。

只是个噩梦而已。孔映安慰着自己。

她慢慢爬下床，双手扯开厚重的窗帘，碧海蓝天立即映入眼帘。

棕榈市NOSA公寓，意为North of Seashore Avenue（海滨大道之北），位于市中心最贵的地段。顶层这套超300平方米的三房两厅奢华复式公寓，装潢相当讲究，一水儿的Jean Prouv é（让·布维）法式家饰，一灯一件都价值不菲。顶棚吊得极高，从巨大的落地窗和阁楼斜窗透过的光将室内照得明亮。

电视画面被投影在整面墙上，声音甜美的女主播正播送早间新闻，厨房里传来咖啡机嗡嗡的声响，孔映慵懒地倚在料理台边，慢条斯理地往面包上抹着鱼子酱，开着免提的手机里正传出阮沁轻快的声音："学姐，我拿到坂姜制药的offer啦。"

"你放着美国的高薪工作不做，偏要回来做什么？"

大概是许久没起得这么早了，孔映有些心不在焉。

"这样就可以和你在一个城市了啊！我已经订了下个星期回国的机票，我待会儿把航班信息发给你，到时候你可一定要来接我啊。"

"我又不是天天闲得没事做，机场那么远，你自己打车过来。"

孔映对一切与飞行有关的事物都讨厌至极，无论是飞机、机场，还是机场高速，更何况上次从机场回来还撞上一件命案，在交警大队一直被扣到天快亮了才出来，她对那片区域更加敬而远之。

"怎么这样……我还以为你回国后会慢慢变回一点以前的性格呢，没想到还是这么冷漠，人家好伤心……"

"我把我家地址发你，到时候门口信箱给你留钥匙。"

听到这话，阮沁一下子精神了："真的？我可以住你家？"

"不然呢，像你这种从来不提前找好房子的……"

"嘿嘿，还是你最好啦。"阮沁甜腻地笑着，"对了，今天是不是你回归的第一天啊？你有一年没见病人了吧？紧张吗？"

"有什么可紧张的……"

隐约地，孔映听到一声什么“突发消息”，电视里女主播的语气突然变得有些急切：“本台刚刚得到消息，著名艺人颜晰今早在演唱会现场彩排时从舞台跌落，已紧急送院治疗……”

正在慢条斯理地往面包上抹鱼子酱的孔映停住了手：“阮沁，我得走了。”

“别啊，学姐，学……”

孔映毫不留情地掐断电话，奔进客厅死死盯着布景墙，电视画面中出现了颜晰的大头照和被围得水泄不通的宝和医院的大楼。

“据知情者透露，颜晰的伤势极为严重，目前已陷入昏迷……现已有大批媒体和粉丝聚集在医院等待结果……”

浓缩芮斯崔朵做好了，咖啡机的声响终于停了下来，只剩电视里一片嘈杂。

手旁的手机再次响起。

“喂？”

“孔映吗？我是温沉。”

孔映听到这个名字，脑中某根细小的神经似乎被电了一下。

“谢天谢地联系上你了，你现在在家吗？颜晰的新闻你看到了吧？”

温沉是宝和医院的大外科主任，是心外科方面的专家，和孔映是工作伙伴更是朋友。

“刚看到，他被送到宝和了？”

“是啊，今天是你第一天复职是吧？颜晰那边我初步看了一下，伤情很复杂，骨科那边紧急会诊了好几次也找不到万全的手术方案，院长叫我打给你，找你过来看一下。”

“手术资料发我邮箱，我过去的路上看。”孔映撇下面包和没来得及喝的咖啡，抓起外套和包包，冲出了门。

姜廷东接到颜晰从舞台跌落重伤的消息的时候，正在去往MG娱乐的路上。

棕榈市的早高峰交通向来糟糕，平时五分钟的路要走上半个小时，当他正为被卡在狭窄逼仄的临海路上不悦时，颜晰的经纪人郑浩舜火急火燎地打来电话，说颜晰从舞台跌落，重伤昏迷。

高空跌落，生命垂危。

姜廷东了解到这八个字，就觉得够了。

他向来是冷静的。

颜晰是MG娱乐公司的当红艺人，姜廷东则是同公司的制作部长，颜晰出道以来，两人合作过无数大热专辑。颜晰能走到今天这个位置，位居幕后的姜廷东有一半的功劳。更何况，两人还是相识数年的密友。

“送哪家医院了？”

“宝和医院。”

宝和医院？这个名字对姜廷东来说并不陌生。

收敛了隐秘溃散的表情，姜廷东在脚下发了力，车胎在急速摩擦下发出刺耳的声响，只见整个车头几乎是原地掉了过来，高速奔上了相反的路。

“哪个医生接手？”车窗外的风景击电奔星般后退。

“是一个姓金的医生，据说是骨科的副主任，很有经验。不过医生也说了，因为颜晰哥的脖子摔断了，所以手术很有难度，不能保证百分之百成功。”

“我正在路上，马上到。社长在巴黎出差，短时间内赶不回来。媒体那边你先挡着，等手术结束后再说。”

深灰色的欧陆在临海路上越行越远，最终变成了一个小黑点，随着狭窄的海岸线一同消失了。

孔映的法拉利488几乎是擦着几个记者的身子进的医院大门。

车是昨天才从交警大队提回来的，连清洗都没来得及，蹭了记者们一身的灰，可这并不能阻挡他们追逐头条的狂热。

宝和医院的正门已经被围得水泄不通了，孔映一下车，有眼尖的记者瞄到了她胸前的名牌，叫了声："是骨科的主任！"

这一叫可不要紧，媒体就像噬尸蝇闻到血腥味，一下子从四面八方簇拥了过来，话筒相机像密集的触角，几乎要戳到孔映脸上。

孔映嫌恶地用手臂去挡，却挡不住连环炮弹般的提问。

"医生，颜晰的伤情到底如何了？给我们透露透露吧！"

"据说颜晰伤到脖子，可能终生瘫痪，是真的吗？"

温沉和医院的保安们早就得了院长的命令在门口守着，他们一见孔映的车开进来，就往两旁推搡媒体，试图辟出一条道来。

"好久不见。"温沉在拥挤的人潮中握着她的肩膀，将她往医院大楼里迎。

的确，他们已经一年没见了。

当她重新站在他面前，这一年来温沉再煎熬不过的等待也成了过眼云烟。

他也曾想象过他们再次相遇的情景，他也告诫过自己要冷静，可是等这一切真的发生了，只是看着她从车上走下来，他的心就已经乱作一团了。

孔映在混乱中被推搡得天旋地转，几乎缺氧。

"没事吧？"温沉见她面色不佳，不免担心。

"没事。"孔映多少还是受了清早那场噩梦的影响，早上没吃饭又导致血糖有点低，脸色微青。

"本来我是没打算通知你的，你一年没上过手术台了，身体也还在恢复，但院长说这个病人太特殊，执意让你过来……"

"你不必担心我。"

那把柳叶刀早已长在她手上，成为身体的一部分，就像摄影师的相机，狩猎者的枪，拥有着最本能的记忆。

两人下了电梯，一路往骨科疾走，过路的医生护士们先见着温沉，都显出相当恭敬的样子，一个个跟他打招呼："温主任。"

然后大家的目光再落到孔映脸上，都有点难以置信。

一年前车祸后她被匆忙送去美国治疗，连工作交接都没来得及办。医院暗地里流言满天飞，什么残了、疯了、生活不能自理了，一个可能性都没落下过。

一个被疯传再也不能上手术台的“天才外科医生”，怎么就神色如常地突然出现了呢？

“颜晰已经上手术台了，病历你看了吧？C3颈椎骨折脱位，脊髓还算完好，但已有呼吸麻痹的迹象，在救护车上已经做了气管切开，现在决定做颈部脊椎后路手术……”

听到“后路”二字，孔映眉头微蹙：“主刀是谁？”

“骨科的金远光副主任。”

孔映的脸一瞬间冷冽了下来：“是他说的要做后路手术？X光片和MRI（核磁共振）我都看过了，这种损伤只能做前路手术，做后路手术预后根本不行。你是大外科主任，就这么由着姓金的胡来？”

声音明明不大，温沉也多少从院长那儿听过这一年来她的状况，他以为自己已经做好了准备，却在面对这样的孔映时，仍旧感到陌生。

“前路手术风险太大，一旦失败，患者面临的就是终生高位截瘫……孔映！孔映！”

孔映并不再听温沉的劝，往前快走了两步，撇他在后面，一转身进了骨科手术区。

“不好意思，这里是手术区，不能随意进入的！”手术区的值班护士见一个身材高挑面容姣好的女人闯了进来，立即出声阻止。

孔映将胸前的工作牌拽下来扔到桌子上，就像是精准计算过物理力学，直接弹到护士的眼皮底下。

“愣着干什么？还不快帮我找刷手服？”

护士看到工作牌，觉着这名字陌生，可来人又是这个气势，她不敢怠慢，只得马上取了一套刷手服递过去。

换装完毕，孔映立即冲到水池前刷手，然后一刻也不耽误，举着手就往手术室里赶。

护士望了一眼还被扔在桌上的工作牌，喃喃道：“孔映博士，骨科，主任？”

“小梁，你念叨什么呢？”护士长走进来，见她一脸茫然，便问她。

“护士长，我们骨科有主任吗？这个位置不是一直空着吗？”

小梁将孔映的工作牌拿给护士长看，护士长捧着细细瞧了，如释重负又满面欣喜：“总算回来了。”

“回来了？那这个孔映……真是主任？”

“当然了。”

上班才没几天就得罪了顶头上司，小梁心里打鼓，可这也不怨她啊，她怎么知道从未出现过的主任今天会从天而降。

不过说起来，好像的确有这么个名字，她似乎听别的护士谈起过，不过她没有上心。

“她看起来年纪不大，不超过三十……”这种资历尚浅的医生，怎么能做到主任呢？

“小梁，我跟你说，你可别小看孔主任。”

“她很厉害？”

“何止是厉害。”

孔映是宝和医院骨科的骄傲，护士长说起她的经历，自然如数家珍。

2001年，14岁的孔映被斯坦福大学破格录取，两年时间拿了生化、经济双学士学位，之后留在斯坦福读医学博士。博士毕业后，她进入世界排名第一的克利夫兰诊所，从住院医生一路做到主治医生。两年前，她受邀回国，加入宝和医院，任职骨科主任。

“怪不得那么年轻。”小梁感叹，又有些疑惑，“那她怎么这么久都没来上班了？”

“唉，还不都是一年前那场车祸闹的……秦院长没了，孔主任也……”

那场事故是宝和医院的禁忌，护士长不愿再往下说，只得摆摆手，换了个话题：“孔主任进手术室了？是那个明星的手术？”

“啊？嗯，看到她往一号手术室去了。”

护士长吃了定心丸，暗暗想，这也算是不幸中的大幸了，正好赶上孔主任回国，一定有救。

手术室里，金副主任已经开了皮，看到这摔碎的颈椎正满头大汗不知如何是好，见孔映急匆匆走进来，在护士的帮助下穿了长袍戴了手套，金副主任大出了一口气：“孔主任，您可算来了！”

进手术室前他就听说院长去找了孔映，于是一直在等她来。

他本以为孔映会回个微笑，或跟他寒暄一下，结果后者正眼都没瞧他。

金远光虽然年龄和资历都比孔映高，但碍于后者“正主任”的职位压着，还是装出毕恭毕敬的样子，立即让出了主刀位置。

孔映站过去：“现在开始C3脊椎前路手术，希望大家配合我。”

几个助手医生和护士面面相觑，不是说要做后路手术吗？怎么又变前路了？没听说啊。

“做前路的话，椎弓根螺钉很难固定，对精确度要求太高……”金副主任试图向孔映解释，却被孔映一个狠厉的眼神撅了回去。

“0.2mm的精度你都固定不了螺钉，你这个副主任是吃干饭的吗？”

“这……”金远光被孔映呵斥，憋得满脸通红，却说不出一个反驳的字。

金远光自认资历不浅了，跳槽到宝和医院之前他在医大是副教授，大大小小头衔不少，也没少参与过高难度手术。可不是所有医生都能像孔映那样技艺精湛游刃有余，她现在说这样的话，不是强人所难吗？

助手和护士们也被噎得目瞪口呆，心想孔主任今天这是怎么了，怎么像变了个人似的？

“赵医生，怎么样？”孔映抬眼问道。

孔映站台，负责麻醉的赵医生不敢怠慢，赶忙回答：“目前还算稳定。”

孔映看不到颜晰那张傲气斐然的脸，但在她没有被弄丢的记忆里，她清晰地记得，这些年的人生低谷，都曾有颜晰的歌做她的精神支柱。

如今这个光芒万丈的人就无声无息地躺在她面前，她手握他的生命，怎能不尽全力？

颜晰，你信我。孔映在心里默念。

姜廷东匆匆赶到宝和医院的时候，媒体的数量已经庞大得影响到了医院的正常运营。姜廷东是MG娱乐的顶级制作人，记者对他的面孔烂熟于心，贸然露面恐怕要引发更大的躁动。他思考了片刻，干脆改道医院后门。

颜晰的父母早年移民加拿大，这会儿还在赶来的飞机上，除了一直守在外面的郑浩舜和助理外，姜廷东是第二批赶到的人。

“姜部长！”郑浩舜看到姜廷东就像突然有了主心骨，赶紧站起身招呼。

“怎么样了？”

“还在手术，一直也没人出来更新情况，也不知道现在怎么样了。”身为经纪人，郑浩舜是最糟心的，等了这么多个小时，还一点消息都没有，他急得像热锅上的蚂蚁。

阴着脸的姜廷东在手术室外的椅子坐下，叠起双腿沉默了一会儿，嗓音突然暗暗道：“好端端的，怎么就从舞台上掉下来了？”

“我们也没看清楚，升降机运转一直很正常，上面空间小，我们也没跟着上去，结果升到一半，就听麦克风的声音断了，然后颜晰哥就……”

幸好是一半，要是升到最高的时候跌落，颜晰肯定没命了。

“最近我们MG怎么净是这种事，先是林泰哥出车祸，现在颜晰哥又出事……”助理嘀咕着，被郑浩舜瞪了一眼，不敢再言语。

姜廷东坐了一会儿，大概是坐不住，又站起来在走廊里反复踱步，这期间他的手机来电就没断过，有好些与他相熟的媒体，都急于知道颜晰的状况，所以一直打来。

他一开始还接了几个，到后来干脆不接了，直接关了机。

无比漫长的五个小时后，手术室的指示灯总算灭了。

大家都站了起来，可是没人敢说话。

打破死一般寂静的人，是孔映。

她穿着绿色刷手服，从手术室走了出来，后面跟着悻悻的金副主任。经过了这么久的手术，她的眼睛仍旧清澈凌厉，没有给人一丝疲惫的感觉。

“医生，怎么样了？我们颜晰哥没事吧？”郑浩舜着急，又怕听到坏消息，脸紧张得通红。

“手术很顺利，现在已经转入ICU观察了。虽然目前还不可以探视，但你们可以放心了。其他情况，请金副主任和你们介绍吧。”

金远光怎敢不接茬：“各位请往这边来，我来给你们介绍一下患者的情况。”

郑浩舜和助理跟着走了，孔映来到姜廷东面前，摘下口罩和手术帽，露出光洁美丽的脸，和半长的栗色直发。

“没想到在这里重新见面了，姜先生。”

今天的姜廷东穿了一件藏蓝色衬衫，被流畅的宽肩绷得极挺，左胸口往下的位置绣着一长束淡色蔷薇，衬衫下摆扎进长裤，一双长腿刀削一般笔直，结实充满力量。

怎么会有这种男人，每次见都让她觉得惊艳呢？

“是你。”姜廷东淡淡地看着她，没什么反应，只是问，“颜晰的手术……”

“我是主刀。”孔映勾起唇角。

不远处，声势浩荡地走来一队人，走在最前面的是个60岁出头的男性，黑发中夹杂着几绺银丝，白大褂内的领带打得一丝不苟，威严堂堂。

只听他叫了一声："小映。"

孔映闻声望去，立即收敛了一切表情。等男人走到面前，她不咸不淡地叫了句："爸。"

"不错啊，还怕你一年没做手术生疏了，没想到第一天回来上班就打了个漂亮仗。"孔武拍了拍孔映的肩膀，骄傲的表情全是对下属的赞赏，唯独缺了对女儿的宠溺。

孔映看得太透，所以连眼珠都没动一下。

孔武转向姜廷东："是颜晰的家属吧？"

"您好，我是MG娱乐制作部的姜廷东，是颜晰的朋友。"

"幸会，姜先生。我姓孔，是这家医院的院长。谢谢你如此信任，把颜晰托付给我们。你也看到了，这次手术由我女儿主刀，她在美国时就是脊椎方面的专家，相信手术结果是不会让你们失望的。"

姜廷东看向孔映，点了点头："那是自然。"

颜晰是著名艺人，社会影响力巨大，这又是个可以当经典案例的高难度手术。孔武想着这是个千载难逢的提高宝和医院知名度的机会，才巴巴地在手术结束时赶过来。

孔映却不接话，只是轻轻地皱了皱眉，黑漆漆的瞳孔里浮起一丝不耐烦。

孔武没想到自家女儿不仅不买账，在这么多人面前，竟连做做样子都不肯，他脸上一阵挂不住，只好告辞先走。

姜廷东也要走，孔映跟了他两步，叫住了他。

姜廷东回头："还有事吗？"

"你还没吃午饭吧？不介意的话，我请你，谢谢你上次绕了远路送我去墓园。"孔映将表情拿捏得恰到好处，似乎真的只是单纯答谢。

可姜廷东的反应却出乎她意料："不必了，你帮了林泰的案子，我送你一程，我们两清了。"

这还是孔映头一次主动要求请别人吃饭，却被拒绝的。

姜廷东抬步向外走去，其实，他应该感激孔映，是她的出现证实了他这一年来没有发疯，那些莫名的记忆并非臆想，而是真正属于某个人。

但他们的联系，也仅止于此了。

他想避开她，每次看到她的脸，都会让他想起一年前的苦痛与挣扎。

“因为两清了，所以连颜晰的伤情也不想知道？”孔映在他背后提醒，语气之寡淡，让人听不出她是否是故意的。

而那个让人浑身发冷的藏蓝色背影，终于还是无奈地停下了。

X I A N G Y U / Q I A N W A N / C I D E / M O S H E N G R E N

第三章
记忆里的尘埃

大概有一年了吧，即便在一周前交警大队相遇前两人从未见过面，但姜廷东的确已经认识孔映一年了。

其实那个夏夜的情景，在姜廷东脑海中，已经极其模糊了。

他唯一确定的是，那天，他听说了前女友徐怀莎与他的堂兄姜傲交往了的消息。

当时他们分手不过才一个月，他还囿于情伤万箭攒心，她却已得新欢，对象还不是别人，而是自己的堂兄。

他一个人喝得酩酊大醉，摇摇晃晃走在街上，夜灯在他眼里变成游动的金鱼，看得他恍惚心躁。大概是撞上了几个不良少年，自己又出言不逊，才点起了动手的苗头。

他只记得啤酒瓶在头上炸裂开来，自己踉踉跄跄地瘫倒在地。温热的血就那样顺着前额流淌，世界的一切声音变成了他生命的背景音。

他以为他这辈子就算这么完了，直到在急诊室醒来，看到坐在他床边的林泰和颜晰，他才知道，没有什么事，比活着更难了。

孔映的记忆，就是从那时候开始深扎在他脑海的。

初见孔映的时候，他将自己的惊讶克制得很好。拥有别人记忆这种事，就连他的主治医生都花了好几个月才相信，他更不指望旁人会理解。

“看不出来你还是个美食家。”对面的孔映将意大利面熟练地缠绕在叉子上，优雅得像一只暹罗猫。

菜是姜廷东点的，偷窥到旁人记忆的好处之一，就是你知道她喜欢吃什么。所以姜廷东点的是孔映最爱吃的天使细面，连搭配的酱汁都是她喜欢的刺山柑酱。

“合你的口味？”

“嗯。”

孔映早上没吃东西，刚又做了那么久手术，这会儿早就饿了。

“是最近才回国的吗？”姜廷东淡淡问。

姜廷东难得主动搭话，孔映哪会轻易放过他，于是反问：“你怎么知道？”

“刚才颜晰手术的时候，有几个护士在聊你。”

“哦，那你大概没少听到奇怪的话吧。”

医院人多嘴杂，她一年前突然离职如今又突然回来，免不了被人嚼舌根。

姜廷东的确是听到了些有的没的，但他向来对八卦不感兴趣，所以对他来说，也只是左耳进右耳出了。

“我刚回国一个星期，你的朋友出车祸那天，我刚下飞机。”孔映顿了顿，不知道该不该提起这个话题，“他……”

“林泰是颜晰的前任助理，我们是上下级，也是朋友。”

“通知家里人了吗？”

“他只有一个老母亲住在乡下，我怕老人家受打击，先瞒着了。”

前脚颜晰的助理林泰被人谋杀，后脚颜晰本人又从高空跌落，一个星期而已，熟悉的人接连出事，姜廷东还能保持理智条理清晰地处理事情，孔映不知这是好事还是坏事。

“你是做音乐的？能在MG娱乐当制作人，应该很有趣。”

孔映是颜晰的粉丝，她虽然不太关注他的幕后团队，但姜廷东的名字时常出现在作曲作词人行列，她多少也有些印象。

“没有旁人想象的那么有意思，有时候泡在录音室一两天都出不来。”

“那颜晰的专辑，都是你做的？”

“一部分。”

姜廷东并非刻意惜字如金，他就算在相熟的人面前，也说不了几句话。能跟第二次见面的孔映聊得起来，已经算是他人生的突破了。

不过，孔映却一点都不介意他的少言寡语，只觉得这男人，挺有意思。

孔映转着漆黑的眼珠，若有似无地从他修长的手指看上去，流畅的肱二头肌、无限结实的胸肌、领口下若隐若现的锁骨，最后停在了他高挺的鼻梁。

天天泡录音室的人，还能把身材管理做得如此之好。孔映向来不欣赏健美先生那种过度追求视觉效果的身材，姜廷东的却刚刚好。他的肌肉协调匀称，像用笔尺精心设计过。衣物的包裹下，他看起来甚至有些瘦，但孔映非常确定，那里头藏着一具极其完美的躯体。

她是学医的，活人死人见过无数，不曾看走眼。

姜廷东注意到她毫不避讳的目光，心中泛起一丝讶异。

看来时间的确能改变一个人，在他的记忆里，她不曾这样直截了当。

“之前也在宝和医院工作？”

孔映的资料，他离开交警大队后就查了。他太急于知道存在于自己脑海中一年的女人究竟是个什么样的人，而她作为一名著名外科医生，网上的资料又太详尽。

“毕业之后，我先是留在美国工作。不过两年前吧，我母亲希望我回宝和帮忙，我就回国了。”

说是帮忙，其实是为继承医院做准备。

她原以为自己将人生规划得异常完美，事实上她也做到了。只可惜，一切美好都停留在了一年前。

“但一年前发生了意外事故，我被父亲送回旧金山休养，最近觉得恢复得差不多了，才回来重新上班。”

是车祸。

当时母亲也在车上，据说当场就死了。而孔映在那场车祸的重创下失去了部分记忆，事故的经过，甚至母亲的样子以及和母亲之间的回忆，通通消失不见了。

没有记忆，她连流泪的权利都没有，只得从旁人零星的讲述中，默默祭奠。

母亲过世后，父亲继任了院长一职，而她出国疗养的这一年，骨科主任的位置一直空闲。她是院长独女，填充空位这事，没人敢提。

姜廷东记忆里的孔映，并非如今这个样子。她会哭会笑，会跟男朋友撒娇，真实又可爱。工作上，她比任何人都专业认真，但只要一脱下白大褂，就会马上变成对生活充满热情的小女人。姜廷东见过太多她笑的样子，现在见到落落穆穆的她，竟然有些不适应。

其实与其说她为人冷酷，倒不如说她对任何事都兴趣缺缺，一副及时行乐、乐完就走的态度，好像把谁都不放在眼里。

她将真心埋葬得太深，到了旁人眼里，也就是无心了。

姜廷东买单的间隙，门口的服务生捧着一小碗清口糖走来，姜廷东在五六种口味中挑出一颗西瓜味的，递给孔映。

“谢了。”孔映接过去，边剥糖纸边漫不经心地问，“你怎么知道我喜欢吃西瓜味的？”

姜廷东顿了一下：“随手拿的。”

孔映不过是无心一问，他却有些戒备起来。

他不想露出破绽，但动作是下意识的。在他的记忆里，孔映对一切西瓜味的食物都非常执着，甚至有一次男朋友把酸奶的口味买错，她还闷闷地生了好久的气。

而她的那个男朋友，如今又在哪里呢？

回到医院，护士告诉孔映，说有两名警官在她办公室等她。

两人穿着便衣，向孔映出示了警官证，说有关林泰被害一案，有些情况要向她了解。

孔映有些奇怪，她只是现场第一发现人，连个事故目击者都不算，况且她当初在交警大队已经做了详细的笔录，这些警察怎么还抓着她不放？

握过手，三人落了座。

“我们是市局重案一组的，我姓赵。”

赵警官长相普通，却长着一对鹰眼，眼神十分锐利，像要把人穿透。

直觉告诉孔映，没人能在这个人面前说得了谎。

“有什么事我能帮上忙的，您尽管说。”

“我们刚收到一份痕检报告，肇事车辆里检出了第三人的新鲜血迹。也就是说，除了两名死者以外，当晚车里还有第三个人。”

“第三人？”

这就奇怪了。

她当时走到翻车地点的时候，两个死者一个在车内一个在车外，可没见着第三个人啊。

“是的，副驾驶上有少量血迹，但并不属于任何一名死者。我们调取了收费站的监控录像，发现当时副驾驶的确坐着一个人，不过他戴着棒球帽，我们看不清他的脸。在发现第三个人的DNA前，我们还以为坐在副驾驶的是死者林泰。但后来经过我们痕检科和法医科的检验，林泰当时是被丢在货厢里的，是出了车祸才被甩了出来。所以我们初步判定，这个第三人在车祸后弃车逃逸了。”

孔映本来以为是那个死了的司机杀了林泰，在前往抛尸的过程中倒霉撞上了隔离带，没想到这又牵扯出来了第三个人。

“您是第一个到达现场的，当时附近有什么可疑人员吗？”

孔映摇摇头：“没有，我到的时候，什么人也没看见。那条路人烟稀少，如果有人经过，我肯定能察觉到。”

“您再回忆回忆，那晚真的一点奇怪的事都没发生？”

“奇怪的事……”

孔映思索着，当晚的画面在她脑中铺展开来。

那天已经很晚了，她下了红眼航班，疲倦至极。她从机场停车楼取了车直接上了机场大道，还没走出三公里，就看到一辆厢式小货车翻倒在路旁。

她把自己的车停在紧急停车道上，一边打电话报警一边前去查看事故状况。那天的夜很静很静，万籁俱寂，但当她刚刚蹲下去想要确认林泰是否还活着的时候，突然传来一个声音……

“机场大道下面是芦苇荡。”

孔映突然没头没脑地说了这么一句，两名警官不明所以，面面相觑。

“我走近出事的那辆车的时候，听到芦苇荡里有声响，不过我当时以为是风吹的，或是什么小动物，就没在意。”

“芦苇荡……”赵警官短暂思索了一下，立刻起身，握了握孔映的手，“这条线索非常有价值，谢谢您配合调查，我们保持联系。”

警察来得也快去得也快，护士敲了敲孔映办公室的门，探头探脑：“孔主任，没事吧？”

“没事。”孔映见到护士，顺口提了一句，“对了，颜晰手上的伤，你记得帮他处理一下。”

“伤？”护士不解。

“手心上的摩擦伤。”

“孔主任，他手上没有伤啊。”

孔映抬头：“没有？怎么可能？”

孔映放下手边的工作去了ICU，这会儿颜晰还没从麻醉中苏醒，她翻遍了他的掌心手背，竟一点伤痕都找不到。

这不符合孔映一直以来的认知常识。

她做骨科医生这么多年，无论是在美国还是在国内，都接触过一些高空跌落伤，但凡病人跌落时尚有自主意识的，手都会条件反射地去抓任何身边的物体，所以这些人入院时也常常伴有手部外伤。

但颜晰的手，实在太干净了，干净得让她觉得不对劲。

除非……他是失去意识后，从升降机上掉下来的。

可这很奇怪，她早上赶来医院的路上看了一些颜晰的医疗记录，虽然他的工作强度很大，但近几年的体检都显示他是一个相当健康的人。

“他被送来的时候，有什么不寻常的地方吗？”

“那时候人已经休克了，情况很紧急。”护士答道。

孔映越发感到奇怪，按理说脊髓完好的话，人应该是非常清醒的。

“哦对了，他那时候血压也很低，但我们用了药之后好多了。”

碎骨压迫到脊髓，导致血压降低倒也勉强说得通，但如果低血压和休克都不是脊髓受到压迫造成的呢？

孔映脑中突然闪过四个字——药物滥用。

而且很可能是吗啡，吗啡最大的副作用就是降低血压和抑制呼吸。

孔映不想随意做出论断，但她作为医生，不能排除颜晰滥用处方药的可能。

“抽点血，做个药检，除了管制药物，也让检验科找找副作用是血压降低的药。”

等到孔映快下班的时候，药检报告终于出来了。

结果让孔映惊讶。

血液结果呈阳性，不是吗啡，而是没有任何成瘾性的降压药可乐定。

报告显示颜晰的血液中存在着相当剂量的可乐定。即便此刻距离意外发生时已经过了快十个小时，但得益于可乐定较长的半衰期，它还是被检测了出来。

可乐定是降压药，然而颜晰没有高血压。健康人吃了这个，血压会骤然降低甚至陷入昏迷。

“处方药、血压、休克、跌落、‘意外’……”孔映盯着报告，无意识地转着笔。

所有细碎的线索慢慢在孔映脑中结成一条线。

她终于知道为何颜晰手上一点伤痕都没有。

因为他掉下来的时候，根本就毫无意识。

孔映回到家的时候，太阳正落山，棕榈市的夕阳向来是迷人的。至少，比旧金山的夕阳让人有安全感得多。

她在美国出生，后返国，童年在棕榈市度过。14岁时又孤身回到美国，一路读到医学博士毕业。毕业后又在美国执业许久，直到两年前母亲叫她回国帮忙，她才又重新踏上故土。

她曾在宝和医院工作了一年，在她这不算漫长的一辈子里，在她所剩的零星记忆里，那一年她过得愉悦满足。如果两年前她不曾回国，她大概永远不会知道尽管她已离开棕榈市十几年，但这里还是那个能够给她归属感的海港城。

只是如今，安全感不仅要靠这座城，还要依靠几片抗抑郁药。

孔映吞下几片舍曲林，正在思考晚饭吃什么，就听到有人按门铃。

对讲画面里，温沉正拎着吃的在门口等她。

“你怎么来了？”

温沉进了门，将手上拎着的几样小菜和半打啤酒在孔映眼前晃了晃：“知道你不可能做饭，到了深夜饿了又要叫外卖，还不如我做了亲自送来。”

孔映像被戳中痛处一般，骄矜地歪着头：“你干脆说我是黑暗料理的代言人得了。”

温沉不是第一次来这里了，事实上，他对这里相当熟悉。从前和孔映是同事的时候，两人经常在她家一起喝酒聊天。

温沉将保温盒整齐有序地在餐台上码好，对孔映说：“煮点米饭吧，我没事先煮饭。菜冷点没关系，米饭冷了就不好吃了。”

“抱歉啊，我家连电饭煲都没有。”孔映风轻云淡地摆摆手，

“你去看看冰箱吧，那里面有现成的。”

温沉正疑惑着为何孔映家里没有电饭煲却有煮好的米饭，便走过去一探究竟。

结果一拉开冰箱门，就看到至少二十盒即食米饭叠在那里。

“煮个饭有那么难吗？”温沉拿了两盒出来，叹气。

“不难啊，只是不想等。”

与其让孔映为一锅米饭等上半个小时，还不如让她多看半个小时医学期刊。

热好了饭菜，两人在餐桌前坐定，温沉开了一罐啤酒，推到孔映面前：“喏，特意帮你买的，你最爱的牌子，在美国喝不到吧？”

“哦，我以前喜欢喝这个吗？”

“是啊，你忘啦？前年的时候吧，我们外科出去聚餐，你第一次喝这个酒，从此一发不可收……”温沉说到一半，忽然顿住不再往下说了。

他知道孔映失忆，一年前她出车祸的时候，他就知道了。

只不过他不曾想到，孔映连这样简单的事都记不得了。

“还没有完全恢复吗？”温沉试探地问。

“嗯，还要段时间吧。”孔映耸耸肩，看起来不是很介意的样子。

早前在医院大家忙成一团的时候温沉还没怎么察觉，此时面对面坐着，他才发现，孔映比一年前瘦了许多，也不如从前那般生气勃勃了。

两人沉默了一会儿，温沉忙着给孔映夹菜，他自然是心疼她的，工作强度那么大，又吃不好，如今又忍受着失忆的痛苦，怕是睡得也不踏实。他要是知道她一周前就回国了，早就来登门了。

温沉将视线落在她在进食时有些下垂的眼：“你这一年，怎么样？”

“挺好。”

“可我看你瘦了不少。”

"我这不是好好地坐在你面前？"

"我听说……"

"温沉，咱们能换个别的话题吗？"

孔映打断了温沉的话。

其实她不介意温沉问她一年前的那个夜晚到底发生了什么，更不介意将Sarah对她的诊断和盘托出，她唯一不想的，是在说了这些之后，被别人当作怪物。

温沉知道她有自己的理由，便不再追问。

两人默默无语地吃完了这顿饭。

温沉收拾桌子的空当，料理台上的一板药片落入了他的眼中，他拿在手里一看，竟是舍曲林，抗抑郁药的一种。

温沉心中一紧，沉声道："你怎么在吃这个？"

正窝在沙发上看书的孔映闻声抬头，看见他手中的药，不禁为自己的粗心懊恼，早知道吃了药就该马上放回抽屉的，现在被温沉看到，又少不了一番解释。

"你得了抑郁症？"温沉见她不答，追问道。

"PTSD。"

"创伤后应激障碍？"

"是啊。"孔映把注意力放回书上，读了两段才继续说道，"没什么好担心的，我在美国待的那一年，几乎全耗在康复院里了，所以已经恢复得差不多了。"

"我以为……你不记得那晚的事了。"

"是不记得了，可笑吗？明明不记得了，却因为这段不存在的记忆得了创伤后应激综合征。他们花了几个月的时间为我做评估和诊断，费尽心机把我定义在一个学术病称下，我还能怎么样呢？"

温沉想安慰她，却又不知道从何说起。

孔映放下书走过来，从温沉手里拿回药，语调异常平稳："喝酒吗？"

两人端着剩下的啤酒走上露台，NOSA公寓是全棕榈市为数不多的几栋能同时观赏到海景夜景两貌的建筑，景色堪称壮丽如画。两年前孔映从美国回来，就拒绝了父母要她回家里住的请求，自己买下了这里。

天已经黑了，海岸线模糊绰绰，海天一色下，清风徐徐而来。

孔映张开五指去感受着这虚无的满胀感，风儿钻进她的一个毛孔，又从另一个毛孔离开，带走了些许白日的污浊。

温沉偏头去看她，孔映侧颜的玲珑轮廓中，透着一股浑然天成的美感。而她的皮肤又极白，在月色的照耀下几乎透明，美得不可方物。

她的美，一如从前。

“其实，我不怎么喜欢这个露台。”孔映突然说。

这栋楼是一层两户的设计，孔映住在顶楼，她和邻居家的阳台虽然不连在一起，但挨得很近，腿够长的人，一翻就能进来。

这种有违安全感的设计，是她唯一不喜欢的地方。

“隔壁那一家三口，我记得还蛮好相处的吧？”

“物业说那家人一个月前移民新西兰了，房子早前已经转手，只不过新业主好像最近才搬进来。”

“那你和这个新业主的阳台风格还挺像的。”温沉打趣。

按理说人们都喜欢在阳台上种些花花草草增加点生活情趣，再不济也稍微装饰一下添些烟火气，可孔映的露台和她邻居的一样，除了一张躺椅外什么也没有。

只不过，孔映认得隔壁那张躺椅的牌子——马克　纽森的设计作品，价格相当不菲。

一张椅子从侧面反映了关于她的这个新邻居的两个事实，一个是多金，一个是有品。

孔映和温沉聊了一会儿，后者给她推荐了一位姓梁的医生，据说是棕榈市数一数二的心理医生。

孔映没放在心上，过去的一年里，形形色色的心理医生她见过太多，每一个都在试图寻找她的病因，企图帮她变回以前的“孔映”，却没人意识到现在的她，或许是个合理的存在。

天已经彻底黑了，像被人泼了浓墨，唯剩一角白月光，让人感到安慰。

温沉接了个医院的电话，有个住院病人主动脉瘤破裂，危在旦夕，召他回去做紧急手术。

于是温沉留下几罐还未开封的啤酒，匆匆走了。

虽说是夏夜，但夜里温度到底是低了下来。这大概是棕榈市和旧金山最像的地方，无论白日多温暖，一旦太阳隐去，就只剩下毫不留情的凛冽了。

孔映回到衣帽间取了件衣服，往回走的时候，手机屏幕突然亮了起来。

是个陌生的号码。这很奇怪，她的号码是这次回国后重新申请的，暂时还没有太多人知道。

“孔医生。”电话那头传来相当有磁性的声音，声调很低，再有辨识度不过。

孔映这才想起来，是白天吃饭的时候她把自己的号码留给了姜廷东。

“哦，姜先生你好。”

孔映是个直来直去的人，姜廷东的确很有吸引力，也是她欣赏的类型。但是这么多年来她接触的患者形形色色，倒也学会些看人的本领，姜廷东是那种把将自己的心保护得滴水不漏的人。所以，她以为他不会打来的。

至少，不会这么快打来。

“这么晚没有打扰到你吧？”

“没有，我睡得比较晚，你有什么事吗？”孔映用肩膀顶着手机，将外套披上，往露台的方向走。

“我晚上去宝和看过颜晰，听护士说你找过他的经纪人。”

药检报告出来之后，孔映的确试图向郑浩舜了解些当时的情况，不过她并没有见到人。

“是有这回事，他明天会来医院吗？我有点事想问他。”

“颜晰住院，工作上有许多事需要处理，他被社长派去善后了，估计这些天都会很忙。颜晰的父母已经赶到了，如果你有急事，我可以把他们的联系方式给你。”

孔映不确定两位老人家承不承受得住她这个猜想。

“不用了，再说吧，我目前还只是猜测。”

“猜测？”

“颜晰血液里的降压药浓度很高，我有点在意。”孔映一边说着，一边拉开露台的门，“不过我也只是猜测，不能确定降压药和他跌落有关。”

姜廷东正听着孔映讲话，却感到她的声音在耳边越发变得真实起来，几乎不像是从听筒里传来的。他下意识顺着声音的方向看去，隔壁的阳台上，竟然站着一抹熟悉的身影。

恰巧孔映这时候也转过头来，看到姜廷东的脸，她先是愣了一下，然后露出了笑容。

原来，她这个多金又有品的神秘邻居，她早已见过了。

而看到她回眸一笑的姜廷东，突然觉得心里的某一处，塌陷了。

“喝吗？”孔映摇了摇手中的啤酒。

还不等姜廷东回答，一罐啤酒就飞了过来，他伸手接住，又准又稳。

姜廷东搬来这里的时候，以为隔壁没人住的，因为签过户协议的时候，房产经纪就跟他说，隔壁屋主出国去了，还不知道什么时候回来。

孔映的公寓空置了一年是真，她的领地意识向来很强，非常排斥陌生人进家门，所以宁可空着也不愿意租出去。

姜廷东喝了一口啤酒，上下颤动的喉结有种说不出的性感。

“所以，颜晰的事，你怎么看？”

“据我所知他一直很健康，并没有理由吃降压药。”

姜廷东的话从侧面证实了颜晰并不是自主服用可乐定的猜想。

两人有一搭没一搭地聊了一会儿，期间姜廷东回房去接了个电话，等他再回到阳台的时候，孔映竟裹着外套在躺椅上睡着了。

说是外套，也不过是件薄薄的羊绒衫，棕榈的夜晚这样凉，睡在这里不是什么明智之选。

孔映也不是故意要睡在这里的，她今天实在有点累，第一天回来上班就做了大手术，下午又是满满的门诊。一个星期之前，她自己也还是个病人呢。

“孔医生，孔医生。”姜廷东叫了两声，想提醒她不要着凉，但孔映睡得很沉，一点回应都没有。

姜廷东看着她呼吸均匀，似乎睡得很熟的样子，只得转身回去了。

过了不到一个小时，洗完澡的姜廷东放心不下，出来确认，孔映果然还睡在那里。

他不是多管闲事的人，但她再这样睡下去怕是会生病。

姜廷东尝试打她的手机，隔着阳台他能看到孔映的手机屏幕在她怀里亮了起来，只可惜……静了音。

姜廷东摇了摇头，回到卧室打算休息，可人刚躺下，手机就推送进来一条气象信息，提示凌晨有中到大雨。

他纠结半晌，无奈起身，打开客厅的灯，重新拉开了通往露台的门。

姜廷东没想过，他这辈子还会做翻露台这种上不了台面的事。

孔映睡得很熟，呼吸均匀，胸口一起一伏。

姜廷东知道做医生的辛苦，所以并没有叫醒她，只是将熟睡的她轻轻抱进了屋内，将她安置在了沙发上。

做完这些，他又把搭在扶手上的毯子拿来给她盖。

结果就在掖毯子角的时候，孔映醒了。

孔映在美国的时候，曾师从一名泰国教练练过多年泰拳。几秒钟前她正睡得迷迷糊糊，只感到有人对她上下其手，出于自我保护，她下意识地就是一拳挥过去。

可惜，她碰上的是常年练综合格斗的姜廷东。

姜廷东看见挥过来的拳头，顺势一躲，身体比头脑先做出反应，左手抓住孔映的手向她背后扳去，右手对着她的肩膀狠狠一按。

只听咔嚓一声，孔映的惨叫随之而来，几乎掀翻屋顶。

姜廷东这才觉得不对劲，连忙放开了手。

可惜为时已晚。

孔映的肩膀，已经顺利脱臼了。

坐在急诊室里的孔映快要气疯了。

姜廷东有些无措地在她床边坐着，二十分钟前，他是无论如何也想象不到事情会发展到这一步的。

接待孔映的急诊科医生是个年轻的小姑娘，见到姜廷东的时候已经花痴了好一阵，这会儿又亲自来送X光片，问姜廷东："你的复位做得好完美啊，比很多骨科医生做得都好，是受过专业训练吗？"

姜廷东看向面色不佳的孔映。

复位是孔映在家自己做的，疼得她连嘴唇都咬破了。

孔映懒得听小医生迷妹一样的搭讪，脚一蹬地，直接走了。

小医生一看姜廷东也要跟着走，赶忙拉住他："你跟你女朋友讲，那条三角巾一定要戴满三周。这段时间千万不要过度使用肩关节，不然会拖长病程的。还有，要定期来复查，如果恢复不好，转成习惯性脱位的话，可就不好办了。"

"知道了，谢谢。"说罢，姜廷东就急匆匆地去追孔映了。

"谁呀？好帅啊！"另一个医生见姜廷东走了，凑过来八卦。

小医生望着姜廷东的背影叹气："就是啊，帅成这样简直太犯规了。唉，可惜有女朋友了。俊男配美女，可没我们普通人什么事了。"

姜廷东缴了费，大步追上了孔映，后者看着自己被三角绷带吊起来的手臂，都不知道该从哪件事气起了。

是气这个人以“凌晨降雨”为由半夜翻阳台进了家门？

是气被这个人以“盖毯子”为由偷吃豆腐？

还是气被这个人以“下意识回击”为由掰脱了她的肩膀？

“你知道这下我将近一个月不能做手术吗？”

虽说她才回来上班，还暂时没有手术预约，可把一个骨外科医生搞到肩膀脱臼，这跟把一个歌手搞到失聪失声有什么区别？

“对不起，但我会负责的。”姜廷东道歉的态度倒是意外地诚恳。

“你怎么负责？帮我做手术吗？”

“真的很抱歉。”

一向强硬冷漠的姜廷东今天的态度如此之软，让孔映一时不知道如何接话。她看着因为找急忙慌出门送自己上医院，脚上还穿着拖鞋的姜廷东，实在没法发火，只好没好气地嚷了一句：“行了，先回去吧。”

两人上了车，车开出去了一会儿，孔映都没吭一声，姜廷东问：“还疼吗？”

刚才孔映在家给自己复位的时候，姜廷东看着她那痛苦的样子，急得把指节都捏白了。

孔映没有回答，姜廷东侧头去看她，才发现她已经睡了。

她本就累了一天，又这么折腾了大半宿，不困才怪了。

姜廷东把车停到路边，俯身过去帮她降低座椅靠背，结果刚摸到按钮，孔映的头就滑到了他肩上。

姜廷东叹了口气，他托住孔映的头，然后慢慢坐回了自己的位置，这样孔映的头就可以稳稳当当地靠在他的肩上了。

听着她均匀的呼吸，望着车外如游动的鱼一般的路灯，姜廷东叹了口气。

这不是他的计划。

他的计划是要远远避开她的。

可她似乎，要越走越近了。

XIANGYU/QIANWAN/CI DE/MOSHENGREN

第四章 自由是荧色的

不出几天，孔映在手术室内训斥金副主任的事情就不胫而走，她“恶魔主任”的名头也由此传开。本来她去年突然离职就已经引发好几个版本的猜测了，没想到这次她回来，性情也跟着大变，更让大家跌破眼镜。

毕竟以前的孔映以耐心、亲切闻名的，还被护士们称作“宝和天使”。天使变恶魔的落差，未免也太大。

但好消息是，颜晰恢复神速。

孔武对女儿的医术向来是有信心的，但颜晰的手术预后竟比他想象的还要好。经历了这么一场复杂的大手术，他不仅早早转入普通病房，且各方面生理指标都相当理想。

颜晰恢复良好，宝和医院自然也跟着沾光。这段时间宝和医院的患者流量翻了一倍，更别提原先在骨外科就出名的孔映，她的门诊预约已经排到几个星期后了。

这天孔映照例查房，查到颜晰的病房时，发现姜廷东也在。

因为上午MG娱乐有一个重要会议，姜廷东今天穿了正装，美好的身材裹着剪裁合身的西装，再配上一张禁欲的脸，简直就是传说中的心脏狙击手。

“孔医生，下午好啊！”躺在床上的颜晰率先打招呼，露出一排细白的牙齿。

颜晰大概一米七五的个头，肤色透白，四肢纤细，有着一张可以和女人媲美的精致面孔，能够驾驭不同的妆容和发色，举手投足之间都带着摄人心魄的魅力。

他是天生的明星，驾驭舞台如鱼得水，即便如今素颜躺在病床上，也耀眼万分。

无论在谁看来，颜晰在电视里、舞台上都是非常闪耀且冷酷的，但实际接触下来才知道，颜晰内心住着一个3岁小孩，喜欢笑喜欢撒娇，也很容易害羞。尤其他目前在病中，就更加容易依赖人，每次孔映来查房，他都要缠着她说话。加之孔映的美籍华人身份，颜晰又是加拿大裔，相同的海外背景让他们有许多共同话题，才一个多星期，两人就从医患关系升级为朋友了。

“今天气色不错啊，再坚持两个星期，就可以下床了。”孔映走过去将窗帘拉开得更大，透过窗子的日光在她周身渲染出一层光晕。

“还有两个星期啊……”颜晰露出哀怨的小眼神。

孔映虽然冷言冷语，但在对待患者方面向来没什么脾气：“知道你待不住，但还是要忍耐。”

颜晰无疑是幸运的，虽然颈椎断了，但脊髓保存完好，最大程度地避免了瘫痪。但颈椎前路手术相当复杂，术后可能产生的并发症极多。孔映好不容易才把颜晰从死亡线拉回来，可不想在后续恢复上出岔子。

“可以下床之后，颈托也要24小时戴着。至少三个月内，都要在家静养，知道吗？”

“可是我还有很多工作……”

一直在一旁没有讲话的姜廷东突然淡淡地对颜晰说：“浩舜没告诉你吗？社长已经把你半年之内的工作都推了。”

孔映检查完，在一旁坐下：“颜晰，我得问你点事。出事那天，你有吃过可乐定吗？”

颜晰很无辜："我不喝可乐的，太多糖了，艺人要做身材管理的。"

"不是可乐，是可乐定，一种降压药。"

颜晰茫然地摇头，他连这个药名都没听过，更别提自己主动吃下去了。

"那你那天早上都吃了什么，还记得起来吗？"

颜晰仔细回忆了一遍出事的那天早上的饮食："其实那天行程比较紧，早上出门前没来得及吃早餐，后来到了体育场，一个工作人员帮我买了块三明治和一杯美式咖啡。"

"工作人员？你认识吗？"

"不认识，应该是主办方那边临时请的吧，忙碌的时候他们常常会请一些兼职的。"

神秘的临时工，在意外发生前一小时，为颜晰买了早餐，一小时后，颜晰轻微休克从升降台跌落。孔映怎么想怎么觉得这个临时工有嫌疑。

"怎么了？有什么事情不对吗？"

姜廷东轻轻冲孔映摇了摇头，意思是先不要告诉他。孔映明了，颜晰才从鬼门关走了一遭，现在不是告诉他这种事的合适时机。

孔映正准备离开，走廊突然传来一阵吵嚷。一开始听不太清在说什么，最后一句话孔映倒是听得清楚："让那个姓金的出来！"

她蹙了蹙眉："我出去看看。"

一出病房，就看到一群人围在护士站，气势汹汹的样子，几个护士正极力安抚，却收效甚微。

孔映走过去，神色不悦："怎么回事？在住院部吵成这样，别的病人还怎么休息？"

"孔主任……"新来的小护士没见过这场面，急得红了眼眶，可怜巴巴地看着孔映。

带头的家属见有人来，手指头直接戳了过来："你又是哪个？"

"我是骨科的主任孔映。"孔映后退一步，躲过了对方的指头，语气却越发冷起来。

护士心一凉，她前阵子也听过孔主任最近脾气不怎么好的事，这家属这么不知分寸，要是惹恼了他们主任，岂不是火上浇油吗？

孔映环顾四周，见不少人围观，便说：“这里是住院部，我们不要打扰病人休息，有什么话，去会议室谈吧。”

“我哪儿也不去，今天这事我就要找你说道说道。我妈一个月前骨折，你们骨科的金副主任给做了手术，结果我妈到现在还不能下床。我们五次三番找那个姓金的，他都不露面，今天我们就非得要个说法！”

孔映回头问护士：“金副主任呢？今天是他当班吧？”

“金副主任今天早退了，也没说去哪儿，刚才已经打过电话了，没人接。”

孔映心里清楚，这厮八成是去外地做飞行手术去了。宝和医院有些医生会在工作时间跑去外地做手术，以此赚些外快，这事她去年离职前就有所耳闻。

金副主任不在，孔映对这个病患又不甚了解，便道：“等明天金副主任来上班，我们一起开个术后研讨会，到时候一定给您一个满意的答复，可以吗？”

“你少跟我来这一套，今天拖明天，明天拖后天，我不管，今天你们必须给我们一个说法！”家属们不买账，很快骚动起来，混乱中有个男人蹿出来，抬起手就向孔映打来。

换作平时，孔映积累的那点泰拳功底制服这个男人轻轻松松，可如今她吊着三角巾无法施展，只能本能地向后退。

她只感到撞到一个人的怀里，然后电光石火之间，一只手从她的头侧伸了出来，狠狠抓住了男人的手腕，然后向外一掰。

这种掰法，孔映看着都疼。

见患者家属再也使不上力，姜廷东狠狠将他往外一推，后者即刻被甩出几步，差点仰倒在地。

这一动手，人群可炸开了锅，患者家属呼号着：“还有没有王法啦？医生打人啦！”

姜廷东阴着脸：“你可看清楚，先动手的是你，制止你的是我，这位孔医生可没参与丝毫。”

“不是医生你就可以动手了？我告诉你，我要告你，告到你倾家荡产！”

“欢迎你随时起诉，这是我名片。”姜廷东从钱包里抽出一张名片，“啪”地拍在护士站的台子上，把小护士都吓了一跳。

医院保安姗姗来迟，家属自知理亏，再闹下去没有好处，便撂了几句狠话，愤愤地走了。

孔映对护士说：“把这个病人的就诊号给我，回头我看看他的病历。还有，明天金副主任来上班，叫他亲自过来见我！”

一场骚乱终于平息，姜廷东问：“手没事吧？”

“手倒是没事。”

“倒是？”

“是啊，多亏了你，我现在没有手术只有门诊，每天下班准时得像老干部。哦对了，除了每天要跑到街上去拦出租车以外，我的生活简直不能更完美了。”

姜廷东真是服了她这张嘴。

正说着，姜廷东的电话响了。

只见他接了，应了几句，然后说：“我还是不过去了。”

电话那头不知说了什么，姜廷东看起来似乎有些为难：“兰薰姐，你是知道的……芍芍5岁生日，我是不想缺席的，但我又不可能带徐怀莎去。”

姜廷东听了几句，又道：“上次芍芍没见到徐怀莎，就闹了好几天，不是吗？我这边还有事要忙，待会儿再说吧。”

见姜廷东挂了电话，孔映问：“小朋友生日？”

“嗯。”姜廷东看了看表，“我先走了。”

“不去真的好吗？”

姜廷东回头，冷了脸：“这是我的私事。”

孔映无所谓地耸耸肩："我只是想说，有些人之所以不敢面对别人，是因为他不敢面对自己。"

"你什么意思？"

孔映抬起食指，在姜廷东眼前画了个圈，啧啧道："提到'徐怀莎'这个名字的时候，你的脸色可真够难看的。"

这话说完，姜廷东的脸色更加难看了。

孔映又不是傻的，这个叫徐怀莎的人八九不离十就是姜廷东的前女友，不然为什么他提到她名字的时候，他那鲸鱼尾巴似的眼角低垂得一点生气都没有。

"孔映。"两人正聊着，温沉不知从哪里匆匆赶来，一见到孔映，急忙问道，"我才听说刚才的事，你没事吧？没受伤吧？"

温沉是才下的手术，身上还穿着刷手服，他听说医闹的事，连衣服都来不及换，直接从心外手术室跑到了住院部。

"多亏了这位姜先生，不然可能真要挨一拳了。"

温沉觉得姜廷东有些面熟，又记不起来是在哪儿见过。

"你们聊，我还有事，先走了。"姜廷东向温沉点点头，走了。

温沉望着他的背影："你们……很熟？"

"算聊得来，他住我隔壁。"孔映收起了姜廷东留在护士站的那张名片，"听说有外院领导来观摩你手术，下了手术你不好好接待他们，怎么跑这儿来了？"

"你还说，护士长跟我说金副主任的患属闹到你那儿去了，还差点动手，我能不着急吗？"温沉一是怕孔映受伤，二是怕有人刺激到她的情绪，毕竟她还在服药，如果病情反复，会很难办，"这件事你不要插手了，明天我来跟金副主任还有家属谈。"

孔映走出了两步，回头看向温沉："不会连你也以为我真得了PTSD吧？在你眼里，我有那么容易疯吗？温沉，我没疯！"

为什么呢？为什么所有人都期盼以前的她回来？为什么所有人都把如今的自己当作病态一般的存在？

早知道如此，她就不该承认那舍曲林是她的，更不该将自己的病情坦诚相告。

温沉并没料到孔映的反应会如此激烈，一时不知该如何回应，只道："我不是那个意思……"

"既然不是，那就像以前那样对待我，让我处理该处理的事情，不要干涉。"孔映转过身去，头也不回地走了。

温沉愣在原地，心中涌出一股酸涩。

她是回来了，可是她还是离他如此之远。

像一捧沙，越是想要握紧，却越是从手中洒落。

只是那些聚集了记忆的时间顽固得不肯离开，双手的温柔触感，耳边的呢喃软语，还在温沉的脑海中，孤独地清晰着。

姜廷东亲自去了警局。

办案的警员很尽责，很快将蓄意向颜晰投毒一事立了案，但他也坦言，这种事很难追查。别说目击证人，案发地连个摄像头都没有，怎么查？

道理是这么个道理，可事情不查个水落石出，姜廷东怎么安心？如果这种事再发生，颜晰未必还会像这次这样幸运。

下午MG娱乐还有新女团的出道讨论会，他不能缺席，于是他打电话给自己的助理成美，让她去颜晰演唱会主办方的公司问问临时工的事。

会开完，成美也回来了。

"部长，对方的负责人说，因为颜晰哥人气高，他的演唱会向来很忙。他们怕人手不够，就提前雇了十几个临时工。"

成美将兼职登记册的复印件递给了姜廷东，姜廷东扫了一眼，名单上只有名字和电话号码，别说证件号码了，连张照片都没有。

这种登记，做了跟没做有什么区别。

姜廷东将名单扔进抽屉，脸色阴沉，成美预感到不是什么好事，悄悄出去了。

倘若颜晰没那么幸运，等到升降机升到最高的时候跌下来，他早就没命了。是什么样的人能费尽心机想出这样的方法来害人？如果真有人在幕后捣鬼，他与颜晰的仇肯定不是一星半点。这次颜晰侥幸活了下来，那下次呢？

姜廷东越想下去，越感到脊背沉重。

手机振了一下，是日历提醒——芍芍5岁生日。

想起白天的那通电话，姜廷东只觉得胸口有一块石头，

芍芍是他好友吴致远和白兰薰夫妇的女儿，姜廷东看着她从刚出生时的小不点长到如今的小美女，自然感情深厚。

然而芍芍最喜欢的人，是徐怀莎。

两人还在交往的时候，每周必会去探望芍芍，芍芍每次都要赖着徐怀莎讲故事做游戏，有时候一待就是一整天。

两人分手后，徐怀莎就没再见过芍芍了，姜廷东独自去见过芍芍一次，可因为徐怀莎没有跟他一起，芍芍大哭了一场，还闹了许多天。

自那以后，姜廷东就没有见过芍芍了。

姜廷东看着桌上已经准备好的礼物，疲倦地靠在椅背上。

或许孔映说得对，他并非不敢面对小朋友，而只是不敢面对已经失去徐怀莎的自己。

说起孔映……

姜廷东脑海里并没有太多孔映与她男朋友的回忆，如果今天不见到那个人，他都快要把那个男人的脸给忘了。

孔映大概也在那场事故中忘了那个男人，不然她今天看他的眼神，不该是那样毫无波澜的。

她曾深情凝望、热烈拥抱的人……

是温沉。

孔映的男朋友，是温沉。

晚上，提着礼物的姜廷东刚走出NOSA公寓的电梯，就见到靠在门边百无聊赖的孔映。

孔映看了看走廊的时钟："颜晰跟我说你大概会这个时间到家，还真准时啊。"

颜晰喜欢多管闲事这个毛病有了也不是一天两天了，姜廷东不奇怪。

"有事吗？"

孔映盯着他手里的礼物袋："连礼物都不打算送了吗？"

"我说了，这是我的私……"

"我陪你去。"

"什么？"

"我问过颜晰了，芍芍的父母在海边经营画廊和民宿，那间民宿餐厅海鲜是出了名的好吃。今天过去的话，既可以庆祝小朋友生日，又可以填饱肚子，何乐而不为？"

"你疯了吧？"姜廷东真是不理解她脑子里一天都在想些什么。

"我看你也没正常到哪里去，小朋友过生日而已，用得着搞得这么复杂吗？再说了，你不是说会对我的伤负责的吗？现在竟然连请一顿饭都不肯了？"

孔映搬出受伤这件事，理亏的姜廷东再也无法辩驳，只得站在原地。

孔映见他有所松动，上前拿过他手里的车钥匙，扬了扬下巴："还愣着干什么，走啊。"

明知道孔映是故意的，但姜廷东毫无办法。

谁让他当初非要多管闲事，去帮她盖那条该死的毯子呢？

芍芍父母的画廊开在棕榈市有名的荧光海滩边，距离市中心四十分钟的车程。

画廊营业到晚上八点，但基本上日落后就没什么人了，画廊主人吴致远和姜廷东曾是同行，和艺术家妻子白兰薰结婚后放弃做制作人转行开画廊，如今的生活也算过得有滋有味。

"天啊，廷东，我还以为你不过来了呢！"姜廷东一进门，一个

35岁上下的女人就迎了上来，她穿着一条极简款的一片式连衣裙，未施粉黛的脸显得非常温柔。

跟着姜廷东进门的孔映轻轻鞠了一躬："你好，我是孔映，打扰了。"

"哎呀，还带女朋友来了？"女人见了孔映异常惊喜，"我是白兰薰，快请进。"

姜廷东回头看了一眼孔映，然后对白兰薰说："是朋友。"

"朋友也欢迎啊。"白兰薰把话接得一丝不漏。

姜廷东环顾四周，问："致远哥和芍芍呢？"

"致远在家里准备生日餐呢，芍芍也在家。哦对了，这段时间我们在开画展，待会儿看完画，我们再一起回家里吃饭吧。"白兰薰很是热情。

"你们费心了。"

"费什么心，最近是淡季，也没什么人，我和致远闲得都要发霉了。"白兰薰温和地笑着，"你们先慢慢参观。"

画廊的面积不大，大部分是白兰薰自己的画，也有一部分是他们夫妇旅居国外时收藏的画作。没什么名家的噱头，布置得也简单温馨，很能舒缓观赏者的压力。

孔映在一幅睡莲前站定。

一汪池水中，几株雪青色的睡莲遗世而独立。

不过是一幅普通的风景油画，画工甚至有些粗糙，但孔映低头，仿佛看到自己的双脚踩在那被黄昏镀上金色的水中，然后，她看到了一个女人的脸。

那是她的脸，但……那又不是她的脸。

她只是与水中的女人有着一模一样的容貌。

孔映在沉默，水中的女人却在笑。

"小心点，我在看着你哦。"

孔映一激灵，倒退了两步，撞进站在她身后姜廷东的怀里。

姜廷东见她面色有异，问："怎么了？"

孔映再往前看去，哪里还有什么水池和女人，只剩下这间灯光昏暗的画廊。

她在原地愣了一会儿，才答："没事。"

幻觉吗？孔映摇摇头，想把那张微笑的脸从脑海驱离。

画廊歇业后，两人跟着白兰薰一起回到了他们夫妇的房子，这间小别墅面朝大海，距离画廊只有两分钟的车程。

"姜叔叔！"芍芍一见姜廷东，激动得不得了，整个人几乎是飞到姜廷东怀里的。

"哎哟，好久不见我们芍芍了，想不想姜叔叔呀？"

姜廷东把芍芍圈在手臂里，掐了掐她的小脸蛋，后者咯咯地笑成一团："想啊。"

"让我好好看看，老天爷怎么对我们芍芍这么好，又让芍芍变漂亮啦。"

姜廷东在面对小朋友的时候，完全像变了一个人，温柔亲切，笑得见牙不见眼，孔映一时间都分不清到底哪个是真的他了。

芍芍的大眼睛从姜廷东的手臂里望了出来，直勾勾地盯着孔映："你是谁呀？"

孔映见到芍芍，突然有点后悔用这个借口单独和姜廷东出来。

她光顾着撩拨姜廷东，却忘了自己不擅长应付小朋友。

哦不对，不能说不擅长，如果这个世界上有一种"讨厌儿童教"，那么孔映就是当之无愧的教主。

孔映清了清嗓，强迫自己假笑了一下，手指僵硬地指了指自己："我……叫孔映，是姜叔叔的朋友。"

"她是代替徐阿姨的吗？"芍芍转头问姜廷东。

孔映在心里翻了个白眼，代替？可千万别，要是哪天姜廷东真不喜欢徐怀莎了，那这游戏就没意思了。

吴致远的声音从厨房传来："芍芍，不要缠着姜叔叔啦，过来吃饭吹蜡烛吧。"

吴致远白兰薰夫妇准备了相当丰盛的一顿海鲜大餐，芍芍许了愿吹了蜡烛，全程都没有再多问一句关于徐怀莎的事情，这让大家都松了口气。

大家刚要动筷，门铃响了。

“这么晚了，谁呀？”白兰薰有点奇怪。

“你们先吃着，我去看看。”吴致远起身离桌。

孔映在美国生活久了，不太懂当地海鲜的吃法，努力了半晌，一片壳都没剥下来，更别提吃到肉了。

意识到这一点的姜廷东看不过，干脆拽过了她的盘子，将壳类海鲜仔仔细细地处理好了，又推回给了她。

孔映歪着头：“谢啦。”

姜廷东的这一举动被白兰薰看在眼里，她眼有深意地笑着，却不说话。

很快，吴致远回来了，显得有些局促不安。

“有谁来了吗？”白兰薰向外望了望。

“呃……”

吴致远正不知说什么，一个人突然从他身后走了出来。

顾着低头吃海鲜的孔映只听见一个柔媚的女声。

“芍芍，生日快乐！徐阿姨带了礼物来哦。”

余光下，孔映看到姜廷东放在餐桌上的手捏成了拳头。

车上，姜廷东和徐怀莎相对沉默。

姜廷东设想过无数种他们相遇的情景，但没有一种是现在这样。

有些人的容颜，会随着时间的流逝慢慢在他脑海中模糊，可徐怀莎的没有。

大概是总会梦到她的缘故，即便想忘，也无能为力。

徐怀莎率先打破了僵局：“这一年我都没来看过芍芍，今天是她生日，我想着总要过来看看的。”

“你现在看到了。”

徐怀莎望着姜廷东冰冷的侧脸，试图从他的眼神中找寻一丝对过往时光的眷恋。

可惜，不知道是姜廷东隐藏得太好，还是时间带走了一切，她在他的眼睛里，什么都找不到。

“那个女人……新女友？”最想问的问题，终于问出了口。

姜廷东想也不想：“朋友。”

徐怀莎笑笑：“眼光不错。”

“还有事吗？”

“今天也许是个契机吧。”

“什么契机？”

“我们重新认识的契机。事情已经过了一年了，我想着，我们至少可以像普通朋友那样相处吧。”

“徐怀莎。”姜廷东的声音终于开始有些发抖。

徐怀莎步步紧逼：“还是说，你还恨我？”

“你走吧！”

姜廷东下车，狠狠关上了副驾驶的门。

徐怀莎茫然地笑了一下，其实来看芍芍，她是有私心的，因为她知道姜廷东一定会来。

只是过去有些事已经太错，并不是现在一两句话就能够弥补的。

望着徐怀莎的车消失在路的尽头，姜廷东紧紧地闭上了眼睛。

事情已经过去一年多，他以为自己多少会有所放下。

是，他以为。

他以为的一切，在见到徐怀莎的一瞬间，全数崩溃。

餐后白兰薰拉着孔映聊天，两人就坐在屋檐下的躺椅上喝着酒，潮汐大海、明月稀星、朦胧夜色，孔映甚至有那么一瞬间怀疑那些忙碌的日日夜夜，和现在是否处在一个世界。

“廷东能带朋友过来，我是蛮惊讶的。他肯这样邀请你出来，足以说明你在他心中的分量了。”

孔映心里不以为然，哪里是邀请？要不是她今天搬出受伤的由头，就算生拉硬拽姜廷东，他都不会来的。

白兰薰望着月色，有些担心地说："廷东啊，他是那种明明非常善良，却认定了自己会不幸一辈子的人。"

"不幸？"

"我通过致远认识他的时候，他和现在不太一样。"

"那时候他是什么样子的？"孔映对以前的姜廷东有些好奇。

"他那时候对生活充满热情，相当有幸福感，我心情不好的时候看到他，都会有一种被鼓舞的感觉。"

热情？幸福感？这些东西，孔映从未在姜廷东身上感受到。

"可惜后来出了那件事……被信任的人背叛，对他来说是莫大的打击吧。"

孔映歪着头："你说徐怀莎？"

"嗯，他们在一起许多年了，我们都以为他们会结婚的。实际上，他们那时候也已经在考虑结婚了。但谁也没想到……"

远远地，听见吴致远在叫白兰薰的名字，后者笑眯眯地起身，对孔映说："我过去一下。"

"嗯。"

孔映放下啤酒，一个人往海边走去，其实从前的她是很喜欢海的，只是后来在临海的康复院住了一年，整天看着潮起潮落，倒是心生厌烦了。

她还记得，因为被诊断患有重度PTSD，那时候连出去散步都有护士跟着，生怕她做出什么伤害自己的事来。

如今这样一个人散步，心境有些陌生。

想到这里她觉得有些荒唐，在康复院中她也见过不少病人，那些真正想要自杀的人，哪是派人看着就看得住的？一个连死都不再害怕的人，他又会怕什么呢？

她明确地告诉他们她不想死，为什么他们就是不信呢？

脱了鞋，踩进翻着泡沫的浪花。鞭毛藻感受到力量，围绕在孔映身边，发出一阵阵荧光。

她慢慢往前走，越来越强的荧光在她身侧飞舞，海水慢慢涨高，渐渐没过她纤细的脚踝、小腿肚、膝盖、大腿……

海滩很好，夜色很好，真的很好，她甚至想躺下来，在水波中徜徉。

“孔映！”

孔映闻声回头，却只看见岸边一个缩小的人影，原来不知不觉中，她已经走了这么远了。

“你在干什么？”

姜廷东冲了过来，即便有海水的阻力，他跑得还是那样快。

海水已经没过孔映的脖子，海浪模糊了她的视线，她只看到一团荧光离她越来越近，越来越近。

然后，有人拽住了她的手。

不等她看清姜廷东的脸，后者就把她向岸边拖去，姜廷东力气极大，孔映又呛了海水，挣扎不能。

等好不容易上了岸，姜廷东终于发作：“你干什么？”

他的衣物已经湿透，布料贴合着皮肤，暴露了他的好身材。

孔映知道自己永远不会看走眼，姜廷东的确是极品。

“你该不会以为我是要自杀吧？”孔映直勾勾地看着他，漆黑的眼珠子像鹰。

“我不管你在想什么，你再往前走几步，我也救不了你！”姜廷东是真的恼了，他拽着孔映的手腕，后者觉得自己的舟状骨都要被他捏碎了。

孔映全身都湿了，薄纱罩衫几乎变成透明，勾勒出她完美的身材。牛仔短裤下，笔直而光洁的腿在月下闪闪发光。

她眯着眼睛，挑逗地看着姜廷东：“姜廷东，我觉得甩了你的那个人一定是个疯子。”

月光下湿漉漉的女人，秀色可餐。

姜廷东盯着她的眸子，没有回答。

“你怎么不回答我？”孔映不打算轻易放过他。

“你想我怎么回答？”

"你，还在想着那个疯子，对吧？"

"是又能怎样？"

"是的话……"她就能为所欲为了。

这种已将心交付给别人的男人，才是她想要的。

姜廷东不一定是个好男友，但一定会是个好情人。

"手，没事吧？"

等把孔映拽上岸，姜廷东才想起来她那脱臼的肩膀，刚才情况紧急，也不知道伤没伤着她。

"超级痛，大概……又脱臼了吧。"孔映捧着胳膊，露出一副痛苦的表情。

姜廷东立即紧张起来，往前了一步，却又不敢动她："你怎么不早说，我送你去医院！"

"你刚才那么凶，我哪敢说啊。"

"你在这儿等着，我把车开过来。"

意识到姜廷东当了真，孔映才得逞地笑了出来："骗你的啦，我肩膀没事。"

姜廷东是真的被她弄怕了，认真地问："真没事？"

"真没事，如果有事早就痛了。"

姜廷东看着她的长发粘在脸侧，无奈地叹了口气："下次别撒这种谎了。"

语气里，却是一点责备都没有了。

姜廷东将刚才扔在岸上的宽大外套披在她肩膀："回去吧。"

"他们……看起来很幸福。"

孔映说的是白兰薰和吴致远。

姜廷东侧头看了看她，没说话。

"人都是在无知无畏的时候才比较容易获得幸福吧，一旦尝过跌入地狱的滋味，很少有人会再有勇气尝试第二次。"孔映不知说的是自己，还是姜廷东，"毕竟，不付出就不会受到伤害，不是吗？"

像她和姜廷东这样的人，都是没法获得幸福的。从头到脚，即便再暧昧，即便做到最后一步，都不会有人想付出真心。

孔映不为此感到遗憾，相反，她为和自己想法一样的姜廷东而感到心安。因为暧昧，比爱情更加坚固。

“我想回棕榈了。”明早还要处理金副主任的事情，她不想再节外生枝。

两人都喝了酒，无法开车，于是开始打电话找代驾，打了几个电话，却被告知地点太偏，没有代驾肯来。

白兰薰对此倒是开心得不得了：“没有代驾，就住下吧，反正空房间多得很。”

“可是……”倒不是孔映对在外过夜抗拒，只是第二天她一早还要赶到医院，这里离市区又有一段距离，不太方便。

姜廷东看穿了她的心思，说：“那就住下吧，明天一早我直接送你去医院。”

孔映没法，只好答应，结果洗漱完了，才发现白兰薰把两个人的床铺安排到一间房里去了。

白兰薰的别墅是韩式的，没有席梦思这种东西，被褥都是现铺的，姜廷东洗澡出来，看到孔映盯着两床被子愣神。

刚才还天不怕地不怕连深海都敢进去的人，难道这个时候会怕和他睡在一个房间？姜廷东真是有点不太理解她的脑回路。

两人总算躺下，床铺之间隔着半米的距离，说多不多说少不少。

姜廷东在公司忙了一天，又抽出时间探望颜晰，相当辛苦，一躺下就觉得困倦了。

结果孔映不老实，翻来覆去，搞得姜廷东也没办法入睡。

姜廷东叹了一口气，问：“床不舒服吗？”

对方没回答。

孔映折腾了好一会儿，姜廷东见她没有停下来的意思，于是起身，盘腿坐到她旁边：“怎么了？”

孔映还是闷闷地没说话。

姜廷东将她盖在头上的被子拉开，见她轻轻喘着气，额上一层细细的汗。

"怎么了？哪里不舒服？"

"胃疼。"孔映终于小声答了一句。

她在康复院住的那一年，每天饮食规律营养均衡，如今冷不丁吃了一肚子海鲜，又作死地去海里搞成落汤鸡，不胃疼才怪。

"你等着。"

姜廷东没多问，立即跑去厨房烧热水，吴致远夫妇已经睡下了，他又翻了翻药柜子，把消食片找了出来。

孔映乖乖地喝了热水吃了消食片，道："我想坐一会儿。"

地铺没有靠的地方，墙壁太凉，她又没力气自己坐着，姜廷东只好全程用身子给她靠着，两只手护着她怕她倒出去。

看她闭着眼蔫蔫地倚在自己怀里，姜廷东突然有点心疼。在他能看到的孔映的记忆里，她是会常常撒娇的一个人，像这种身体不舒服的事，是绝不会像现在这样忍到不能忍才说的。

"好点了吗？"

"嗯。"她虚弱地点头。

"今天的事，不会再发生第二次了吧？"

有那么一瞬间，姜廷东是真的以为她要自杀的。

"我闹着玩的。"

这句话不老实。

其实她自己也说不准。

荧光海滩那么美，她只是单纯地想往海里走，觉得走得越深越自由，根本没有想过其他的事。

"以后别这样了，知道吗？"

半晌，孔映没回答。

均匀的呼吸声告诉姜廷东，她睡着了。

姜廷东本想让她睡回被子里，但又怕吵醒好不容易睡着的她，只好稍稍往后挪了挪，自己靠在柜子上，然后把整个前胸让给孔映靠。这样坐了半晌，又怕她着凉，默默将她的被子往她身上拉了拉。

X I A N G Y U / Q I A N W A N / C I D E / M O S H E N G R E N

第五章 过去的恋人

金远光第二天一早刚从外省飞回来，听说患者家属把事情闹去了孔映那里，吓得心脏病都要犯了，匆匆赶回了医院。

一进主任办公室，孔映果然阴沉着脸，见人来了，她一把将X光片丢了过去："钢钉固定不稳，骨骼延迟愈合，为什么拖了这么久还不重新手术？"

他拿起X光片，果然看到钢钉附近有一圈白色的光晕，明显是钢钉固定不稳造成的。钢钉松动，骨骼迟迟无法愈合，所以病人才一直不能下床。

"这个病人年纪比较大了，我以为她只是比别人愈合得慢了些……"

"骨科的老年病患不少，你别告诉我你行医这么多年，正常的愈合时间范围你没概念！"

金远光见搪塞不过，额上蒙了一层虚汗："孔主任，我最近有些忙，所以才忘了确认X光片……"

"忙？"孔映冷笑，"我查了你最近的门诊量和手术量，尤其是手术量，还不及底下的主治医师来得多。你说你忙，我看你是做飞行手术才忙不过来吧？"

金远光大惊，他本以为这件事隐瞒得很好，却不想早被孔映知道了。

“您听我解释，昨天我家里实在有急事……”

慌乱中连草稿都不打的借口，更显卑劣。

“行了。”孔映没耐心听他的辩解，“这个病患恐怕还需要配合植骨，你先去和家属道歉，商定二次手术的时间。等患者的事解决了，再说你的事。”

金远光哪还敢再多说话，只得应着出去了。

孔映忙完了手上的病历，给院长办公室打了个电话。

孔武极少接到孔映的电话，即便父女俩在同一家医院工作，基本都是各忙各的。孔武在外兼着不少职位，会议应酬不断，经常不在医院，而孔映一来上班就扎进骨科，连午饭都是护士帮忙带的，别的地方根本看不到她。

“我不反对做飞行手术，可是不能在上班的时间这样子。这个病人要不是被我撞见，金副主任还不知道要把她拖到什么时候，真是越来越不像话。”说到飞行手术的事，孔映有些气。

孔武乍一听到这个消息也有些惊讶，飞行手术他没少听说，可是因为飞行手术耽误了院里的病人，金远光还是第一例。

孔武深知孔映的个性，她是那种任何时候都会把患者放在第一位的人，现在也难怪她为这件事生气。

“这样，我找个时间亲自跟金副主任谈谈，严肃处理这件事情。”

“您看着办吧，别的我不管，这种事在我们骨科绝对不能发生第二次。”

“放心，这件事你就交给爸爸吧。”

谈完了公事，孔武把话题绕到了家事上。

“小映啊，你回国也有段时日了，今晚回家吃顿饭吧？”

“我自己住得挺好的，怎么，有事吗？”

“你沈阿姨说你在美国受苦了，晚上要特意给你准备一顿大餐为你接风。你们俩认识，但还没作为家人正式见过面，我想这也是个机会。”

一提起这件事，孔映心里就莫名不舒服。

虽然孔映已全然不记得母亲了，但她犹记得半年前，当时母亲才去世半年，她也因事故后遗症在美国疗养，突然接到父亲的电话，说自己要再婚了。

孔武的再婚对象，就是他口中的“沈阿姨”。她叫沈婉，是宝和医院的儿科主任，比孔武小了整整一轮。

孔映从小就和父亲关系疏离，加之年少时期就开始海外生活，期间又很少回国，父女俩之间的关系用“形同陌路”来形容也不为过。如今那个家里又多了一个陌生人，代替了母亲的位置，她更不会想回去。

于是她回答：“再说吧，我最近很忙。”

“你是主任，不必事必躬亲，天天看那么多门诊是要累垮的，把事情多交给底下的主治医生去忙，你偶尔接几个高难度手术，立立威，就行了。”

在孔武眼里，门诊和小手术做得再多也是没用的，只有那些能带来荣誉和名声的高难度大手术才有意义。

孔映听得心生厌烦，连反对的话都懒得出口。

“晚餐的事改天吧，我还有事，挂了。”

不等孔武答话，电话已成了忙音。

这一天，孔映从医院出来上了出租车，已经晚上八点了。

肩膀的三角巾还要过段时间才能拆，如今她做不了手术，只能尽量多看门诊，自然疲乏。

车里，夜间电台里正播着Louis Armstrong（路易斯　阿姆斯特朗）的“What A Wonderful World”，唱到“They'll learn much more than I'll ever know”的时候，孔映的思绪突然飘得很远，那场事故后，她常常有这种感觉，心中莫名失落，像是遗失了许多值得被怀念的东西，却无处找寻。

一声尖厉的急刹车，划破夜空。

只不过是一秒钟的事情，聚焦到孔映的眼中，却像过了几百年。

对面一辆闯红灯的小货车刚开到十字路口中间，侧面就有一辆大货车疾驰而来，还好大货车司机反应及时，两车在即将相撞的一瞬间刹住了。

只是急刹车的声响而已，却有一张熟悉而陌生的脸窜进她脑海里。

那张脸，和她在墓碑上看到的女人照片如出一辙，只不过，她并未如照片一样微笑，而是满脸鲜血，痛苦地喘息着。

秦幼悠噙着泪，似乎在用最后一丝力气抚摸着孔映的脸："小映，好好活着。要记得，妈妈永远爱你。"

"妈……妈妈？"孔映对着空气呼唤，感到整个心脏在被拉扯。她颤抖的手用尽全力才把落锁的车门打开，却发现下了车之后，自己连一秒都站不稳，只得慢慢靠在车门上滑下去。

司机见她这样，赶忙也跟着下了车："小姐，你没事吧？"

"我没事。"孔映塞给司机一张百元大钞，"不好意思，麻烦你等我一下，我马上就好。"

"真的没事吗？我看你脸色很差，要不要我送你去医院？"

"不用，一会儿就好。"

头顶的交通灯早已变绿了，排在后面的司机不耐烦地按着喇叭，但她全都听不到。肺泡似乎被灌满了水，让她一口气都喘不上来。

是母亲，是有关母亲的记忆，即便只是再微小不过的碎片。

她想起来了，那是母亲的遗言，是她在那场车祸里，留给她的最后一句话。

是否可笑？

母亲为救她牺牲了自己，自己竟全然忘记，毫无负担地开始了新的生活。

手机在细微地振动，是颜晰。

"孔医生，我一直在想要不要打这个电话，有些关于廷东哥的事，我想你或许知道。"

孔映竭力调整着呼吸，想让自己听起来正常一些："你说。"

"你和他去致远哥家那晚，是不是发生了什么事啊？"

"怎么了？"

"就……他从那天开始就不太正常，已经持续好几天了。刚才浩舜过来看我，说他下班的时候看见廷东哥把自己关在办公室里喝酒。"

孔映听到这里，脑中浮现出徐怀莎那张精致的脸，能让一向淡漠的姜廷东如此心绪错乱，除了那位还有谁呢？

"我担心他啊，我们的话他又听不进去，所以……能不能麻烦你去看看他？"

孔映叹息："我知道了。"

"孔医生，麻烦你了。"

挂断电话后不一会儿，颜晰就发来了姜廷东办公室的位置。

孔映站起来，慢慢坐回了出租车，对司机说："麻烦送我去MG娱乐。"

办公室里，灯光幽暗，姜廷东正望着眼前的红酒出神。

徐怀莎那晚的话在他脑中一遍遍重播，他看得出来，她已经将过去痛快放下，只剩他自己在原地徘徊。

做陌生人尚且思念，又叫他如何和她做朋友。

轻微的叩门声传来，他以为是成美，便应了一声："怎么这么晚还没下班，进来。"

门被推开。

孔映踏进他的办公室，一只手包着三角巾，一只手提着包，踩着高跟鞋一步步走到了他面前。

她穿着价格不菲的职业套裙，站得笔挺，好像刚才的崩溃与颤抖从未发生过。

"你怎么来了？"姜廷东全然没想到会是她。

她把包落在姜廷东的办公桌上，漫不经心："颜晰答应带我参观MG娱乐，我今天正好有空，就过来了。不过鉴于他的伤情，这导游的工作，估计要请你代劳了。"

姜廷东有些醉，以往淡漠的瞳仁此时飘着薄纱，只见他若有似无地笑了："你知不知道，你的借口很拙劣。"

"知道啊，不过重要的是，现在我在这儿，你也在这儿，不是吗？"

有的时候姜廷东真挺佩服她的逻辑的，八竿子打不着的两件事，也能被她这张嘴给捏到一起去。

"是颜晰让你过来看我的吧。"

"是我自己要来的，他只是担心你。"

或许是喝了酒，今天的姜廷东格外好说话，他站了起来："说吧，想参观哪里？"

"作为颜晰的粉丝，看看他的录音室怎么样？"

"跟我来吧。"

颜晰常用的录音室位于MG大楼的六层，从外面看来与其他的录音室别无二致。

姜廷东打开门，做出了一个请的手势。

录音室里面并不如孔映想的那样豪华，收音室与调音室隔着一面玻璃，面积非常有限。目光可及处只有一台看起来相当专业的调音台、一把转椅和皮质沙发。

"颜晰的大部分歌都是在这里录制完成的。"

即便环境普通，但孔映仍觉得神奇，原来一直以来激励着自己的歌，都是在这里诞生的。

或许这些对于姜廷东和颜晰来说只是日常工作，但那些歌曲漂洋过海，被这辈子都不会相识的人们聆听，而自己也是其中一员，这让孔映有一瞬间的感动。

"最喜欢颜晰的哪首歌？"姜廷东问。

"他唱过一首《醉着清醒》，是我这一年在康复院住院的时候，总是循环的一首歌。”

“是歌词里有‘龙舌兰后本该忘记，但你的脸越发清晰’那首吗？”

“你每天要制作那么多歌，竟然还能记住歌词呀。”

“是我写的，怎么会记不住？”

孔映有片刻的愣神，这首歌的旋律和歌词都写得戳心戳肺，没有真实经历的话，大概是写不出来的。

孔映回忆起白兰薰的话，问：“是写给前女友的吗？”

姜廷东没有回答，显然是不想提。

他从角落里拿出一把吉他，在沙发上坐下：“颜晰那版的歌词是根据社长的意思改过的，想听原版吗？”

孔映点点头。

MG社长修改歌词的理由是原歌词实在太阴郁，连没受过情伤的人听了都觉得刺骨锥心。

姜廷东的嗓音很低沉，和颜晰的微微吊高的音色不同，是两种完全不同的唱法。原版歌词与姜廷东的声音惊人地契合，在他唱到那句“二十四小时清醒，虽生犹死”时，孔映目不转睛地看着他，那是一种魔力，一个如此淡漠的男人，一个不会再有真心的男人，竟然可以唱出她的全部心情。

歌唱完了，孔映歪着头看姜廷东：“你知道吗？我还挺喜欢有点喝醉的你的。”

今晚的他比平时健谈，连神情都是柔和的。就像面具裂了一条缝，那里面才是真实的他。

孔映走上前去，毫不犹豫地在姜廷东的唇角落下一个吻。

姜廷东愣了一秒，但也只是一秒而已。

两个人的唇都很凉，靠近后却像点了一把火，孔映缠绕着他的颈热情地索取着。姜廷东伸出手臂，在她的腰上收紧，然后托着她圆润的臀将她整个人抱起。他意图将她压在沙发上，但沙发实在太窄了，连容一个人躺下的地方都没有。

“回家吧。”孔映在激烈的亲吻中喘息着提议。

成熟的男女，懂得如何直奔主题，不会去浪费不该浪费的时间。

一路沉默，一直到了NOSA顶层的走廊，姜廷东才终于忍不住，一把将她压在墙上。

两人吻得难舍难分，孔映伸出一只手去按房门密码。

突然，姜廷东的脑中闪过孔映与温沉亲吻的景象。

他是否卑鄙，夺走了她的记忆，倘若她还记得，她此时会在温沉身边，幸福而满足。而不是在自己这种企图用不负责任的欢愉，来摆脱几秒失去心上人痛苦的人的身边。

姜廷东停了下来。

孔映有些错愕，问：“怎么了？”

“今天还是算了，回去吧。”

突然，孔映公寓的门被人从里面打开了。

“学姐，你可算回来了！”

这个声音吓了两人一跳，孔映愣了半晌，才意识到原来今天是阮沁回国的日子。

更受惊吓的是阮沁，谁叫她一打开房门，就看到孔映和一个不认识的男人纠缠在一起呢。

她呆立了片刻，目光机械地扫过眼前的二人，孔映的口红早就花了，上衣的领口凌乱地敞着，正常人都想得到两个人刚才在外面做什么。

姜廷东伸手帮孔映擦了擦逸出唇边的口红：“走了，好好休息。”

“我……是不是耽误你们俩的事了？”还在震惊中没有反应过来的阮沁试图向孔映求证。

“嘁！”虽然有些扫兴，但孔映倒是没太在意，她理了理衣领，闪过阮沁走进公寓，一阵食物的香气扑面而来。

“做消夜了？”

“啊……嗯！”阮沁这才想起来，“看这么晚了你还不回来，怕你回来的时候会饿，就简单做了点。要吃吗学姐？”

“在医院吃过了，不吃了。”孔映将皮包丢到沙发，进了卫生间，阮沁也不死心跟了进来，孔映透过镜子看着欲言又止的她，叹了口气，“说吧，什么事？”

“就是有点担心你。”

“担心我？”

“嗯，你才结束疗养，就和刚认识的男人这样，我怕你……”

孔映出了事故后在美国疗养的这一年间，阮沁常常去探望她，她知道孔映失去了部分记忆，性情也和从前完全不同了，所以她觉得孔映并不适合在这时候谈恋爱，毕竟恋爱会让人情绪波动很大，对她的恢复没有好处。

“阮沁。”

“啊。”

“你知道的吧？我不是从前的我了。无论你接不接受，我现在是这样了。”

“我知道，可是只要再努力一点的话，说不定……”阮沁担心的是，孔映从来不会为变成以前的样子而努力。

“我和他，都不是相信爱情的人，只是及时行乐罢了。不然，你为什么觉得我会招惹他？因为他知道把握分寸，永远不会用情，这样最好，让彼此容易抽身。”

从在交警大队的第一次见面孔映就知道，姜廷东有着一颗被隔离得很好的心，是谁都进不去的。

而此时她需要的，也正是这样一段无名无实、没有束缚的感情。

檀香花园别墅区的其中一栋里，沈婉正在收拾碗筷，她本来是给孔映准备了相当丰盛的一桌晚餐，可孔映到底是没回来。

说到底，这栋别墅本是属于孔映外公秦正的，秦正是宝和医院的前任院长，医术高超、声名显赫，在学术界极有威望，甚至曾被认为是拉斯克奖的有力候选人。秦幼悠作为其独女，女承父业，以优异成绩考入国内最著名的医学院，最终成为一名妇产科医生。就在大家以为这位众星捧月的大小姐最终会步上望族联姻的路时，她却爱上了医学院的同窗、一穷二白的孔武，并以极快的速度完了婚。

可想而知，他们的婚事曾遭到了秦正的激烈反对，甚至一度闹到了要断绝父女关系的地步。但随着孔映的降生，这件事最终到底是慢慢过去了。

一直到一年前，秦幼悠车祸身亡，孔映也在那场事故中受了刺激，不得不前往美国疗养。

孔武向沈婉摆了摆手："别忙活了，等明早小林来了，让她收拾吧。"

小林是孔家的保姆，负责打理家务，每天清晨过来夜晚才走，她已在孔家做了许多年，也算是看着孔映长大的。

沈婉擦了擦手，坐到孔武旁边，有些担忧地说："你说，小映是不是打算以后都不回来了？"

沈婉是宝和医院有名的美女医生，明明快50岁的人，保养得却像三十出头。她中年丧夫后一直没有再嫁，直到遇见孔武。

"出事之后她性子变了很多，由她去吧，只要不干出格的事，我也懒得管她。"

"可是我怕……"

"你怕什么？"

"你就不担心那件事被她……"沈婉欲言又止，"她毕竟也是当事人啊！虽说现在她很多事都记不起来了，但谁又能保证以后……"

孔武的眼神一下变得阴鸷："告诉你多少遍了，以后不许再提那件事！事情已经过去了，今后她就在宝和踏踏实实上班，在我眼皮子底下，我看她能闹出什么事。"

沈婉见孔武不悦，马上话锋一转："老公，那你看……小映也不小了，个人问题也得提上日程来。天天这么在医院转悠，现在又是这么个性子，怕是不好交男朋友呀。"

孔武点点头："我最近也在琢磨这个事，也是时候让她安定下来了。你有人选？”

“我看温沉就不错啊，那孩子性子沉稳，医术了得，以后肯定大有作为。”

“大外科的温沉？”

“对啊，出事之前，医院不都在传他和小映在秘密恋爱吗？也不知道是不是真的。不过这次小映回来，和温沉看起来就像是普通朋友，所以我也拿不准。”

“胡闹！”孔武一声呵斥，吓到了沈婉。

“怎么了这是？”

“温沉怎么能配得上我们小映？医院里那些风言风语别人传传也就算了，你竟然也跟着上心！”

沈婉不知道孔武这股火气由何而来，但看他那愤怒的表情，是万万不敢说下去了，只得媚然一笑：“你看，你还发起脾气来了，我不就是随口一说吗？我们小映当然值得最好的人。”

沈婉嘴上说着，心里却打起鼓来。

颜晰主演的首部电影《无处可逃》的首映礼，如期举行。

孔映收到了邀请函，在放映厅的正中间，视角极好。其实她不太记得上一次这么安安稳稳地坐在电影院里是什么时候了，好像自从那场事故后，她就不曾看过电影了。

孔映来的时候，整个放映厅已经被坐得满满当当，只有她身边的位置一直空着。她将身体陷在柔软的座椅里，阴暗的灯光晃得她有些昏昏欲睡。

昨晚宝和医院急诊科收治了一名双手被机器搅烂的工伤病人，是从附近的小城市转院过来的，眼看着双手要保不住，情况十分危急。孔映从睡梦中被叫醒，一路以七十迈的速度开车赶到医院去做手术，等手术结束，都已经早上五点了。

身为院长独女，宝和医院继承人，她不必值夜班，孔武就没有给她分私人休息室。她手术结束后懒得再折腾回家一趟，就窝在温沉的休息室睡了三个小时，导致温沉一早来上班，看到自己的床上莫名出现一个人，吓了一跳。

大概是太累了，孔映连被子都没盖，就裹着白大褂整个人倒在那里。温沉看着心疼，从柜子里抱出被子给她盖，结果盖到一半，人就醒了。

“几点了？”

“八点多了，再睡会儿吧。”温沉坐在床边，手自然而然地去拨她睡得有些散乱的刘海儿，“怎么睡这儿了？有手术吗？”

孔映坐起来，伸了个懒腰：“双手粉碎性骨折，碎得太厉害，上个医院要截肢，患者家属不同意，所以昨晚转过来了。”

她早先已经自行拆了三角巾，最近陆陆续续地在接手手术了，还好肩膀恢复得不错，不然她可不会轻易放过姜廷东。

“怎么样？”

“保住了。”

不咸不淡的三个字说得像“天气不错”一样风轻云淡，但孔映累得通红的双眼却骗不了温沉。她从不会强调自己有多辛苦，只会拼尽全力去做，这点温沉再清楚不过，却也再心疼不过。

孔映回头想想，患者的手的确碎得太厉害了，别的医生得出截肢的结论不无道理。但她深知失去双手会对一个人的生活产生多沉重的打击，于是她就那么弓着腰，整整七个小时，一点一点把断裂的神经缝合起来，又一片一片拼着碎到不能再碎的骨头。

或许她的性格在那场惨烈的事故中彻底改变了，但她对患者的责任感，是永远不会变的。

“感谢各位参加今天电影《无处可逃》的首映式，现在仪式正式开始。”

主持人甜美的声音将孔映拉回了当下。

这部电影是在颜晰受伤前拍摄完成的，也是一部投资商们非常看好的影片。只可惜颜晰如今在病中无法出席，首映式的流程便一再简化，最终只变成了一个简短的发布会和电影播放了。

导演和几位主演们聊完拍摄心得，灯光很快全暗。

电影放到三分之一的时候，孔映身边一直空着的位置上终于来了人。室内很暗，她的注意力也都在电影上，没看清来人的脸。

电影讲述的是一个失忆的男人，为了找回记忆，跋山涉水，最终发现自己失去的记忆充满绝望与痛苦，跳海自杀的故事。

作为同样被失忆困扰折磨的人，这样的题材何其震撼。

她突然想起那句话：如果你的记忆只有苦痛，你还想要回它们吗？

临近结尾的时候，唯一提供光源的大银幕突然黑了。

过了几秒，她只听身后有人小声问：“是不是停电了？”

她心中一紧，手却不自主地开始颤抖，她怕黑，从小就怕黑。

孔映勉强抑制着自己渐变急促的呼吸，左耳突然被邻座塞进来一只耳机，她条件反射地一躲，耳机中传出的旋律却一瞬间结束了她的惊恐。

“别怕。”

声音有点熟悉，她转过头去，在手机屏幕微弱的光下，她看到了姜廷东的侧脸。

“你……”

“嘘，听着。”

这首歌没有歌词，从头到尾只是呢呢喃喃地哼。孔映觉得有些惊奇，她明明没听过这首歌，但此时却在旋律中异常安心。她尝试过各种克服黑暗恐惧症的方法，竟没有这首歌十分之一来得有效。

这首歌是在孔映还小的时候，每每感到害怕，秦幼悠就会为她哼唱的一首歌。当然，她不记得了，但保存着她记忆的姜廷东，仍记得清清楚楚。

观众们慢慢躁动起来，有的人打开手机闪光灯开始往外走，很快，也有工作人员提着应急灯来引导观众退场。但姜廷东陪孔映静静地坐着，坐到最后放映厅里只剩他们两个人了。

歌曲播完的时候，电也来了。

银幕上，结尾继续播放着。

颜晰饰演的男主角绝望地回头，看了这个世界最后一眼，然后纵身一跃，消失在茫茫大海深处。

屏幕上出现了颜晰饰演的男主角的遗书，那上面只有一句话——

愿来生了无记忆。

灯终于亮起来了。

姜廷东的脸也亮起来了："好久不见。"

上一次两人见面，还是被阮沁撞破那次。转眼都已经过了几个星期了，即便是就住在隔壁，两人都没有碰过面。

"你知道我怕黑？"孔映的声音沙沙的，里头似乎有些戒备。

从小到大，每次怕黑的时候她都将心情隐藏得很好，这件事连孔武都不知道。

姜廷东回避了问题，只是问："喜欢那首歌？"

"很有效，谢谢。"

比起孔映丢失的那些幸福来说，这一点安全感算不得什么。姜廷东看得到她的记忆，所以这点事，他还是能为她做的。

"如果有个人拥有你丢失的回忆，你打算怎么样？"

孔映愣了一下，随即失笑，若真有人能看到她的记忆，她大概连高兴都来不及。就像电影里那个男人一样，她就算翻山越岭，也一定要找到那个人。

"我会找到他，然后问他，我丢失的那些记忆里面到底有什么？我又为何变成现在这个样子？"

即便记忆里尽是残酷，她也愿意。

X I A N G Y U / Q I A N W A N / C I D E / M O S H E N G R E N

第六章 美梦中的噩梦

《无处可逃》上映第一天票房破亿，好评如潮。这天也正值颜晰出院，制片方包下新皇酒店顶层举办庆功party。

孔映收到颜晰的邀请，本打算下班后回家换衣服，结果温沉那个工作狂临时通知她会诊，导致她在路边的名品店随便抓了件晚礼服，半路在美容室准备了妆发，就直接来了现场。

那张被上帝精心雕琢的脸蛋，一米七往上的身高，身材比例极好，一双腿又细又长，虽然只是临时装扮，但并不输在场任何一位女宾。

姜廷东见到孔映的时候，微微有些走神，平时见惯了她穿白大褂和刷手服的样子，也不少见她那每天都不会重样的大牌职业装，他在娱乐公司工作，见过太多漂亮女人，所以他以为她只是美。可如今她穿着剪裁贴合腰身曲线露背的晚礼服微微笑着站在他面前，他才发现她不只是美，还美得不可方物。

颜晰是这场party的主角，孔映本以为他戴着颈托出席会显得有些滑稽，没想到他保持着在公众前一贯的冷漠表情，再滑稽的东西到了他身上，也竟成了一种时尚了。

能把颈托戴得这么潮流别致的人，大概全世界就只有颜晰一人了。

“廷东。”姜廷东听到一个甜腻的声音，似乎极熟悉又极陌生，他下意识地循声看去，一个身着华服、妆容精致的女人款款走了过来，笑容灿烂。

姜廷东在见到她的一瞬间，表情隐秘地溃散了。

他向来发生任何事都不动丝毫声色，如今却因为这个女人的出现而变了脸。

本在和颜晰热聊的孔映察觉出不对，便往他们的方向走去，却发现事情比她想象的还要严重。

“你怎么会来？”

“这部电影，坂姜制药是这部电影的主要投资商，你不知道吗？”女人轻轻眨眼，媚态十足，“制片方极力邀请姜傲和我出席，我们要是不来的话，就太拂制片方的面子啦。”

姜廷东是真的不知道他们也在受邀名单上，否则就算颜晰上门去求他，他都不可能出现在这里。

“怀莎。”迎面走来一个西装革履、高大英俊的男人，他搂了一下徐怀莎的腰，宠溺道，“怎么一个人跑到这里来了？”

徐怀莎笑得太完美，姜廷东也曾沉浸在这样的笑容里数年，如今却完美得让他有些不舒服，她娇羞地靠在男人怀里：“和廷东好久不见，没想到竟在这里碰上了，就过来聊上两句。”

徐怀莎的谎撒得滴水不漏，明明几个星期前和姜廷东刚在吴致远家见过，如今在男朋友面前，就变成“好久不见”了。

“哦，原来是廷东啊。”姜傲的目光先是落到了姜廷东脸上，一脸的不可言说。

是啊，他如今是坂姜制药的社长了，自然风光无限，意气风发。

走过来的孔映将手轻轻搭在姜廷东的肘部，后者没有动。

“那你们叙叙旧吧，我先过去那边。”姜傲明明知道徐怀莎和姜廷东交往过，此刻却完全不介意两人独处，说不清是真大方还是胜利者的炫耀。

孔映也不是傻的，知趣地避嫌："颜晰刚才找我过去，那我也先走了。"

很快，就剩下姜廷东和徐怀莎两人。

"是上次在致远哥家见到的那个女人？你们这样子，可不像只是朋友啊。"徐怀莎眨着眼。

姜廷东没有接话。

"你……就这么恨我吗？"

姜廷东仍旧不回答，甚至不愿看徐怀莎眼睛。

"上次没说几句话就要赶我走，这次连看都不愿意看我一眼吗？"徐怀莎追问。

姜廷东心中翻涌着，他能说些什么呢？说不恨，他做不到；说不在乎，他不愿说谎。难道要他说，他心里仍为她留着位置？

"今天的见面，是失误。这样的事，以后都不会再发生。"

姜廷东正要转身，却被徐怀莎轻轻抓住袖口。

"廷东，你就让我把话说完。等说完这些话，我保证不会出现在你面前。"

姜廷东没有再动，慢慢对上了徐怀莎的视线，浓艳的妆容下，他还是能一眼看出曾经每天清晨都会出现在他身旁的明丽双眼。

那双姜廷东看上一眼，就会卸下所有防备，义无反顾陷入其中的眼睛。

"我承认，那个时候是我做事太绝了，我在这里跟你道歉。但那时候我们之间也出现问题了不是吗？你只关心MG娱乐，录音室都快成了你第二个家了吧？你可是坂姜制药曾经的继承人啊，可公司的事你连问都不问。伯父去世后，我以为你会有所醒悟，可你居然就那么眼睁睁地看着公司被你叔叔夺走，一点反抗都没有。我的男人不该是这么没有斗志的，被人凭空夺走属于自己的东西，你甘心，我都不会甘心。"

一字一句，像利刃，划过姜廷东的皮肤，留下一道道骇人血痕。

"你说我……甘心是吗？"

姜廷东的声线骤变，如同坚冰包裹岩浆，又冷又怒。

只听“哗啦”一声，手中的高脚杯被姜廷东狠狠摔碎在桌角，惊了周围的宾客，徐怀莎更是吓得花容失色。

红酒流淌在玻璃碎碴之间，高脚杯脚还被姜廷东捏在手里，他的手指被锋利的截面划破，鲜血跟随重力，一滴一滴落在地上。

徐怀莎发誓，她在他眼里看见了彻骨寒冰。

孔映原路返回去找姜廷东，可偌大的宴会场，早已不见他的踪影。

几个服务生在清理地面，孔映看到餐台桌角有什么东西在发光，弯腰拾起，拿到手中才发现，是一枚Cartier的黄金钻石袖扣。

她将袖扣翻转过来，背面刻着T.J.，大约是主人名字的缩写。

“是廷东的袖扣，拿回去给他吧。”不远处一人走近孔映，“那袖扣是我送他的，没想到这么多年了，他还留着。”

孔映抬头去看说话的人，对方笑着伸出手：“不好意思，算起来我们见过两次了，还没来得及打招呼，你好，我是徐怀莎。”

孔映迟疑了一下，浅尝辄止地握了下她的手：“我是孔映。”

“孔映……你的名字好特别。对了，你和廷东，是在交往吧？”

孔映将袖扣收进手包，淡淡道：“只是朋友。”

“哦，是这样啊。那他还能邀请你做女伴，看来也是关系很好的朋友了。”

作为曾与姜廷东交往七年的人，徐怀莎能看出，姜廷东看孔映的眼神里，没有爱情。如果非要说有些什么，也顶多算是暧昧。

只是孔映这人让她有些在意，从头到尾虽然没讲几句话，气场却强得让人望而却步。

孔映同样打量着徐怀莎，她不太明白，眼前这个女人除了漂亮，其他有什么特别的地方，能让姜廷东如此念念不忘。

她不是嫉妒，只是单纯好奇。

徐怀莎看着孔映的眼睛，突然说：“你对廷东，不是认真的吧？”

徐怀莎说完，自己笑了：“你要是真喜欢他，刚才我提出和他叙旧的时候，你就不会主动避开了。”

“所以呢？”

“因为他心里有别人，所以就可以肆无忌惮地游戏了，是吧？”徐怀莎的语气突然冷了下来，“可惜，廷东和你不是一路人，适可而止吧。”

徐怀莎这一番转折，倒提起了孔映的兴致，她饶有兴味道：“那我倒想听听，姜廷东是怎样的人？”

“他是，值得比你更好的人的人。”

“够不够格，你说了不算，只有他说了算。”孔映侧过身去，用余光瞥了一眼徐怀莎，轻笑，“失陪了，徐小姐。”

孔映找了一圈，不见姜廷东的身影，不禁担心是不是出了什么事情。一路往地下停车场找去，发现他的欧陆已经不在了。

她拨通了颜晰的电话：“颜晰，看到姜廷东了吗？他的袖扣在我这儿，我找不见他人了。”

“你刚才不在吗？廷东哥摔了杯子，直接走了。”

“怎么回事？”

“大概是看到前女友和自己堂兄在一起，心里不舒服吧。”

“徐怀莎吗？”

“对啊，现在和姜傲在一起了，姜傲是廷东哥的堂兄。”颜晰顿了顿，“你在哪儿？我过去找你吧，戴着颈托开party，也是够累的。”

“在停车场呢，好，那我等你。”

不一会儿，颜晰的保姆车就开了过来，颜晰在驾驶位后方的位置坐着，看起来疲乏不已。

“早知道就听你的，不过来了。”戴着颈托的颜晰显得可怜巴巴的。

本来颜晰是被孔映牢牢叮嘱出院后在家静养的，但这部电影他彻底缺席了后期宣传，这次庆功宴再不参加，他心里过意不去。

保姆车转上道路，颜晰偏头看了孔映一眼，突然笑了起来："我都不知道你和廷东哥发展到这种地步了。"

"什么地步？"

"能一起出席这种重要宴会的地步啊。"

孔映托着下巴哼笑："只能算是聊得来的邻居，大概连朋友也算不上。"

"他告诉你他和徐怀莎的事了吗？"

孔映没回答，她不是那种喜欢追问人家隐私的人，更何况她和姜廷东哪里到了互相倾诉秘密的程度。

"两个人本来都要结婚了，就因为廷东哥的父亲突然病逝，他们家的家族企业——坂姜制药的控制权落在了他叔父手里，本来属于廷东哥的继承权也落在了他堂兄姜傲手上，徐怀莎就转而和姜傲好上了。相恋多年的女友，突然因为钱抛弃自己，还和自己的堂兄在一起了，这换成谁，也都是接受不了的吧。"

孔映早已猜出姜廷东有无法启齿的过去，但从颜晰口中得知整件事的来龙去脉，还是有些唏嘘。被手足和挚爱同时背叛，个中滋味，只有当事人自己心里清楚了。

"所以，他就变成现在这个样子了吗？"

"你看出来了啊。是啊，一切都变了。唉，好怀念以前的廷东哥啊。"

怀念以前的他吗？

孔映在心里笑了。

他们怎么就是不懂呢？就像Sarah和阮沁，无时无刻不祈祷她变回过去的样子。但伤害和成长其实没什么两样，她和姜廷东不是怪胎，只是改变了。

保姆车在NOSA公寓前停下，颜晰突然认真地看着孔映："孔医生，救救他吧。你救了那么多人的生命，这次，就救救他的心吧。"

孔映下了车，抬头望向灰白弯月，不禁充满讽刺地嗤笑。

一个病入膏肓的人，怎么去救另一个病入膏肓的人？

对于姜廷东来说，徐怀莎是一场噩梦，一场伪装成美梦的噩梦。

分手前一天，徐怀莎还抱着他和他一起畅想蜜月旅行的目的地，结果二十四小时不到，她一通分手电话就将两人七年的感情葬送。

只因为他没了坂姜制药的继承权。

可笑，太可笑。

时针快指向午夜了，面前的伏特加刚喝到一半，突然有人按门铃。姜廷东去看对讲画面，见到穿着无袖晚礼服的孔映。

他开了门，倚在玄关边看着她脱高跟鞋，一反常态地主动："喝点热巧克力吗？酒喝得胃里不舒服吧？"

"好啊，谢了。"孔映欣然应道。

姜廷东的家和孔映事先想象的完全不同，她本以为这里会是那种金碧辉煌的巴洛克风，却没想到整个公寓是以灰色为主色调的极简风格，放眼望去竟一丝丝暖色调都没有。

和孔映家的格局一样，这里的厨房是开放式的，姜廷东打开柜子找巧克力糖浆，孔映走过来，见他手指上缠着歪歪扭扭的纱布，上头还渗着血。

"怎么这么晚过来了？"姜廷东边找东西边问。

"听颜晰说你和徐怀莎闹得不太愉快，有点担心。反正我就住隔壁，也多走不了几步路。"孔映从皮包里掏出那枚钻石袖扣，搁在桌子上，"还有，你的袖扣落下了。"

袖扣是徐怀莎送的，他一直戴着。孔映没点破。

姜廷东看了一眼袖扣，嗓音暗了一下，慢慢道："丢了也罢。"

孔映在心里笑他口是心非，干脆拉住他："先别管喝的了，过来坐，我帮你把手指重新包扎下。"

喝了酒的姜廷东自然是比平日听话许多，乖乖地坐了过来。

拆下原先的纱布，孔映才发现创口比她想象的还要深，玻璃是斜着戳进去的，又在伤口中停留了相当长一段时间，所以一片血肉模糊。

“你这样随随便便处理，是要感染的。我不想颜晰刚出院，又在医院看到你。”孔映大概猜到这伤是因为见到徐怀莎才受的，也知道姜廷东大半夜在家独自喝酒定是心情不畅，所以故意把语气放得很轻松。

“有些事情，能够曾经拥有已经很好了。你已经比我幸运了，我可是连曾经都失去了的人。”孔映一边帮他消毒，一边淡淡道。

孔映愿意剖开自己的伤口来宽慰姜廷东，也是因为她感同身受。

“人之所以受伤，不是因为失去了，而是因为它还在。”

孔映愣了。

姜廷东说得对。

她恨这样的自己，因为失去了记忆，所以连母亲去世，她都无法悲伤或哭泣。如果那些回忆还在，又会是怎样一番景象？她也会像萨婆婆在外公的告别仪式上那样崩溃痛哭吗？

伤口包扎好，姜廷东继续去帮孔映煮热巧克力，不一会儿，巧克力的香气就溢满了厨房。

姜廷东将马克杯端给她：“一泵巧克力糖浆，一层薄生奶油，加脱脂牛奶，应该合你口味。”

孔映捧起马克杯喝了一口：“啊，真舒服，这个解酒最好了，比解酒汤还管用。”

她的发型有些散了，栗色的长发掉了几绺在耳侧，本来穿的就是低胸礼服，此时更添了份性感。

电视里播放着午夜恐怖电影，姜廷东坐下来继续喝酒，孔映则蜷在他旁边喝热巧克力。两人之间有着一种奇妙的默契，就算不讲话，也并不觉得尴尬。

电影放到一半，画面出现一个满身是血的小女孩拖着洋娃娃，走在旋转楼梯上，背景音越来越恐怖，像是有什么大事要发生。

姜廷东突然欺身上前，捂住了孔映的眼睛。

“怎么了？”她的眼前一片漆黑，他手心的温热加速了她的心跳。

“这里有个镜头很恐怖。”

孔映突然懂了白兰薰那句话：“廷东啊，他是那种，明明非常善良，却认定了自己会不幸一辈子的人。”

他不仅善良，还很温柔。

孔映按住他的手，一个翻身，骑在了姜廷东的身上。

姜廷东好像知道她要做什么，另一只手重重握住她纤细的腰。

仅仅是三秒的对视，却要把周遭的一切都烧起来。

孔映低下头，用鼻子蹭姜廷东的脖子，然后是细细碎碎的啃咬，慢慢变成细致缠绵的吻。

姜廷东托着孔映站起来，后者的脚缠着他的身子，像一株亟须从大树汲取养分的藤蔓。

两人一路喘息亲吻，进了主卧，被放到床上的孔映见床头上放着一只造型幼稚的玩偶，与这里的风格格格不入，不禁有些想笑：“没想到你喜欢这些。”

在解衬衫扣子的姜廷东抬起头：“是我妹妹的东西。”

“妹妹？”孔映一直以为姜廷东是独生子，没想到他还有个妹妹。

“我父母早年离婚的时候，我被判给了父亲，母亲则带着妹妹去了美国。那之后，我们就没再见过面了。”

“她不愿意见你吗？”

“要是她只是不愿见我，倒也没什么，起码让我知道她在某个地方生活得很好，我就知足了。”姜廷东光着上身走到床边，将窗帘拉上，只剩下那盏橙黄色的壁灯还在幽幽发亮，“在美国发生了一些事，她离家出走了。我和母亲找了好多年，一点音信都没有。”

孔映看出姜廷东不愿意继续这个话题，便走上去慢慢摸索上他的腰：“我们，继续吧？”

姜廷东一愣，旋即将孔映压倒在床上。

两个自私却承受着苦痛的人，贪恋着情欲带来的麻痹感，慢慢沉沦。

X I A N G Y U / Q I A N W A N / C I D E / M O S H E N G R E N

第七章
游戏才刚开始

孔映是在翻身的时候，被手指的伤口痛醒的。

她疲倦地从被窝里爬起来，这才发现左手食指划伤了，也不知道是什么时候弄的，伤口又深又长，几乎横着贯穿了整个手指，一跳一跳地疼着。

阮沁正在厨房里吃早餐，见一身深蓝色丝绸睡衣的孔映从卧室里晃出来，马上打招呼："学姐，过来吃点吧，我刚烤的面包，新鲜出炉的。"

孔映在餐桌前坐下，思考了足足有一分钟的时间，才问："我昨天什么时候回来的？"

她明明记得昨晚在姜廷东家过夜了，可是为什么醒来是在自己家的床上，这中间到底发生了什么事？

阮沁忙活着将面包切片："不知道啊，我昨晚睡的时候你还没回来，怎么了？"

孔映揉了揉太阳穴："没事，可能我昨晚喝多了，不太记得了。"

虽然这么说，但在party上她只喝了几杯红酒，到姜廷东家的时候还是很清醒的，就连之后的事也记得清清楚楚……可结束后怎么突然断片了？

孔映咬了一口面包："新公司怎么样？你上班有一段时间了吧？我也没顾得上问。"

"挺好的，就是辛苦了点，我们社长是个工作狂，我在他手下的秘书室做事，自然也要跟着忙。"

孔映在斯坦福读医学博士的时候，阮沁在同校读本科。孔映还记得大约是2005年的事，那会儿阮沁刚和前男友分手，大半夜在空无一人的街上边走边哭，孔映开车路过，怕她出事，就停车问她家在哪儿，要不要送她回家。

从此阮沁就缠上了孔映，还住进了孔映在加州的海景洋房，一开始还是交房租的，后来孔映被她的厨艺和家务能力征服，干脆连房租也不收她的了。

不过说是学姐，但因为孔映14岁就读本科，20岁就博士毕业，所以阮沁不过比她小了一岁而已。

"哦，对了，早上我收信的时候，有一封是给你的。不过这信有点奇怪，连邮票都没有，好像是被人直接塞进信箱的。"阮沁拿过一个信封递给孔映，寄件人的地方写着"阿曼达"。

阿曼达？孔映对这个名字完全没有印象。

"学姐，今天你应该不用去医院吧？好不容易有个休息日，我们去逛街吧？"

"哦，可以啊。"孔映一边心不在焉地回答，一边撕开信封。

里面只有一张纸，上面写着六个大字——

离姜廷东远点！

孔映瞳孔里流转的水波瞬间凝固了。

字不知道是用什么写的，猩红猩红的，是让人无法忽略的刺眼。

她将纸捏起，凑近轻闻了一下，微微皱了眉。

字迹虽已凝固变色，但这股血腥味是骗不了人的，更何况，她对人血再熟悉不过。

阮沁见孔映脸色不好，便凑过来看，几个血红的汉字突然跃入眼帘，吓得她也变了脸色。

阮沁问得小心翼翼：“学姐，这是……”

“吃饭吧。”孔映淡然地撕了那张纸，丢进厨房垃圾桶，重新拿起了咖啡杯。

“那个……不会是真血吧？”

“恶作剧罢了，医院那么忙，总有一两个对我不满意的病人。”

“那……要不要报警啊？他们都知道你住在哪儿了，万一下次直接找上门来怎么办？”

阮沁心里冒出了无数个问号，这“血书”到底是什么意思？姜廷东，又是谁？

“学姐，你知道如果有事，是可以和我说的对吧？虽然这样听起来我很多事，但你毕竟还在康复期……”

自从孔映车祸后患上PTSD，阮沁就想尽办法守护在她身边。前脚刚得知孔映出院回国，后脚她就辞掉了她在加州那份令人艳羡的工作，跟着回来了。

她不能放任孔映不管，她一定要在一旁看着她才放心。

但她不知道，孔映其实心里有数，只是不想说破。她昨夜刚在姜廷东家停留，今早这份“血书”就送到了她家门口，除了徐怀莎，还能有谁？

孔映举起左手，看着细长的伤口，若有所思。

MG娱乐在筹备颜晰的新专辑，这是他伤后复出很重要的一步，社长钦点姜廷东为总制作人。

姜廷东照常泡录音室，敬业的程度与平时并无二致，可颜晰还是看出了他的不寻常。

“出什么事了吗？怎么看你有点恍惚？”

姜廷东很少这样，他是把工作和生活分得很清楚的男人，平日里的情绪他很少会带到公司来，况且，他平日里也少有情绪。

“没事，大概是昨晚没休息好。”姜廷东摸了摸下巴，这些天太忙了，连胡子都来不及刮。

“昨晚？我看你这一周都没怎么好好休息吧。”

为了颜晰这张新专辑，几乎全MG的员工都跟着加起了班，更何况身为总制作人的姜廷东。

颜晰狡黠地眯起了眼睛：“对了，你和孔医生，怎么样了？”

一听孔映的名字，姜廷东总算有了些反应。

姜廷东自己也有些意外。

那晚，两个人明明愉快地度过了，可姜廷东早上醒来时，发现孔映并没有留下过夜。他去摸身边的被子，早就凉透了。

她大概是一等他睡着，就走了。

事情已经过去一个星期，孔映那边就像冰冻了一样，连一条微信都没发来，姜廷东倒是发过一次，可对方毫无回应。

曾有几次，他看到她公寓的灯亮着，不由自主地想敲门，但最终还是作罢了。

这样的关系，他本应该感到轻松才是，可心里这股莫名的焦躁又是从何而来呢?

“你没事吧？”颜晰的手在陷入沉思的姜廷东面前晃了晃，“我明天中午约了孔医生吃午餐，你要不要一起来？”

姜廷东皱眉：“你约她做什么？”

“不会吧？这就吃醋了？”

姜廷东一脸不耐烦地看着颜晰，后者见他不悦，赶忙解释：“你别误会，我可没什么企图，只是我住院的时候她把我照顾得很好，想正式请她吃顿饭谢谢她。怎么样，一起去吧？”

“不去。”

“这么好的机会，你确定不去？”

“明天我要去警局，林泰的案子有进展了，到时候林泰母亲也会来。事情已经出了这么久了，瞒不住了。”

颜晰脸上的笑容瞬间消失殆尽：“这么大的事你怎么不早告诉我？我得一起去。”

“你不能去。”

"我为什么不能去？"

"因为我一个人处理就够了。"

"这不是需要几个人处理的问题！林泰是我的助理更是我的朋友！无论如何，我明天也要过去！"

"我说了不用你去！"

"你怎么这么冷血？你和徐怀莎分手了以后就完全变了一个人，你以前根本不是这样的！"

徐怀莎是禁忌，颜晰刚说出口就后悔了。

姜廷东的脸色很难看，他强压着心中的烦躁："你去了，如果记者也跟去了怎么办？要把警局变成新闻发布会现场吗？林泰妈妈怎么接受得了？"

颜晰被姜廷东堵得半响说不出话。

是啊，身为公众人物，哪儿是他想做什么就做什么的呢？即便林泰已去世多日，他连三两句安慰的话语都不能送到林泰妈妈耳边。他气这样身不由己的自己，却把火撒到了姜廷东身上。

时针已经指向夜晚十一点，两人都是满身的疲惫，沉重的话题令室内的气氛更加凝滞。

"是我口不择言了，明明你也很难过的，我不该把气撒到你身上。"颜晰向姜廷东道歉，姜廷东那冷静的性格有时候会让颜晰忘了他也是有心的，他不表现出来，不代表他不会痛。

"回家吧。明天有什么情况，我会及时通知你的。"姜廷东拍了拍颜晰的肩膀，走出了录音室。

颜晰望着姜廷东的背影，轻轻叹了口气。

"温医生，好久不见啊！还以为你忘了我们呢！"温沉下班后顺路去医院附近的韩式居酒屋叫外卖回去，他以前经常光顾这家店，服务生小妹对他很是熟识。

温沉歉意地笑笑："最近太忙，净是在医院食堂吃饭了。"

"是和女朋友约好了吗？她已经先过来了，在里面坐着呢。"

温沉疑惑了一下，这时候主厨从厨房探出头来，笑着对他说："好久没见你和孔医生了，今天是什么好日子，你们前后脚就都来了。"

"是啊，我们还担心你们是不是分手了呢，还好还好。"小妹偷笑，"好啦，你快去里面坐吧。还是那老三样对吧？马上就做好。"

"好，谢谢了。"

温沉一步一步地往里面的格子间走，记忆却汹涌而来。他本以为没人知道他和孔映的过去的，可刚才听了小妹和主厨的话，他才发现他们的爱情也曾有过见证者。

这家店，是他和孔映交往的时候，最常来的一家居酒屋。其实算起来，他们大概交往了半年，说长不长说短不短的时间里，那是他人生最快乐的回忆。

初见孔映，是两年前的院方大会，那时候还在世的秦院长，在会上向大家介绍了孔映。

骨科被划分在大外科下，温沉作为大外科主任，是孔映的顶头上司，两人经常在一起会诊，甚至有时会一起上手术。随着时间的流逝，温沉慢慢发现，孔映并非徒有其表的富二代，她精湛的医术，和对这门科学的专注，都非常人所及。

等温沉察觉到自己内心的变化的时候，已经太晚太晚了。

医院内部人际关系复杂，他们一直都只是秘密恋爱。

在遇见孔映之前，温沉一直只是平淡地活着，遇见孔映之后，他才知道原来生命里还可以有这么多精彩的事情发生。

然而或许是上天嫉妒他的幸福，终止符总是来得措手不及。

一年前，孔映和秦院长出了车祸。秦院长当场死亡，孔映重伤昏迷。

温沉疯了一样守在她身边，可等她真正醒了，她却将他忘了。

孔映只记得他叫温沉，是医院的同事，却不再记得那些甜蜜的点滴，两人曾经是怎样亲密。

从此，他们的爱情只剩他一人祭奠。

他不知道这一年来自己是怎么过来的，大概只有疯狂工作能减轻一些他的思念。他担忧远在海外的孔映的身体，又觉得被遗忘的自己根本没有资格担忧。他在痛苦的夹缝中一天一天地过着，虽生犹死，直到孔映回来，又出现在他面前。

"温沉？"

温沉下意识地抬头。

原来不知不觉，他已经走到了孔映所在的格子间门口。

"你怎么来了？"

她的笑里带着些许惊讶，温沉忍得辛苦，以至于每次见到她的脸，都恨不能告诉她真相。

"这家店的东西很好吃，我们以前也常来的。"温沉换上淡淡的微笑。

"是吗？怪不得刚才服务生说好久不见我了呢，是我忘了。"孔映招呼温沉，"还站着干吗，过来一起吃吧。"

虽然在同一家医院工作，但温沉最近并不常常见到孔映，于是问："最近身体怎么样？"

他指的是孔映的PTSD。

"我前阵子把药停了，除了最近有一次记忆断层之外，其他都还好，没发疯。"

温沉知道孔映最后一句话是嘲讽她自己的，于是只是问："没关系吗？"

"怎么会没关系，我在美国的主治医要是知道，怕是要气死了。"

温沉笑道："我作为医生，还真是不想收治你这样的病人，一点都不听话。"

两人正说着，小妹正好过来上菜，她一脸羡慕地看着两人，笑嘻嘻道："温医生，孔医生，看到你们这个样子真是怀念啊。"

"看来我们两个以前真的经常来这里吃饭啊。"孔映道。

"嗯，每周都要来几次的，你很喜欢这里的烤肉饭。"

两人一边喝酒一边聊天，这样的氛围令温沉有种错觉，那就是从前的孔映回来了，他们还在一起。

“记忆，一点都没有恢复吗？”

“有时候走到一些地方，会有既视感，但也仅仅是那些了。”

“那你对这里……”

孔映对这家居酒屋是有些熟悉的，不然她今天路过，也不会不由自主地走进来。她很确信对这里自己少了许多重要的记忆，但却无从寻起。

“我想听听我的事。在我记不得的那些事里，我到底是个什么样的人？”

孔映恰巧问到了温沉最熟知的事情。

温沉开了口，便再也停不下了。

她最喜欢的电影，最崇拜的歌星，最讨厌的冰激凌口味，那些孔映记得或不记得的，温沉全部都知道。

他将孔映的点点滴滴娓娓道来，说到动情的地方眼角甚至会笑出纹路，那是平日里孔映鲜见的表情。

孔映喝了许多，有些醉了，她眯着眼睛看温沉，突然觉得眼前的男人很熟悉，而且不只是朋友间的熟悉感。

店里的灯光有些刺眼，所有的物体在她眼中模糊成了一片，恍惚中，她看到温沉的眼中似乎有泪光。

“哎，你怎么还哭了？”

温沉眨了眨眼睛：“大概……是今天的小菜太辣了吧。”

“根本不辣啊。”孔映歪着头，“有什么事和我说啊，我们不是朋友吗？”

温沉苦笑：“我说出来大概你不会相信吧，我……失恋了。”

“失恋了？你有女朋友的？我怎么不知道？”

“是有过，只是现在，爱不到了。”

他尽全力爱了，但他爱不到了。

姜廷东也不知道自己为什么要按下孔映家的门铃。大概是他上来的时候，看到孔映家里的灯亮着。而这次，他无论如何也说服不了自己作罢了。

然而前一秒按下门铃，后一秒他就后悔了。

时间已经很晚，他不想打扰到她休息，更何况，他不确定自己想要说些什么。

正当他踌躇着是否要离开的时候，门开了。

开门的人不是孔映，是上次那个撞破他们亲吻的小姑娘。

“你是？”阮沁眨着大眼睛，好奇地望着来人。

姜廷东微微点头：“你好，孔映在家吗？”

“她还没回来。”阮沁看他眼熟，仔细回忆了一下，“你是……”

“姜廷东，我住隔壁，我们见过。”

“哦，记起来了，你是学姐的……朋友。”

阮沁的这句“朋友”，叫得可谓意味深长。毕竟在她的人生认知里，没那么多朋友可以舌吻到那种程度。

“我是阮沁，是孔映的学妹兼室友。”阮沁歪了一下头，“等等，你说你叫什么？”

“姜廷东。”

“生姜的姜，朝廷的廷，东方的东？”

“是我。”

“所以……你是血书上的那个人？”

“血书？”姜廷东蹙眉。

“你稍等一下，我有东西给你看。”

阮沁冲进房间将那封血书拿了出来，这是她趁孔映不注意从垃圾桶里一片片翻出来又重新粘好的。她当时就想着，以后万一发生了什么不好的事，这血书也算是个证据啊。

“这上面的名字，是你吧？”

血红的字映入了姜廷东的眼帘，像小石子投入了平静的水面，激起无数涟漪，一层层向外扩散。

“谁写的？”姜廷东的声音冷得令人打战。

“我们也不知道，你知道会是谁写的吗？写这种恐怖的东西过来实在太过分了！”

论起有动机的人的话，徐怀莎勉强算一个，但以姜廷东对她的了解，她不像是会做出这种事的人。

还是说，孔映是在因为这封血书才不和他联系的？

还未等姜廷东回答，阮沁突然看向他身后，瞪圆了眼睛：“学姐？”

姜廷东转头，他首先看到的是温沉，而后目光又转向他拦腰抱着的孔映身上。

后者明显喝多了，整个人都靠在温沉怀里，一点意识也没有。

阮沁赶忙收起血书，上前去接孔映，却被姜廷东抢了先。他一把将孔映抱起，直接进了孔映的公寓。

“你是孔映的学妹吧？”温沉问阮沁。

“对，我是阮沁，你是？”

今天真是奇怪，陌生男人接二连三上门。

“我是温沉，孔映的同事。今晚她喝太多了，麻烦你照顾她了。”

阮沁接过温沉手上孔映的手提包，点点头：“嗯，放心吧。”

温沉隐约有些不安：“刚才那个人是……孔映的男朋友？”

那个男人他在医院见过，上次就是和孔映在一起。

阮沁可不想搅进八卦的旋涡，赶紧摆摆手：“这个……我也不知道啦，但他是我们的邻居，就住隔壁。那个……温先生，你快回去吧，都这么晚了。”

送走了温沉，阮沁回到公寓，见孔映已被姜廷东安置在了客厅的沙发上，便提出要煮点解酒汤给孔映。

“我来吧，她喜欢用热巧克力解酒。”

阮沁站在那里，觉得自己像个超大瓦数的电灯泡。但她又不放心两人单独相处，万一姜廷东趁着孔映醉酒的时候占便宜，她可不知道怎么向孔映交代。

两人正说着话，孔映悠悠转醒。

“醒了？”姜廷东将热巧克力端到她面前，“喝点吧。”

“没想到还真上钩了。”明明满身酒气，但此时的孔映咬字清晰，像是完全没醉一般，嗤笑着，“只不过睡过一次而已，干吗这么认真啊，姜廷东。”

姜廷东明显地僵了一下。

“你走吧，我家不欢迎你。”孔映的嗓音比平时尖细许多，和平时的淡然不同，透露着咄咄逼人的气息。

阮沁看事情不妙，赶忙过来解围，说姜廷东只是恰巧登门拜访，没有什么别的意图。

姜廷东像是突然明白了什么，轻笑了一声：“你就这么害怕那封血书？害怕到这么急着和我划清界线？”

“和血书无关，我不想见到你，现在不想，以后也都不想，请你离开这里。”

孔映与平时判若两人，这让阮沁有些心惊。

难道是她的病情又反复了？

阮沁觉得不妙，赶忙去孔映房里翻找她前阵子刚停的药。

阮沁一离开，姜廷东陡然阴鸷了起来，他捏住孔映的手腕：“别以为我不知道你在想什么。游戏是你开始的，但有权利结束这场游戏的人，只有我。”

姜廷东极力控制着自己的怒气，说实话，他也不知道自己在气什么，孔映虽然语气不好，但说的毕竟是事实。他没法忘记徐怀莎，孔映也从未对他认真，他们之间的关系，说好听了是暧昧，说难听了，只是露水情缘而已。

孔映挣脱了他：“你真是个疯子。”

“是不是疯子，也是你先招惹我的。”姜廷东理了理衣领，站起身，居高临下道，“热巧克力记得喝了，不然明早起来会头痛。”

姜廷东走了，然而等阮沁找到药回来，孔映却再次睡着了。

而桌上的热巧克力，已经喝完了。

姜廷东不知道如何面对林泰的母亲。

自从林泰遇害以来，林母数次打电话来MG询问林泰近况，说林泰最近没有和家中联络，她有些担忧。姜廷东只能以林泰正在海外出差中搪塞，可事情瞒得了一时，瞒不了一世。

今天，姜廷东陪着从乡下赶来的林母来警局了解案情进展，老人坐在那里，肩膀一直微微发抖，无声地流着泪。

警察说，车中第三人的DNA没有在警方的资料库里得到比对结果，但根据孔映的证词，他们在事故桥下的芦苇荡里提取了指纹与脚印，最终锁定了犯罪嫌疑人。

嫌疑人名叫聂远，有抢劫诈骗前科，经常化名为聂一丘作案。

警方初步怀疑是抢劫杀人，目前已发出了通缉令，希望能尽快将他捉拿归案。

"既然嫌疑人已经找到了，被害者的遗体，您可以领回去了……"警察看着林母，欲言又止。

林母颤抖着拉过姜廷东的手："小姜，你陪我去见见阿泰最后一面吧。"

尸体在解剖后，已经做了基本的遗容整理。姜廷东走上前，看到林泰无声无息地躺在那里。

一直到这一刻，他才真正意识到林泰已经不在了的事实。

他从没想过，他会与林泰以这种方式告别。

"死因是肺部这两处刀创，其他的伤，都是死后造成的。"法医试图说明，死者去世的时候并没有遭受太大的痛苦。

"阿泰，妈妈来看你了……妈妈来了，不要怕，不要怕……"

林母摸着林泰冰冷的手，号啕了一声便跌坐了下去。林泰走了，把她的心也带走了。

姜廷东抱着林母，忍着泪。他和林泰相识多年，虽然一直是上下级的关系，但这并不影响他们成为最好的朋友。一年前他与徐怀莎骤然分离，也是林泰和颜晰陪他度过了最艰难的日子。

姜廷东扶着林母到外面的椅子上休息，还没坐稳，助理成美打来电话，叫他赶紧看实时热搜。

姜廷东打开首页，还没看清楚标题，一张照片就映入眼帘。

是颜晰和孔映吃饭的照片，颜晰正夹着什么，往孔映面前递过去，像是要喂给她，这一动作被媒体拍了个正着。

是绯闻。

姜廷东没再看下去，关了网页。

“小姜，如果你有事，就去忙吧，不必在意我。”林母见他面色凝重，拍了拍他的手。

“我没事的，伯母。”姜廷东收起手机，转而看向林母那双浑浊的眼，“您放心，林泰的后事，我会找人打点好的。您不要太伤心，一切以身体为重。”

“林泰在的时候，常跟我说，你对他很是照顾。如今他走了，你还跟着忙前忙后，孩子，我……”

“您别这么说，我能为他做的，也只有这些了。”

“是我没有福气，儿媳妇难产走了，孙女没隔几年也走了，现在就连阿泰他也……”林母啜泣着，刺得姜廷东心脏发疼。

白发人送黑发人，还一连送走三个，这种痛苦，光是想想就已经觉得无法承受了。

“伯母，如果你不嫌弃，以后就把我当儿子看吧。”

林母抱着姜廷东，呜呜地哭了起来。

姜廷东来之前已经为林母安排了酒店和司机，老人打算在棕榈市待上几日，等林泰的告别仪式过了，再带着骨灰返回乡下。

望着送林母回酒店的车渐渐远去，姜廷东拿出手机，拨了一个海外号码。

电话没有接通，转到了语音留言，姜廷东顿了一会儿，才说：“妈，我是廷东。没什么事，就是……很久没打电话给您了，您一切都好吗？”

挂掉电话，姜廷东独自在车里坐了许久。

他重新打开手机，翻出了几周前的一张照片。

颜晰演唱会的兼职登记册，当时成美交给他的时候，他顺手拍了张照片。

他将照片放大了，目光落在了“聂一丘”这个名字上。

纯白的办公室里，面前的中年女人正微笑地看着孔映。

这个女人叫梁昱君，是温沉推荐给孔映的心理医生，在棕榈市非常有名。孔映向来是极其讨厌做心理咨询的，但在经历了两次记忆断层后，她觉得不能再继续忽视自己的问题了。

对，是两次。

第一次是收到血书前那晚。

第二次是……

据阮沁说，那天晚上她喝醉了，姜廷东前来帮忙，自己却把他骂了出去。

她对此没有丝毫记忆。

梁昱君对她的情况十分感兴趣，同时患有失忆症和PTSD不说，加之出现大段的记忆空白，这样的患者可不多见。

两人是从孔映和母亲的车祸聊起的，聊到了在旧金山的疗养生活，聊到了孔映的主治医Sarah，又聊到了她回国后的这段日子，包括姜廷东。

不知不觉，一个多小时过去了。

“我觉得你的失忆症或许和你的记忆断层有关系，很可能都是车祸时造成的颅脑损伤所致。”

孔映疑惑：“你是说，Sarah的诊断是错的，我没有得PTSD？”

“因为你提起过，车祸前后你的性格改变了很多，我想这是他们做出PTSD诊断的原因，但根据我的经验，几乎没有PTSD患者会产生记忆断层。”

“可是我的脑部CT和MRI都没有任何问题。”

梁昱君笑了：“有一些脑部病变，是无法显示在影像上的。孔映，我需要一些时间来寻找你的病因，所以在这段时间内，我希望你定期过来咨询，说不定有一些我们遗漏的问题，会引领我们找到真相。”

谈话快结束的时候，阮沁发来微信，说在网上看到了孔映和颜晰的绯闻。

颜晰当红多年，粉丝众多，从未有过任何桃色新闻，现在和孔映亲密喂食的新闻曝光，相当于一颗重磅炸弹，不出半小时就上了热搜第一。

其实根本就没有喂食这码事，两人本来吃的是粤式早茶，孔映抱怨在美国吃虾饺时虾子都给得太小，颜晰就把这家店的超大号虾夹起来给她看。

就这么简单的事，被狗仔们一拍，再被记者们一番添油加醋，倒真像了情侣甜蜜喂食。

孔映给阮沁回了电话，对方听起来比当事人还着急：“你要小心啊学姐，现在人肉搜索很厉害的，如果有人扒出你的身份，可就不好办了。”

“那就让他们搜去呗。”孔映并没太放在心上，反正也只是媒体胡编乱造出来的，闹几日也就消停了。

这边刚结束和阮沁的通话，就看到孔武的电话打了进来。

孔映接了，里面传来的却是沈婉的声音。

“小映，我是沈阿姨。”

孔映脸上立即堆起了疏离的表情：“沈主任，有什么事吗？”

“你爸爸他刚才在浴室里晕倒了，现在正在我们医院的急诊，我想你是不是过来一趟。”

“晕倒？怎么回事？”

“我也不知道，我进浴室的时候就发现他倒在里面了，这边现在情况不是很好……”

还未等沈婉说完，电话已经被单方面挂断了。

孔映赶到宝和医院的时候，正迎面撞上几个狗仔。

颜晰受伤入院的时候她是主刀，她的脸没少被拍，所以这次绯闻刚被爆出，狗仔们很快就找到了她。

“孔医生，请问你和颜晰是不是恋人关系？你对那张照片有什么解释吗？”

“听说颜晰入院期间受到你的特别照顾，你们是不是因为这个相识相恋的？”

“孔医生，回答一下问题吧！孔医生！”

颜晰受伤的时候，孔映已见识到了这帮记者的厉害，可这次还是有些招架不住。

要不是医院保安来得快，她怕是连医院大门都进不去。

孔武被送进医院的时候，正赶上温沉值班，他听说院长入院，直接从心外科来到急诊为其看诊。等温沉出来的时候，孔映正好进了急诊室的门。

“是充血性心力衰竭，已经给了利尿剂和收缩血管的药，很快就会转醒了。”温沉安慰孔映，“你不要太着急了。”

孔映转向沈婉：“什么时候的事？我以前怎么不记得他心脏有问题？”

“不是，你爸爸近一年来血压总是居高不下，他不让我说，所以我们也就没告诉你。”

“如果这次不是爸爸晕倒，你们要瞒到什么时候？”

“孔映。”温沉上前拉住情绪激动的她，“这也不怪沈主任，是孔院长自己不让说的。你也知道孔院长的脾气，他……”

温沉的话音还没落，不知道从哪里蹿出几个狗仔，见到孔映站在那儿，马上冲了过来，抓准她的脸就开始拍照。

“孔医生，解释解释你和颜晰的事情吧！大家都很想知道！”

“你们是在约会对吧？颜晰向来是零绯闻艺人，现在被曝出恋爱，你们打算怎么办？”

孔映并不是不想解释她和颜晰的关系，但她不想在医院里，更何况孔武还在昏迷中。

急诊室里的人也开始窃窃私语。

“好像是颜晰的绯闻女友哎，之前被拍到一起吃饭那个。”

“听说这个女的是颜晰的主治医生哎，颜晰那么帅，真的好羡慕她。”

“你们有完没完！这里是医院！”温沉看不下去了，挡开镜头，上前护住孔映，“这里太乱，你先回科里吧，等下我再过去和你详细解释院长的病情。”

孔映没办法，只得避开狗仔往骨科的楼层走，可只走到一半，姜廷东的电话就来了。孔映以为他也是来问颜晰的事情，便按掉没有接。结果不出五秒钟，姜廷东就发来了微信——

有关林泰的案子，你晚上有空吗？我想见你一面。

临近傍晚，孔武终于转醒，孔映悬着的心才终于放下。

孔映陪着他说了一会儿话，孔武便催促她回家休息，说住在这VIP病房里，护士们会照顾得很好，更何况沈婉也在，不缺人手。

姜廷东的车已在医院门外等候多时了。

算起来，这还是孔映和姜廷东发生关系后第一次见他，除了那次醉酒她毫无意识外。

她这段时间，是刻意没有联络姜廷东的。说她不想负责任也好，说她任性妄为也好，她只是在寻找一种安全的相处方式，能够令自己全身而退。

两辆车子一前一后从临海路的岔口转出去，一直开到了海滩上。

孔映下了车，坐进姜廷东的副驾驶，单刀直入：“你找我，有什么事？”

姜廷东拿出警察复印给他的聂远的通缉令：“你看看这个人，你有没有见过。”

孔映拿过通缉令，仔细地看了看上面的人像，是个长相凶狠的男人，嘴角有道很明显的疤，她并没有见过。

“没有，这是谁？”

“这就是林泰死亡当晚，在车里的第三个人。”

“是他杀的人？”

“还不知道，但奇怪的是，警察和我说，他有个化名叫聂一丘，而颜晰演唱会兼职名单上，也恰巧有个人叫聂一丘。”

“那你把照片给颜晰指认了没有？”

“已经给他看过了，但他已经没什么印象了。要不是他们在抛尸林泰的过程中遭遇车祸，恐怕警方也掌握不到聂远这个人。”

“那那个死了的司机呢？有没有查出什么线索？”

“没有，这个人没什么前科，身上也没有任何证明身份的证件，就连那辆小货车也是偷来的，无从查起。”

孔映在脑海里梳理了一下整个事件的前后顺序：“你不觉得很奇怪吗？如果这个聂远就是杀害林泰的凶手，那他为什么又要去害颜晰？难道他们三个人之间发生过什么事？”

“我也是这么想的，但我已经问过颜晰了，他完全不记得当时有什么奇怪的事情发生。”

两人相对沉默，静静看着海浪一波一波地拍打上岸。

“你最近还好吗？”

也不过只是一个多星期没见面而已，姜廷东却觉得已经有许久没见她了，空气中充斥着微妙的距离感。

“挺好的，最近我爸想让我学着接手医院，就是有些忙。”

姜廷东：“为什么没回我的微信？”

“我这不是来了吗？”

“我说这之前的。”

孔映突然转头看他：“你还是喜欢徐怀莎的，对吧？”

姜廷东沉默。

“既然你有喜欢的人，我也不想更进一步。那我们彼此都不要负什么责任，这样是最好的方式。”

“这话说给你自己也正合适吧？”

“我？”

“我说温沉。”

孔映失笑：“别开玩笑了，我们只是朋友。”

看来孔映是真的忘记了。

但姜廷东没忘，孔映和温沉那些甜蜜的点滴，姜廷东全部一清二楚。

他只是不懂。

他能看出温沉对孔映的感情，但温沉却选择隐瞒两人之前的关系，只是在她身边默默关心。

“如果是因为那封血书的话，那我跟你道歉。”姜廷东拿出一个U盘，“来见你之前，我已经从NOSA安保处那里拷贝了那天晚上的监控，我还没有看，如果你需要人一起看的话，我可以陪你。”

“你知道血书的事？”

“你喝醉那晚，我们已经讨论过这件事了，不是吗？”

孔映顿了一下，要她怎么说，难道要她说她对那晚一点记忆都没有吗？

她接过U盘：“不必了，我自己可以解决。”

孔映下了车，姜廷东从车后座拿了一张毛毯，也跟着下来了。

孔映沿着海滩慢慢走着，姜廷东将毛毯披在她肩上，默默地跟着她走。

想起孔武的病，孔映心头就像压着些什么。她是医生，明白心衰这种病很难治愈，况且父亲是全心衰竭，已经到了第四级，几年内怕是没有太大的存活概率。

这段父女情向来淡漠，可今日孔映才明白，若真骤然失去父亲，她在这世上可就真的无亲无故了。

“我最近，会对以前常去的地方有一些熟悉感了。”

"开始恢复记忆了吗？"

孔映停下脚步，遥望着那条看不到头的海岸线："慢慢会有的吧，昨天我看母亲的照片，已经能模糊地记起她对我说过的一两句话了。"

"关于其他人的呢？"

"之前和温沉一起喝酒，会有强烈的既视感，总觉得抱着不同的心境做过一样的事情。"

原来是这样。

如果有朝一日，她若记起温沉……

想到这里，姜廷东出奇的平静。找回记忆是孔映应该做的事，倘若记起温沉，是否与他重修旧好也是她的选择。

海边的空气越发冷了，孔映裹着毯子还是打了几个喷嚏，姜廷东看不过："先回我车上吧，这样下去是要感冒的。"

回到车上，姜廷东打开了座椅加热，又帮孔映倒了点热水，后者冰冷的身子这才恢复了一些温度。

"姜廷东，我不知道我喝醉那晚和你说了什么，但不如，我们就维持这样的关系吧。只在需要对方的时候，才见面的关系。"

她想的这些，姜廷东都懂，他见她第一面的时候，就懂了。

姜廷东在这一刻突然想通了，其实他们都不是什么高尚的人，与其伪装着受折磨，还不如彻底放纵。

"这可是你说的。"

"什么？"孔映抬头，茫然。

"现在，我需要你。"

姜廷东欺身而上，捏住她的下巴重重吻了下去，伴随着没有缝隙的吻，孔映感到座椅靠背正被缓缓放下。

她躺在被放平的座位上，盯着姜廷东那双鲸鱼似的眼睛，那里头像掺了催情药，惹得她浑身都火热了起来。

这一刻，她决意随波逐流。

第八章
无处可逃的爱

孔武病倒后，点名要孔映帮衬几位副院长处理医院的一系列事务。后来孔武又觉得没有领导层职位的孔映办事不便，便让她挂了代理院长的名。

毕竟是私人医院，孔武又是控股股东，孔映作为独女，继承职位是早晚的事，所以医院内部并没有太多反对意见。

代理了院长的职务后，孔映的工作量陡然增加。她又不肯放弃骨科的门诊和手术，两头一起忙，更是身心俱疲。

这天突然从外院转来一个骨盆骨折的患者，是棕榈市有名的企业家，据说还有些军政背景。

孔映看过X光片，打算委托给骨科的范医生做，虽然骨盆骨折是大手术，但患者的病情并不复杂，下面的主治医生也一样做得来。

结果孔映还没跟范医生开口，孔武就打来电话把她叫去了病房，要求她亲自为企业家手术。

“手术不复杂，况且范医生做博后的时候是专攻骨盆骨折的，她是最好的人选。”

“我知道范医生很好，但这个病人身份特殊，又是对你慕名而来，你一定要接手。”

孔武近日来一直住在病房，气色已好转了一些，不日就要转回家调养了。孔映顾忌他的病情，尽量把语气放得温和：“我的手术日程已经排得很后面了，他这个手术比较急，要在一周内上台，我没有空余的时间。”

“没有空闲，就挤时间。再挤不出来，就把门诊推掉。”

“爸……”

“这事就这么定了，你主刀，金副主任做一助。小映，你在宝和工作时间不短了，现在又是代理院长，这点利弊我相信你自己会权衡。”

若放在平时，孔映大概会摔门而去了，但如今孔武尚在病中，她不好发作。

病人在她眼中从来不分贵贱，她不会因为接手这个企业家而延迟或取消任何手术和门诊。所以牺牲的，还是她为数不多的空闲时间。

正说着，沈婉推门进来，热情地招呼：“孔院长，您看谁来了？”

沈婉引着两个男人进了病房，走在前面的是个年过六十的男人，穿着考究，头发半白，眼神中透着些许阴沉；而走在后面的年轻男人，与孔映有过一面之缘。

孔武与两个男人寒暄了一番，转而看向孔映：“小映，我给你介绍一下，这位是坂姜制药的姜成元会长，这位是他的独子姜傲，现在担任社长。姜会长，这是小女孔映，之前在我们医院骨科工作，现在替我处理一些院长的事务。”

“早就有所耳闻，孔院长的女儿医术高超，今天终于见到了。”姜成元那三角眼里散发出的阴暗，看得孔映极不舒服。

一直在后面站着的姜傲现在也认出了孔映，礼貌地向其点了点头。

孔映想起了颜晰的话。

这个姜成元大概就是姜廷东的叔父，在姜廷东父亲去世后夺下了坂姜制药的控制权，继而将姜廷东驱逐出局。

看这个样子，姜成元和父亲之间的关系似乎不错。

医院院长和制药公司会长之间有私交，倒也说得过去。

“爸，我待会儿还有手术，先走了，你们慢慢聊。”

孔映礼节性地道了别，转身出了病房。

可姜成元看她的眼神，却在她脑中迟迟挥之不去。

孔映这一天回家，又是深夜了。

阮沁已经睡了，厨房里放着外卖，下面压着张纸：是温医生给你买过来的晚餐。对了，公司组织旅游，我明早出发，下周回来。我会想你哒！

孔映拉开塑料袋，几个菜倒真都是自己爱吃的。里面还塞着一张字条，字迹工整地写着——注意身体，温沉。

谢谢你的晚餐，不然真要饿肚子了。孔映给温沉发了微信。

温沉：不客气，回家了？累吗？

孔映：累。

她热了饭菜，又拿了一瓶啤酒出来，在露台的躺椅躺下。

不一会儿，电话响了，是温沉。

孔映接起：“这个时间了，你还没睡？”

“身为院长的你才回家，我这个下属怎么好意思早早休息呢？”温沉低低地笑着，“忙完了这一阵，我们去国外旅游吧。”

孔映：“就我们两个？”

“嗯。”

“去哪儿？”

姜廷东此时正靠在客厅的沙发上闭目养神，自从孔映开始早出晚归，他就莫名开始了晚睡，有时候他站在露台上，看到孔映家里的灯在深夜里亮了又灭掉，才会安心回卧室。

露台传来孔映的声音，姜廷东走到门边，靠着玻璃窗，静静地听着。

“你想去哪儿？”温沉的声音从电话里传来。

“帕岸岛怎么样？想在满月派对上一醉方休，然后就那么躺在荧光色的沙滩上看烟火。”孔映望着棕榈的万家灯火，“哎，光是这么想想，就已经觉得很幸福了。”

“等院长好起来，一起去吧。”

“嗯，不过，谁不知道你温主任是医院的大忙人，你真的有时间出去旅游？”

“这几年我可是一天年假都没休过，偶尔要休息几天，您不会那么狠心不批准的吧？院长大人。”

孔映被他逗笑了。

温沉问：“又在露台上？”

“嗯。”

“吃完就早点进去休息吧，外面冷，不要着凉。”

孔映突然愣了一下，想起上次自己在露台睡着，姜廷东怕她生病，还特意翻了露台进来，最后还阴错阳差地把她的肩膀扭脱臼了。

说起来，自从他们开始了这种不能见光的关系，除了生理需求而敲开彼此的房门外，两人就真没在其他地方见过面。

明明就住在隔壁的，为什么每次都能完美地避开呢？

姜廷东听见孔映挂了温沉的电话，才慢慢坐回到沙发上。

也许，这才是他想要的，他们除了各取所需外，本就不应该有所交集。

吃完东西，孔映回到书房，强忍着困意在电脑上看着手术资料。

突然，她看到了一个名为“监控视频”的文件。

那是她从姜廷东给她的U盘里拷贝下来的，她最近太忙，一直都没来得及看。

她只开了书桌上的小台灯，昏暗的灯光下，她点开视频文件，电脑屏幕出现了正对着她公寓门的画面。

顶层只住了姜廷东和孔映这两户，走廊很少有人经过。孔映慢慢往后拉进度条，终于到那天凌晨三点的时候，看到了一个人影。

只见那个人影从姜廷东的公寓出来，起先孔映还看不清她的面孔，只见她越走越近，一直走到孔映公寓的门前。

孔映终于看清了她的面孔。

她用一把小刀割开了左手食指，用汩汩涌出的鲜血，在纸上写下了什么。

然后，她慢条斯理地，将血书塞进了孔映的信箱里。

孔映几乎要窒息了。

做完这一切，她并没有马上离开，而是站在那里，吸着流血的手指，诡异而阴冷地笑。

孔映啪的一声合上了电脑。

她摸出手机，颤抖着在微信中打出一条信息——

梁医生，明早我可以见你吗？我有急事。

"孔院长，您这么早，您今天不是十点半才有手术的吗？"

孔映再次回过神来的时候，发现自己已经站在骨科的护士站了。

她茫然地看着周围。

她上一秒的记忆，明明是在和梁医生一起看那个监控视频。怎么下一秒，她就突然到宝和来了。

孔映望向护士站的时钟，现在是早上八点五十，她去见梁医生的时间，是早上七点二十。

她的记忆又丢失了，整整一个半小时的记忆，全都不在了。她甚至不知道自己是怎么离开梁医生的诊所，又怎么来的这里。

她又低头看了看胸前，自己连刷手服和白大褂竟然都在不知不觉中换好了。

"孔院长，您没事吧？您脸色看起来不太好。"护士从未见过孔映这般茫然失措，于是上前询问。

"我没事。"

孔映翻遍了手提包和口袋，也没找到舍曲林，她只好翻出了Sarah在美国开给她的处方，去药剂科要了一盒。

她吃了药，然后冲进院长办公室，将门反锁，靠在门上大口大口地喘着气。

手机响了，来电显示是梁昱君医生。

“孔映？是孔映吗？”

“梁医生……”

“你还好吗？你刚才在诊所的表现有些反常，所以我想打电话来看看是不是一切都好。”

孔映摇摇头：“我不太明白，我不记得了刚才在诊所的事了……”

“什么？记忆断层又出现了？”

“好像是的。”

“孔映，你听我说，你先不要激动，尽量平复自己的心情。”梁昱君顿了顿，“你还记得你今早给我看的视频吗？那个写血书的人，就是你自己。”

昨晚孔映在监控视频中，看到了自己的身影。投递血书的不是徐怀莎，更不是憎恨她的病人，而是她自己！

“孔映，我不知道如何解释你的症状。梦游症说不通的，因为你这几次记忆断层都不是出现在睡梦中，我只能说，你的病情比我和Sarah想象的都要严重。”

“那我……应该怎么办？”

“首先，我建议你重新开始服用舍曲林，毕竟你的很多症状都是在停药后产生的。另外，我很讨厌这样说，但孔映，我建议你找个时间过来做个系统的检查，如果有必要的话，你或许需要住院治疗。”

孔映手中的手机无声地滑落。

企业家的手术准时开始了。

孔映走进手术室的时候，整张脸都是苍白的，额上更是沁了细细的汗珠，大家都没见过她这样，一个个提心吊胆，却不敢问发生了什么事。

原本不到三个小时的手术，孔映用了四个小时才完成。缝合由金副主任收尾，孔映走出手术室的时候，几乎瘫倒在地。

她回忆起，自己小时候也常常会经历记忆断层，但随着年龄的增长，这种情况越来越少，直到最近才又故态复萌。

如果不是那个监控录像，她可能永远不会知道，自己竟在毫无意识下，做出如此恐怖的事。

孔映抬起左手，盯着食指刚刚愈合的伤口，又想起自己在写下血书时那诡异的笑，心中战栗。

姜廷东将林泰遇害前几天他和颜晰的行程翻了个遍，甚至去财务那里翻找了林泰那几天的报销记录，都没找到任何线索。

那几日颜晰的行程不多，除了拍摄杂志封面和海报外，就只有为一个刚上市的眼药水拍摄广告。

姜廷东查了一下这款眼药水，发现是坂姜制药研发的。不知道这是不是个巧合，又或者是否和林泰的遇害还有颜晰的受伤有关。

快到下班的时候，成美敲门进来，说有一位姓孔的女士在外面等他。

姜廷东没想过孔映会来找他，毕竟除了床上，他们其他的生活轨迹没有一丝重合的地方。

孔映进他办公室的时候，整个人的状态都是不对的，她咬着牙，像是在忍受着什么巨大的痛苦一样。

还未等姜廷东问出口，孔映就走了上来，搂住了他的脖子："让我这么待一会儿，一会儿就好。"

姜廷东叹了口气，环起了她的腰，他能明显地感觉到她在抖，整个身子都在细微地颤抖。

过了许久，孔映才慢慢平静下来。

"我来，是有事要问你的。"她抿了一口成美刚才端上来的咖啡，"我和温沉喝醉的那晚，我到底对你做了什么？"

"倒也没什么，你似乎只是很不高兴我出现在你家，一定要让我离开。"

孔映陷入了长久的沉默。

"你怎么过来的？"

"出租车。"

她还怎么敢再开车，她连自己得了什么病都不知道，万一在路上失去意识，她都不知道自己还能不能活着来到这里。

她并不怕死，她只是怕这种不能主宰身体的感觉。

"我这就下班了，我们一起回去吧。"

姜廷东的车开到NOSA楼下的时候，孔映第一次对这里感到疏离和抗拒。

坂姜制药组织员工旅游，阮沁跟着去了。家中无人，孔映站在家门外踌躇许久，都没拿出钥匙。

当时她就是站在这儿，将那封血书投进了她的信箱。

"不然你先去我家坐一下？"

"我能去你那儿待会儿吗？"

两人异口同声。孔映望向姜廷东担忧的脸，低低地笑了。

看到孔映还能笑出来，姜廷东在心里松了一口气。

两人进了门，姜廷东就开始在厨房翻箱倒柜起来，孔映好奇地看了半天，还是忍不住问出了口："你找什么呢？"

"找食材，做饭啊。"

"你？做饭？"孔映像是听到了什么不得了的事情，瞪大了眼睛。

"你以为我像你，天天靠外卖度日。"

"叫外卖怎么了？方便快捷还能促进经济。"

孔映是不会做饭，可自从阮沁住进来之后，她叫外卖的次数已经少了很多了，没想到还是在这儿被人数落，她自然不服气。

"今天就吃点健康的吧。"姜廷东挽起衬衫袖子，打算开始准备晚餐。

"等会儿。"孔映突然喊停。

"又怎么了？"

孔映跳下高脚凳，去烤箱的把手上拿了围裙，然后走到姜廷东的身后，一只手拎着围裙，一只手环住他的腰。

她动作很慢，手指擦过姜廷东的腰，激起一串串酥酥麻麻的电流。后者知道她是故意使坏的，只得僵在那里，竭力将呼吸保持均匀。

可惜，还是起了反应。

孔映见自己的目的达到了，立即松手，跳回高脚凳上，一边晃着脚，一边无辜地托着腮："还愣着干什么呀？快做吧，我都要饿死了。"

姜廷东磨着牙，要不是现在要做饭，他恨不能直接把她压上厨房的操作台。

姜廷东的厨艺倒是出奇的好，四菜一汤色香味俱全，一天没吃饭的孔映饿极了，一直在夹菜和吃这两个动作之间循环着，都没时间说话。

姜廷东一边吃饭一边看她，原来她吃饭的时候，样子还挺可爱的，一点平日里的咄咄逼人都没有。

两人吃完饭，孔映在姜廷东家洗了澡，套着宽大的男士T恤窝在沙发里愣神，姜廷东端来了热巧克力，手里还拿着毛巾。

他在孔映身边坐下，拍了拍自己的腿："躺过来吧，我帮你擦头发。"

孔映倒是比平常温顺许多，直接躺了下来。

她枕着姜廷东的大腿，觉得前所未有地安心，好像只要在这里睡一觉，第二天醒来就会发现所有此前发生的坏事都是一场幻觉。

"最近狗仔们还有来骚扰你吗？"

"还好。"

自从上次狗仔闯进急诊室，宝和医院的安保就加强了不少，而且最近孔映除了门诊手术，就是窝在院长办公室看材料，她的作息乱到自己都搞不清，就更别提狗仔们了。

"颜晰也应该和你说了吧？MG对这种绯闻向来不会回应，越回应事情会闹得越大的，等过几天别的新闻出来了，人们就会慢慢淡忘的。”

“嗯，我知道，颜晰已经打电话解释过了，还跟我道了歉。”

其实她不在意的，假的终究是假的，无法成为真的。

两人看了一部电影，一部老式泰国温情片，经历了如此混乱的一天，孔映早就累极了，不一会儿便靠在姜廷东肩上睡着了。

后者轻轻捧着她的脸，将头靠在了她的头上。

他一直都没有问，没有问为何孔映会突然出现在MG，没有问是什么事让她受了如此大的打击。只要孔映不想说，他不会问。

他怕问了，无法安慰。

自从徐怀莎走后，他将自己的心添砖加瓦，保护得滴水不漏。这种让他感到安全的状态，不知道何时开始受到了威胁。

心中仿佛有一座警钟，时刻提醒着他，如果再这样下去，一切都会失控。

林泰的告别仪式简单而隆重，姜廷东一袭黑西装，站在灵堂前和林母迎接前来送别林泰的亲友。

林母的眼泪早已流干了，面色苍白的她半偎在姜廷东身上，像是一阵风就要吹倒了。

颜晰也来了，他戴着口罩和墨镜，静静地站在角落。他不得不小心谨慎，倘若被狗仔队跟到，破坏了告别仪式的气氛，别说是林母，他自己都不会原谅自己。

灵堂里的黑白照，林泰笑得灿烂。

颜晰盯着林泰的笑，林泰在他还没红的时候就开始做他的助理了，他们共同经历了那么多事，这样毫无缘由的离别，颜晰始终无法接受。

告别仪式过后，林母带着林泰的骨灰踏上了返回老家的路。这之前，姜廷东早早就着人在林泰的老家购置了墓地，就只等骨灰归乡了。

送别林母，姜廷东和颜晰肩并肩走在静谧无人的花园中。

"颜晰，我知道你现在或许不想思考这件事，但就像我之前给你看的那张通缉照片，我真的怀疑害你和林泰的是同一个人。"

颜晰默然无语。

"你再好好回忆回忆，林泰遇害前，难道就真的没有任何奇怪的事情发生吗？"

"廷东哥，我真的不记得了。"

"我查了你那段时间的行程，你当时拍了杂志封面，还有眼药水的广告，这些你都还记得吧？"

"嗯。"

"那有什么值得注意的事情吗？"

"眼药水……"颜晰似乎记起了什么，极力思考着，"眼药水厂家寄来的文件……"

"你是说坂姜制药？"

"你知道？我当初也是接下这个广告后才知道是坂姜制药的产品的，我怕你生气，就没告诉你。"

"那些都不重要，重要的是，你想起什么了吗？"

"要是说奇怪的事，倒也只有那一件，不过我想象不出那件事和林泰被害有什么关系。就是林泰去世前的大概两三天吧，坂姜制药寄了一份文件给我，我以为是广告合同，就打开来看了，结果是什么药物试验报告。我想着大概是寄错了，就让林泰寄回去，好像从那之后，他就变得有些怪。"

"有些怪？"

"好像是受了什么打击一样，我问他发生了什么事，他也不说。第二天他还请假了，说是生病了。然后再后来……"

再后来，林泰就遇害了。

可一份寄错的药物试验报告，又是怎么和这一系列案件关联起来的？又或者，这一切只是巧合？

姜廷东百思不得其解。

两人向停车场走去，颜晰突然问："最近孔医生还好吗？"

“我最近也不常见到她，她升任院长了，忙得不可开交。”

“和我的绯闻，一定给她造成很多困扰吧。”

“她比你想象的坚强，没事的。”

两人一前一后开车回到MG娱乐，距离大门还有几百米的地方，姜廷东就看到好几辆新闻车停在路边。昨天MG旗下一个女团被新闻曝出成员不和，这些记者大概是来堵她们的。

颜晰开在姜廷东前面，他刚停好车下来，记者们就蜂拥而上。

颜晰完全不知道发生了什么，僵在原地，姜廷东赶忙下车想要去帮忙，却被记者们的问题惊得停住了脚步。

“颜晰，请问你对你的绯闻对象孔医生此次造成的医疗事故怎么看？”

“死去的病人是棕榈市有名的企业家，还曾投资过你主演的电视剧，你会站在哪一方？”

“听说她有严重的精神疾病，一直在服用抗抑郁类药物，这件事你知情吗？”

拥挤中，姜廷东拿出手机，热点新闻的标题已经推送了进来——

患有精神疾病仍主刀，颜晰医生女友酿医疗事故，导致本市著名企业家身亡！

刷手池水龙头里的水还在流。

可孔映已经听不到任何声音了。

病人被宣布死亡的时候，她接到护士的紧急电话不久，刚赶到手术区。

是那个骨盆骨折的患者，一小时前突然产生剧烈腹痛。被紧急送进手术室，刚开了腹，生理指标就没了。

消化科的医生告诉她，是腹腔内异物引发肠穿孔，导致了急腹症，病人休克死亡。

而那个异物，是医用棉花。

是骨盆骨折手术时被遗留在腹腔内的棉花。

愤怒的家属已经围住了手术区，又叫来了不少记者，据说已闹得满城风雨。

“孔院长……”护士长急匆匆赶来，“刚才沈主任来电话了，说院长让您先从紧急出口离开，现在家属情绪激动，正门怕是出不去。”

孔映不听，转身往正门走去。

如果真是她的过错，那躲又有什么用？

“您千万不能过去，孔院长，孔院长！”

孔映的脚步很快，护士长追不上她。

她急速向手术区入口走去，用尽全身的力量，一把推开了大门。

门外的人声肃静了两秒。

孔映摘下手术帽，慢慢弯下腰。

“对不起，对于患者的死亡，我深表歉意。我也郑重承诺，如果在此前的手术中我有任何失误，我一定会负责到底，绝不推卸责任。”

人群重新炸裂开来。

“什么叫如果？这明明就是你的责任！”

“你自己脑子有问题，还出来做手术，我一定要你血债血偿！”

家属的哭喊和记者们的提问交织在一起，充斥着孔映的鼓膜。混乱中，一个巴掌扇过来，力道之大，孔映耳中一阵嗡鸣。

孔映侧过身来，看到了哭得满脸是泪的患者女儿。

孔映就这么静静地看着她，孔映是冷静的，是一种近乎冷血的冷静，她比任何人都迫切地想要解决问题，可家属却不会领这个情。

在别人眼里，她只是一头连心都没有的怪物，手术失误死了人，却连一滴泪都不会掉的怪物。

又是一个耳光，扇得孔映倒退了半步，连嘴角都出了血。

“你们干什么？”

一件外套不知道被谁罩在了孔映的头上，她从缝隙中向外看，看到了额头沁着细汗的姜廷东。

家属和记者们怎么肯轻易放过孔映，姜廷东用整个身体护着她，艰难地将她往外拥，巴掌、拳头全数落到了他身上，他却连一声都没有吭。

这时候温沉也赶来了，他一边挡着几个记者，一边焦急地询问孔映的状况。

然而孔映没有回答。

终于，在保安和医生护士们的合力干预下，姜廷东终于带着孔映突出重围。

姜廷东将孔映安置在了副驾驶上，他将安全带为她拉好后，整个人撑在她的座位上，认真地看着她的眼睛："孔映，你看着我。"

孔映是好不容易才把目光集中在姜廷东脸上的，她很难形容此刻他的表情，他坚定而温柔，眸子里带着炽热的温度。

这很奇怪，她明明记得他的眼睛向来是冷冰冰的。

"我现在带你走，知道吗？我现在就带你走。"

孔映定了定神，轻声道："去哪儿？"

"去一个他们找不到我们的地方。"

姜廷东将孔映带到了自己位于棕榈市郊的岚桥庄园，这里人烟稀少，水域蜿蜒其中，每栋别墅都配有私人码头，庭院又大，私密性极好。外人若是想要进来，光是安保就有三道卡，不仅要登记身份，且保安只会在得到业主本人确认的情况下才会放行，所以即便真有记者找到这里，也不可能进得来。

孔武打来电话，二话不说停了孔映的职，叫她等调查有了眉目后再出现。她有PTSD病史的事也不知道被谁泄露了出去，舆论都在质疑是否是她的精神状态导致了患者死亡。

孔映的脸肿了，嘴角也破了，姜廷东正坐在沙发上帮她敷冰袋，后者疼得直咬牙，却是一声不吭。

"她打你，你就站在那里给她打吗？怎么连躲都不躲一下？"

孔映抬头看了一眼姜廷东，姜廷东看到她那带着委屈的小眼神，立刻心软了。

“是我去晚了。”姜廷东叹了口气。

他听说了新闻，哪儿还顾得上工作，一路七十迈飙至宝和医院，还是来晚了一步。

孔映不是刀枪不入，这番多少受了点惊吓，敷完冰袋后，很快在沙发上睡着了。

成美来电话提醒姜廷东下午有会议，这个会很重要，姜廷东无法不去，只好出门了。

夜晚，姜廷东带着食物回家，却发现家中的灯全灭了，屋内一片漆黑。

姜廷东以为孔映还在睡着，径直去了主卧，结果床上空无一人。

怎么回事？他心里嘀咕着，又把几个客卧和该找的地方都找了一遍，还是没人。

姜廷东的心陡然提了起来，脑中慢慢蹿出了无数个念头，孔映今天在医院受尽了羞辱，不会是……

加上那晚孔映险些溺死在海里，她精神如此不稳定，姜廷东更加不能冷静。

他冲出门，想着孔映是不是一个人走出去了，却在这时，在远处栈桥看到了一抹白色的身影。

孔映已经醒了，正一个人坐在码头发呆。她人本来就瘦，此时又穿着宽大的男式家居服，显得更加落寞。

孔映听见身后的响动，回头见到姜廷东，笑了：“回来啦。”

看到孔映，姜廷东这才松了口气。

“你怎么满脸都是汗？”孔映见他神色奇怪，不禁问。

“我以为……”

姜廷东没说完，他也不懂刚刚自己为何会反应如此强烈，明明冷静下来思考一下就能想到的事，一联系到孔映，就让他丢了理智。

“以为什么？莫非……你怕我自杀？”孔映笑了。

“没有，就是回来没有看到你，有点担心。”大概是被孔映吓到了，姜廷东这句话回答得倒是出奇的老实。

姜廷东的话，像是柔软的手一般抚摸了孔映的心。

孔映走过去，用手臂轻轻环住姜廷东，呢喃了一句：“谢谢你。”

这一句谢谢包含了太多，但孔映知道，就算她不说，姜廷东也一定会懂。

姜廷东被她抱着，许久没有动。

他以为离开了徐怀莎，自己只剩下一个没有灵魂的滴血的空壳。

但现在，此时此刻，他的心脏，开始回忆起，跳动的感觉。

“我回来的时候回去过NOSA，阮沁帮你收拾了些行李，我给你带过来了。”姜廷东的声线很温柔，“饿了吧，进来吃饭吧。”

夜晚，孔映洗好澡出来，一边揉着头发一边对姜廷东说：“还好没有回家去，阮沁刚从国外回来，发微信给我，说NOSA的大门都快被记者挤破了。”

“你就先安心住在这儿吧，想吃什么或者需要什么，你告诉我，我下班后给你带回来。”

“我是不是很过分？”孔映将毛巾搭在头上，坐上床，“我的病人死了，我却只让家属等待调查结果，连一句真正的道歉都没有。”

姜廷东非常自然地揉起了她头上的毛巾：“如果你坚信自己没有错，那么在调查结果出来之前，你不欠任何人，也不必对任何人道歉。”

姜廷东在家的时候，都是一副非常放松的造型，尤其是平日里一直会用发胶梳起来的额前发，在家里的时候也会清爽地放下来，孔映喜欢看到这样的他。

“你怎么今天突然过来医院了？”

“我不过去，难道要把你留给那些家属生吞活剥了不成？”

“其实，他们也不会把我怎么样的，顶多是打两下出出气，毕竟是至亲离世，我能理解他们的心情。”

“你理解他们的心情，谁来理解你的？”姜廷东无奈地摇头，觉得拿她真是没办法。

见孔映眯着眼睛，他问：“困了吗？”

“有点。”孔映率先爬进了被窝，只露出眼睛，一眨一眨的，“我累了，先休息了。”

连暴怒的病人家属都不怕的医生，如今却撒起娇来。姜廷东走过去帮她掖了掖被子：“我就在隔壁，你有事叫我。”

“其实，你没必要留下陪我的。”

姜廷东没回答，只说：“睡吧。”

关好灯，他回到客卧，缓缓在床上躺下。

他在娱乐公司工作，见过太多被媒体围攻的明星，有些勃然大怒，有些落荒而逃，他已见怪不怪。但孔映，还是他见过的第一个能在那么多人的围击下面不改色的。

她的无畏，触人心弦。

姜廷东翻了个身，感到枕头里似乎有什么硬硬的东西在硌着他。

他重新起身翻开枕套，竟在里面摸出了一份邮件。

邮件是寄给颜晰的，而寄件人，是坂姜制药。

难道这就是颜晰所说的那份令林泰变得奇怪的快递？

这栋庄园虽然在姜廷东名下，但颜晰、浩舜和林泰都有备用钥匙，所以林泰生前来过这里也不是不可能。

姜廷东拿出这份文件，封皮上盖着鲜红的“机密”戳，底下的大字写着——

《抗“杜兴氏肌肉营养不良症”药物“洛美琳”于宝和医院临床试验的报告》，项目负责人：姜成元。

转眼一个星期过去，宝和医院仍旧处于前所未有的混乱中。

受医疗事故的打击，孔武的病情急转直下。媒体们的声势不减，导致孔映迟迟无法回院上班，副院长一个人忙不过来，孔武只得让沈婉前去帮衬。

很快，医院内部的小道消息疯传，说孔映这次大概失了孔武的心，医院的继承权怕是要落到沈婉手里。

此刻，温沉正坐在大外科全体会议上。

会议已经进行到了尾声，全程未发一言的温沉突然出声："在散会之前，我有一些事要提醒在座的各位。孔映孔主任的事你们也都知道了，这些天在医院内部，风言风语不少，针对孔主任的人身攻击更甚。我要告诫各位，这件事在调查结果出来之前，谁都没有资格私自评论。我不管别的科怎么样，至少在我的大外科，我绝不允许有这样的事发生。"

大家听了，面面相觑。这段时间，人人怕惹祸上身，没一个人敢为孔映说好话，温主任怎么还公开维护她？

这温主任，莫非疯了不成？

散了会，温沉又在原位坐了一会儿。

医院这边已经撤了孔映的职，如今骨科主任的位置也是金远光在坐了，倘若这场医疗官司真出一点差错，那孔映大概永无翻身之日了。

他很想她，想给她一个拥抱，告诉她放心不要怕，他不会允许任何人伤害她，一如从前一样。

可如今，他只能以这种方式默默守护她了。

会议室的人慢慢走光了，温沉这才站起身。

"主编，料搞到了，这孔映在医院里人缘不好，我随便跟外科那些医生护士寒暄寒暄，就搞到她的话柄了。"

温沉刚出会议室，就听见这么一句话。

声音不大，温沉闻声望过去，是一个戴着鸭舌帽的男人，正躲在墙角畏畏缩缩地打着电话。

"有人说她仗着是院长独女，在医院里横行霸道，上次还差点和一个患者家属打起来。还有人说她这人作风不正，和好多男人都睡过……我都偷偷录音了，反正不管是不是真的，咱们杂志这回肯定能大卖了！"

鸭舌帽男正说得唾沫星横飞，手机却被猛然夺走。

他一回头，正对上温沉阴沉的脸。

“哎，你抢我手机干什么？”

“你是哪家的记者？你知不知道这样乱写，我们可以告你诽谤？”

鸭舌帽男瞪起了眼：“我怎么乱写了？这可都是你们医院的医生护士亲口说的，我只是就地取材！”

“我最后告诉你一遍，你说的那些情况，都是不真实的。”

“不是，你是谁啊，这么维护孔映？”鸭舌帽男见温沉长得英俊，又穿着白大褂，不禁狡黠一笑，“嘿，你不会就是孔映的床友之一吧？我说你，走走肾就完了嘛，走什么心呀……”

话音还没落，温沉就上前一步，死死地抓住了鸭舌帽男的右手中指。

“怎么？你还想打人？”

“打人？何必说得这么难听。”温沉笑了，“看到我的胸牌了吧，大外科主任。”

“大外科主任怎么了？我怕你？”

“是，你不必怕我。只是我们干外科的，有复原伤者的本事，更有伤人的本事。”

顿时，鸭舌帽男感到中指一股寸劲，力气不大，但钻心地疼。

“等我扭断你的关节，再帮你接回去，保证你去哪家医院验伤，都验不出来。”

温沉还只是温和地笑着，可在鸭舌帽眼里，这主儿活脱脱就是一恶魔。

温沉缓缓加力，鸭舌帽男疼得冷汗直冒，却连动都不敢动，生怕一动手指就要断掉。

“我……主任大人，您就饶了我吧，我也是混口饭吃呀！”鸭舌帽男到底还是挨不住，连连求饶。

“那你说，这事怎么解决呢？”

“您看这样行不行，手机我就给您了，录音也都在这里面，您就饶了我一回，成吗？”鸭舌帽男疼得眼泪都要出来了。

“回去也不写孔映的负面报道？”

“不写了不写了。”鸭舌帽男的头摇得像个拨浪鼓。

“这还差不多。”

温沉松了劲，终于解脱了的鸭舌帽男赶紧捧着手逃了。

温沉回到办公室，翻出手机里的录音，一个一个听。

三个小时后，大外科的六七名医生护士被温沉约谈，出主任办公室的时候，这些人的脸色一个比一个差，有几个女的，更是被训得泪水涟涟。

从此，宝和医院关于孔映的风言风语，算是消停了。

MG娱乐这边也没有安生日子，逮不到孔映，记者们就来堵颜晰。恰巧在这个时间发售新专辑的颜晰更是焦头烂额，忙完通告还要忙着躲记者。

专辑开售后，姜廷东也就暂时完成了他的工作，MG社长放了他半个月的长假，让他趁这个机会好好休息。

此刻姜廷东正坐在吴致远夫妇的画廊，手里拿着那份药物试验报告，望着当初吓到孔映的那幅睡莲出神。

他已经跟颜晰确认过了，这份文件的确就是当时被坂姜制药错寄给颜晰的邮件。

姜廷东曾十分疑惑，林泰为何会在看到这份报告后变得奇怪。

直到他在上面看到了林泰女儿的名字——林念穆。

林泰结婚很早，一直与妻子恩爱有加，直到他妻子生产时意外发生羊水栓塞，死在了产房里。

妻子姓穆，于是林泰给女儿取名叫林念穆，小名穆穆，以寄相思之情。

姜廷东至今还能记得，穆穆坐在他腿上，奶声奶气地叫他姜叔叔的场景。

只可惜那样可爱的孩子，没能等到她的4岁生日。

至今姜廷东也不知道穆穆是怎么去世的，他只隐约记得林泰和他说过，穆穆有遗传病，很严重，要住院。

为此，郑浩舜当时还承担了不少林泰的工作，为的就是让林泰能空出时间照顾女儿。

姜廷东记得有一阵子林泰的心情很好，他还和颜晰提到，说穆穆参加了一个免费的新药试验，效果很好，孩子已经好转了不少。

大约一年半前，就在大家以为穆穆快要康复出院了的时候，姜廷东在一个深夜接到林泰的电话，电话那头，林泰号啕大哭，说穆穆没了。

具体是怎么没的，没人知道。

从此，这件事成了林泰的心病，没人敢在他面前提穆穆，就连MG社长都不例外。

“廷东。”白兰薰端来一杯茶，“我看你脸色不好，没发生什么事吧？”

“谢谢。”姜廷东将文件收起，接下了茶杯，“没事，只是在看画。”

“喜欢这幅睡莲？”

“画得虽然不够精细，但意境很好。”

“不是不够精细，是故意画成这样的。”

“怎么说？”

“是这株睡莲看到在水中的自己，产生了疑惑，它搞不清了，到底自己是睡莲呢，还是水中那个才是睡莲，而自己只是个倒影呢。”

白兰薰说着，笑了起来：“我是不是又让你无聊了？”

“怎么会，很有意思。”

“对了，上次你带来的那个女孩，这次怎么没来？”

“她最近不太方便。”姜廷东起身，正了正领带，“兰薰姐，我还有事，跟致远哥说我先走了。”

“嗯，去吧，小心开车。”

白兰薰目送着他修长的身影消失在画廊门口，又看了看那株坐在水中的睡莲，隐隐有些不安。

温沉担忧孔映的状况，即便孔映坚持说不用他过来，他还是问她要了地址，趁周末驾车过来探望。

他带来了孔映的舍曲林，也带来了一些新消息。

“医院把病历封存了，死者家属的律师已经准备了证据和诉状，向法院那边提起民事诉讼了。”

“估计至少要一个月才会开庭吧。”从前孔映忙得不可开交，现在没想到会以这种方式放个长假。

“难说，对方背景很深，把开庭日期提前，不是什么难事。你也要开始着手应对了，律师方面，你打算找谁？宝和的律师团队应该对这种案子很有经验。”

“我不打算用宝和的律师。”

“怎么？”温沉从她的语气里听出了些不信任。

“没事，姜廷东和我都认识一些律师，到时候我会向他们咨询的。”

听到姜廷东的名字，温沉轻轻皱起了眉，那天姜廷东拼命把孔映救走，两人又在这里单独相处了这么多天，他们的关系，温沉不猜也知道一二了。

他只能勉强忍耐心中的酸楚与疼痛。

“看到你一切都好，我就放心了。”

温沉本以为，舆论闹成那样，孔映多少会受到些影响，但她远比他想象中的要冷静。

孔映心里清楚，她不是毫无经验的新手医生，即便那天她情绪不稳，她在手术中也不曾有过一丝懈怠。

这种把医用棉花留在患者体内的低级错误，她坚信自己不会犯。

孔映吃了药，想喝一口温沉带来的汤，结果汤太烫，刺到她受伤的嘴角，疼得她倒抽了一口气。

“怎么不吹就喝了？”温沉坐过来，盛起一勺汤，细细地吹了，才送到孔映嘴边，“来。”

这一刻，孔映突然觉得脑中的某根细小的神经被电到了。

太阳穴刺痛着，孔映俯下身去，紧咬着牙没有出声。

几片记忆碎片掠过，她看到了过去，一样是温沉的脸，他一样拿着勺子，一样在试图喂汤给她喝，带着宠溺的表情和深情的眼神，熟悉又陌生。

“怎么了？哪里不舒服？”

“温沉，我看到你了，看到过去的你了。”

温沉手里的勺子倾斜了一下，险些掉了下去。

孔映从未见过温沉这样紧张，满怀期待却又怕失望。

“为什么我有时候看到你，就感到遗失了什么？温沉，你说实话，你有什么事，是没告诉我的吗？”

温沉心中翻江倒海，像是一场海啸，让他险些失了态。他又何曾不想告诉她真相，可若是能说，在她从车祸中醒来的那天，他就会告诉她了，又何必抱着苦痛煎熬到今日。

“我……”温沉刚启唇，门铃响了。

孔映把门开了一条缝，阮沁就迫不及待地挤了进来，一把抱住孔映：“学姐，我好想你啊！”

孔映把这个八爪鱼从自己身上扒下来：“怎么样，玩得开心吗？”

“开心！就是特别想你！对啦，我给你带了好多吃的。我不在家，你怕是都没有好好吃饭吧？对了，最近不好的新闻那么多，你有没有心情不好？”

“我还好。”

阮沁在，温沉不方便说话，便先行告辞走了。没了旁人，阮沁更加肆无忌惮地黏着孔映：“学姐，这次出去玩我们拍了好多照片，等不及给你看了。”

阮沁的同事们有心，特意做了一个电子相册，把每年的旅游照都传到里面。孔映是从后往前翻的，今年的看完了，再继续滑，翻到了去年的照片。

是一张大合照，孔映扫了一眼，目光却定在了后排站在最旁边的一个男人身上……

这个人看起来十分眼熟，但孔映一时想不起来自己在哪儿见过他。

“这个人……是谁？”孔映指着那个男人，问阮沁。

“哦，这个人，我也没见过哎。我入职晚，可能是以前在坂姜制药工作的员工吧？怎么了？”

“觉得有点面熟，又想不起来在哪儿见过。你能不能帮我问问你同事这个人的信息？”

“没问题。”

两人一起吃了饭，孔映又亲自帮阮沁叫了出租车。

当她站在门口看着阮沁坐进出租车后座的时候，突然想到自己是在哪里见过那个男人了。

或许不能说是见过。

因为孔映见到他的时候，他已经死了。

没错，他就是和林泰一起死去的那个司机。

X I A N G Y U / Q I A N W A N / C I
D E / M O S H E N G R E N

第九章
如果从头来过

姜廷东回到岚桥庄园的时候，发现晚饭已经做好了，摆了满满一桌，丰盛到不可思议。

厨房里有个忙碌的身影，姜廷东走过去，抱着手臂靠在门边："我都不知道你还会做饭。"

孔映正在准备喝的，答了一句："你看我像是会做饭的人吗？是阮沁做好送过来的。"

姜廷东了解了似的点点头，靠过去，拿起孔映刚倒好的红酒，喝了一口。

"好喝吗？从你酒柜里翻出来的，2002年的里奇堡。"孔映问。

"还不错，你尝尝。"

"好啊。"孔映踮起了脚，用舌头灵活地在他口中转了一圈，然后咂咂嘴，"嗯，是挺好喝的，不愧卖得这么贵。"

姜廷东愣了一下，随即钳住她的腰，刚要靠近，后者嬉笑着往后退了一步，端起了酒杯："我饿了，快吃饭吧。"

她越发明目张胆了，姜廷东却拿她没办法，只能强压心中的那团火。

阮沁对孔映的关心，淋漓尽致地体现在这桌饭菜上。

孔映觉得要是再多给她点时间，她恐怕连满汉全席都做得出来。

饭桌上，姜廷东突然问孔映："温沉来过了？"

"你怎么知道？"

"他进小区的时候，警卫打电话跟我核实过了。"

"哦。"孔映轻描淡写，"他不放心我，过来看看，顺便跟我说说医院的近况。"

孔映没有提起她似乎开始回忆起温沉的事，虽然只是碎片，但她清楚，她和温沉之间的关系绝非她以前想象中那样简单。

她很享受现在和姜廷东的状态，她不想要改变，至少，不是现在。

孔映："对了，我明天要出去一趟，和我的心理医生约好了。"

"我送你过去吧，现在全棕榈市的媒体都在盯你，还是小心为好。"

"你不用上班的吗？"

"我从今天开始休假两个星期，这段时间，我都可以陪你。"

"陪我？你确定？"孔映托着腮，冲姜廷东笑，"你不觉得，我们现在有点像夫妇吗？我是整天待在家里的家庭主妇，你是负责外出赚钱的模范丈夫。"

说罢，她又严肃起来："姜廷东，我说过……"

姜廷东知道她想说什么。

这一个星期以来，他本是没必要每天都留下的，可他就是无法控制自己，一下班就往这里跑。见面见得太频繁，恐怕给孔映带来了负担。

明明说过是需要的时候才会见面的，现在却变成了只要一天不见，自己就会坐立不安的地步。

明明连恋爱都不算，只是双方都不用负责的温存而已，到底是哪里变了呢？

姜廷东花了几秒整理了一下心绪，将坂姜制药的药物试验报告摆在孔映面前：“不说这个了，我有点事要问你。”

“这是什么？”

“这个是一年半前坂姜制药在宝和医院做的药物试验的报告，被坂姜制药前阵子错寄给了颜晰，按理说这份文件早已被林泰寄回了，可却让我在卧室的枕头里找到了。颜晰也回忆说，林泰就是在那前后开始变得奇怪的。这件事事关宝和医院，这个试验，你有印象吗？”

“那时候我在宝和上班，是有听说过。”孔映翻了几页，“不过这是儿科的事，我不太清楚，怎么了？”

“你看看后面的试验结果。”

孔映翻到后面，读了一会儿，深深皱起了眉：“这药……”

“有问题？”

“杜兴氏肌肉营养不良症这个病，是遗传病，目前无法治愈，但一般来说，患者坚持良好的支持治疗的话，是还有十年以上的寿命的。但你看，前前后后参与这项试验的孩子有三十二个，在为期半年的追踪调查里，就死了十四个……”

“你是说，孩子们的死因不是因为遗传病，而是试验药物出了问题？”

孔映摇摇头：“我也只是猜想，毕竟我不是儿科医生，如果参与试验的孩子病程都已到了晚期，死亡率高，也是说得通的。”

“林泰的女儿林念穆，也在死亡名单上。还有，这个项目的负责人，是我叔叔，姜成元。”

“坂姜制药的会长？”

“你认识？”

“我父亲住院的时候，他有来探望过。”说到这儿，孔映突然想起了什么，“等一下，我也有东西要给你看。”

孔映掏出手机，将存着坂姜制药员工旅游合照的手机摆在了姜廷东面前。

“如果我没记错的话，合影里的这个男人，就是和林泰一起死掉的那个司机。”

姜廷东仔细看了看，见到了几个略微熟悉的面孔，问道：“这是坂姜制药的员工合影？你怎么会有？”

“阮沁现在在坂姜制药工作，她托同事问过了，这个人是姜傲的司机，叫冯貉，不过已经很久没出现在公司了。当然了，他早死在那场车祸里了，是不可能再出现在坂姜制药了。”

见姜廷东紧锁着眉头不说话，孔映问他：“你有白板吗？”

“什么？”

“白板和马克笔。”

“我书房有，怎么了？”

“你等我一下。”

不一会儿，孔映就从姜廷东的书房里把白板推了出来，立在餐桌旁边。

她先是写了宝和医院和坂姜制药，又陆续添了姜成元、姜傲、聂远、冯貉、林泰、林念穆和颜晰的名字进去。

“药物试验在宝和医院的负责医生是谁？”孔映突然问。

姜廷东翻了翻那份报告：“叫沈婉。”

孔映愣了：“沈婉？”

可不是吗？她竟然忘了，儿科的主任就是沈婉啊。

“怎么了？”

“她是我继母。”

说罢，孔映转过身去，在白板上又添上了沈婉的名字。

孔映抱着双臂，用手指轻点着下巴：“假设，这份报告真的被林泰看到了，他对女儿的死因产生了怀疑，那你觉得他会怎么做？”

“他是性格冲动的人，穆穆又是他的心头肉，如果他真的有所怀疑，大概会直接去找坂姜制药的人对质吧。”

“那如果这件事传到了你叔叔或者姜傲耳朵里……”

姜廷东终于明白孔映想说的是什么了：“你是说，聂远和冯貉是我叔叔派去杀林泰的，因为怕林泰向外界泄露药物试验事故的事？”

“不是没有这个可能啊。”

孔映看似疯狂的推理，却也不无道理，姜廷东跟着她的思路继续走下去："这也就解释了，为什么聂远害死林泰还不够，还要去害颜晰？因为他以为颜晰也看懂了那份报告。"

"对，我也是这么想的。"孔映忙碌地在白板上画着线，看似毫不相关的人物，终于被慢慢串了起来。

孔映望向唯一那个没有被连任何线的名字，喃喃道，"沈婉是儿科主任，如果试验有问题，她不可能不知道，也就是说，她也参与其中……"

那孔武呢？

孔映在心里摇摇头，那时候院长还是母亲，她还在世，父亲应该并没有和沈婉有什么牵扯。

孔映将沈婉和姜成元用虚线连在了一起，然后画了个大大的问号。

夜晚，姜廷东失眠了。

不知道是因为孔映刚才的推理，还是因为孔映开始察觉到他的心情，又或许，两者都有。

一直醒着到凌晨三点，姜廷东干脆起身去了书房。

书柜上还摆着他与徐怀莎的合影，那是他们三年前在阿根廷的乌斯怀亚照的，那里有一座灯塔，因为再向南就是南极，所以被人称为"世界尽头的灯塔"。

那时候徐怀莎靠在他怀里，对他说："廷东，我们来过世界的尽头了，那你要答应我，也要一直陪我到时间的尽头。"

他答应了她。

但只有他知道，早在八年前他们刚开始交往的时候，他就在心里答应她了。

可她却走了。

她走得如此干净利落，轻松地忘记，他站在她远去的那条道路，将心脏撕裂了、揉碎了，从此由它在血水里自生自灭。

最近舆论凶猛，梁昱君还以为孔映不会来了。

“最近心情怎么样？”

“还不错。”面前的孔映少见地穿着休闲装，看起来舒适而放松。

“很好，我很高兴你没有被舆论影响到，之前我看到新闻，还在为你担心来着。”梁昱君微笑着，“那些记者没有为难你吗？”

“我现在在外面住，所以记者们找不到我。”

“你自己？”

孔映顿了一下：“我住在姜廷东家。”

“很好，有一段稳定的感情，对你的病情恢复会很有帮助。”

“我们没有交往，只有在需要的时候才会见面。”

昨晚她起夜，书房的灯还亮着，她从门缝里看到姜廷东手中拿着那个相框，她之前去他书房取白板的时候就看过那个相框，那里面是他和徐怀莎的合影。

所以她清楚地知道，姜廷东的心不曾改变。

梁昱君：“那你有没有再出现记忆断层？”

“没有。而且，我在慢慢找回一些车祸中失去的记忆，关于母亲的，还有关于温沉的。”

“温沉？”梁昱君听到了熟悉的名字，微微抬起了头。

“嗯，温沉和我推荐你的时候，他说过，你们以前是医学院的同学，也是多年的朋友。这么说，你应该很了解他吧？”

“没错，我们的确认识很多年了，不过倒也谈不上了解，只能说相熟吧，怎么了？”梁昱君淡淡的，口吻里似乎有些回避的意味。

“我总觉得温沉在隐瞒什么，和我失去的记忆有关。”

“是记起什么了吗？”

“一点点。”孔映有些沮丧，“但无论我怎么追问他，他都不肯告诉我实情。”

梁昱君听到这里，表情掺进了细微的悲戚：“可能他觉得，有些事，与其由他告诉你，不如你自己想起来更好吧。”

孔映苦笑，要是她一辈子都想不起来，难道温沉打算一辈子都不说？

“如果你不介意的话，我们今天就要开始催眠治疗了。希望今天的催眠，能给我们更多信息。好了孔映，现在慢慢闭上你的眼睛，想象你面前是一片汪洋大海……”

五分钟后。

孔映睁开了眼睛。

她舔着嘴唇，笑得邪气四溢：“梁医生，我们又见面了。”

梁昱君直视她的双眼，微微一笑：“你好，孔映。或许，我该称呼你，阿曼达？”

姜廷东在等孔映的空当，接到一通电话。

是姜傲，说有事要和他当面谈。

等姜廷东驱车到约定的咖啡厅的时候，姜傲已经到了。

姜廷东走过去，姜傲见到他，露出一个微笑：“来了？”

姜廷东不动声色地坐定：“找我有什么事？”

“我们好不容易见一面，不用这么着急吧。”姜傲挥手叫了两杯咖啡。

“我待会儿要去接人，不能停留太久。”

“接谁？”

姜廷东没回答。

“上次在庆功宴上见到的那个女人？叫孔映是吧？”姜傲顿时明白了，“但我可是听说，她最近麻烦缠身啊。”

姜廷东打断了他的话：“你有事吗？”

看着姜廷东冰冷的脸，姜傲突然笑了：“还记得吗？小时候我们很要好的，经常在一起玩。那时候你经常跟在我屁股后面叫我，我有时候嫌你烦不带你玩，你还跟我撒泼打滚。”

两杯黑咖啡被端上了桌，姜傲拿过一杯喝了一口，姜廷东则一动没动。

“没想到，现在我们成了一年也不会打一通电话的关系了。”姜傲无奈地摇摇头，“我知道你怨恨我爸，也怨恨我。我爸夺走了原本属于你的公司，我则夺走了怀莎。你怨我们，也是应该。”

“你直说吧，今天找我来，到底有什么事？”

姜傲从公文包掏出一个红色信封：“这个给你。本来想寄给你的，但毕竟涉及怀莎，我觉得还是亲自送过来比较好。”

姜廷东拆开信封，烫金的“婚礼请柬”四个字，跳进了姜廷东的眼睛。

“我和怀莎下下个月结婚，庆典就在本市。”

姜廷东盯着那份请柬，好久没有出声。

姜傲琢磨不透姜廷东的心情，轻声道：“事情也过去许久了，对的错的，也都该释怀了吧？我们毕竟是兄弟，不该像仇人一样相处。”

“为什么？”姜廷东突然问。

“嗯？”

“请柬我可以收下，但你们到底想从我这里得到什么？为什么不能干净利落地放我走？”

他们想要他怎么样呢？

坂姜制药已经成了他们父子的盘中餐，他这个昔日的继承人如今只是个毫无威胁的局外人，没有一丁点话语权。

而徐怀莎，明知道相爱七年，骤然分手令他蚀骨剜心，却还是不肯放过任何一个折磨他的机会。

难道真的要他去到婚礼现场，亲口对他们说恭喜吗？

“廷东，我不是那个意思……”

“我和徐怀莎分手的时候，我就已经说过了，如果她走了，就不要再以任何方式回来，包括这种。”

“但至少我想我们应像家人一样相处。”姜傲见姜廷东面无缓和之色，又道，“我已经跟爸谈过了，你毕竟是姜家的孩子，再过一阵子，就回坂姜制药上班吧。”

听到这句，姜廷东突然冷冷地笑了。

“拿着从我手里抢走的东西来施舍我吗？姜傲，我以为你至少会做得比这个好一点的。看来是我错了。”

姜廷东起身，头也不回地离开了，只留下姜傲错愕在原地。

从诊所出来，孔映就发现了姜廷东的不同寻常。平时就已经够少言寡语的他，从诊所到民宿这一路，竟然连一句话都没有说。

民宿的计划是昨晚两人想好的，趁着两人都没有工作，可以出来放松一下。可是现在，看着这种状态的姜廷东，孔映不确定度假是不是个好提议了。

预约好的湖边小屋距离棕榈市两个小时的车程，两人到达入住的时候，天色已经渐黑了。

说是小屋，其实是临湖的一整栋别墅，前院连着长长的栈桥，码头还停着快艇，可以随意使用。

孔映打开卧室的门，发现竟是她最喜欢的全敞式落地窗，美好的湖景一览无遗，对岸的点点灯光更是美到极致。

“姜……”她兴奋地转身，却被姜廷东堵住了嘴。

急切地、激烈地，那不只是吻了，而是令人战栗的啃咬，像是要把她生吞活剥进肚子里。

混乱中，孔映身上的衣服已经七零八落，姜廷东托起她的下身，将她整个人压在了床上。

孔映在姜廷东密集的亲吻中艰难地喘息，觉得自己似乎要融化了。

姜廷东跪在床上，一边吻她，一边解着衬衫扣子。孔映顺势将手从他的腹部伸进去，向两侧摸索，最后环住了他的腰。

衬衫被脱掉了，姜廷东赤裸着上身，俯身紧紧贴住了她的身体。

即便孔映已经看过很多次了，但如此完美的身材，就像催情药，每看一眼，都让她更加疯狂。

姜廷东把她抱得太紧了，紧到她难以呼吸。

沦陷已不足以形容她的感受，因为感官的欢愉已经冲破了一切时间空间，让她失掉了所有理智。

不知过了多久，姜廷东却仍不知疲倦。孔映觉得，她的身体已经不再是身体，而是流动的水，瘫软到她无法控制。

就在姜廷东冲上云霄的时候，她听到他在她耳边说："孔映，我们在一起吧。"

孔映洗好澡出来的时候，姜廷东已经睡着了。

毯子只搭到他的腰，昏黄的落地灯下，姜廷东美好得就像一幅油画。

孔映一件一件地穿回自己的衣服，坐在梳妆台前将妆补好，然后拎起了行李箱。

棕榈市檀香花园别墅区。

这还是回国以来，孔映第一次回孔家。

这栋房子拥有着她14岁前所有的童年回忆，可如今再站在这里，不知道为何，孔映却没有一丝怀念的感觉。

门是保姆林妈开的，她看到孔映，先是愣了几秒，然后上来紧紧抓住孔映的手，抹起了眼泪。

千言万语到了嘴边，也只剩下一句话："回来就好，回来就好……"

林妈帮她把行李提进了门，孔映站在玄关环顾，这里的装潢变了不少，已经看不出原来的样子了。

"自从先生把你送去美国疗养，我就盼星星盼月亮等着你回来，现在看到你一切都好，我心里这颗石头，总算落地了……"

林妈是看着孔映长大的，孔映在她这儿已经算得上是半个女儿。

孔映看着林妈落泪，心里一阵酸楚："对不起，我这次回国，一直没抽出时间回来看您，让您挂记了。"

这是谎话，但孔映无法说出口，她不回家是因为她始终无法接受沈婉。

“没事，你过得好，林妈就知足。”

“我爸呢？”

“你爸之前出院了，回来住了几天，医院的事出了以后，他身体又不好了，又回医院住着了。”

“那沈婉呢？”孔映问。

“也好几天没回来了，应该是在医院伺候着吧。”

这样最好。

她还不想在这个家里见到沈婉。

孔映在客厅坐下，林妈跑去厨房准备喝的，远远地，孔映听见厨房传来林妈的声音：“小映，想喝什么？”

“哦，热巧克力好了。”

“还是老样子吗？一泵巧克力糖浆，一层薄生奶油，加脱脂牛奶？”

孔映愣了，等到林妈把咖啡杯端到她面前，她才问：“您怎么知道我喜欢喝这种？”

“你不记得啦？以前你可挑剔了，热巧克力这么做你才会喝，不然你是一口都不会碰的。”

孔映的确不记得了。

可连她自己都不记得的事，为什么姜廷东会知道？

还未等孔映细想，林妈就插话了：“我看你带了行李回来，是打算在家里常住了吗？”

“不常住，只住几天，等舆论热度下去了，我就搬回去。”

今天凌晨她独自从湖边小屋回来，收拾了留在岚桥庄园里的东西，本来是打算回家的。

她以为过了这么多天，媒体早该厌倦了，可她打电话给阮沁，后者告诉她，家门口仍有不少媒体蹲守，叫她暂时不要露面。

檀香花园和酒店，她只有这两个选择。

于是她带着行李，天刚蒙蒙亮就来了这里。

“小映，林妈跟你说件事，你可别嫌我多嘴。前几天你爸在家的时候，把沈律师叫来了，我进书房送茶的时候，听见好像是关于遗嘱的事。”

“是吗？”孔映轻微地挑了一下眉。

沈律师是孔武的私人律师，专门替孔武处理经济上的一些事务，已经在孔家做了许多年了。

但据孔映所知，孔武的遗嘱早在几年前就立好了。他现在把沈律师叫来处理遗嘱的事，有点奇怪。

“你可要多上点心，我知道你和你爸不亲近，但你毕竟是他唯一的女儿。家族内部的事，可不能让外人占了便宜。”

林妈毕竟在孔家做了许多年的保姆，和过世的秦幼悠的关系更是亲如姐妹，如今沈婉成了这个家的女主人，孔映又不常回家，她怎能不帮忙提防？

“您是怀疑，我爸想把遗产留给沈婉？”

孔映是聪明人，林妈话里的意思，她听出来了。

她并不惊讶，只是没想到一切会来得这样快。

林妈踌躇了一下：“有些话，我不好说的。小映，听林妈一句，你妈走得突然，你可一定要守住这个家。”

她毕竟是外人，有些事，也只能点到为止。

“我知道。”孔映慵懒地支着头，“再给我一点时间，就快了。”

网已经撒好，一切是不是如她所怀疑的一样，时间会给她答案。

姜廷东一路以七十迈车速从湖边小屋赶回岚桥庄园，才发现孔映早就收拾了东西离开了。

他以为她回了NOSA，于是又驱车回到棕榈市中心。

敲门敲了许久，开门的却是睡眼惺忪的阮沁。

“孔映回来了吗？”

“学姐？”阮沁揉着眼睛，“学姐没回来啊，怎么了？”

“她有没有联系过你？”

“早上倒是来了个电话，问我家门口还有没有记者，我说有之后，她就挂了，别的什么也没说。

姜廷东还记得，他在湖边小屋里醒来的时候，天刚蒙蒙亮。

他翻身想去抱睡在身边的孔映，却扑了个空。起先他以为她是去湖边散步了，可等他洗完澡才发现，孔映的行李都已经不在了。

民宿老板告诉他，孔映大概凌晨三四点提着行李箱从房间里出来了，还是他帮忙叫的出租车。

微信不回，手机关机，完全联络不上。

她现在不能回宝和，又不在岚桥庄园和NOSA，那她能去哪里呢？

姜廷东很不安。他不知道孔映为什么会躲开他。

她是有话直说的人，如果只是一般的事，她是不会这样莫名消失的。

难道是昨晚他提出在一起，将她吓走了？

那句话，的确不是深思熟虑的结果，可也并非有口无心。就算他不知道徐怀莎的婚讯，他迟早还是会说的。

他是个很少后悔的人，却在为昨晚的冲动后悔。

华灯初上，一间清吧里，温沉和梁昱君坐在吧台。

两人面前摆着朗姆酒，梁昱君面前的那杯只喝了一半，而温沉面前的则是第三杯了。

“她记不起你，你就打算这样一辈子吗？”

温沉盯着酒杯，没有回答。

“你为什么总是要这么小心翼翼？就算她不记得你，你就不能重新追求她吗？你可以追她一次，为什么第二次就这么难？”

温沉闭上眼睛，仿佛承受着莫大的煎熬：“她心里没有我……”

梁昱君听了，将面前剩下的半杯酒一饮而尽，酒杯落向吧台，发出清脆的声响。

“那就彻底放弃，做个了断吧，这样犹豫，是没有用的。”

梁昱君站起身来，提起手提包，将手放在温沉肩膀上：“别折磨自己了，放自己一条生路吧。”

温沉在等孔映，而她在等温沉。

和平桥，是连接棕榈市与和平岛的一座跨海大桥，总长600米。桥上景色壮丽，路灯林立，上桥处有公共停车场，经常有人开车过来，然后步行上桥欣赏夜景。

半醉的温沉跌跌撞撞走上桥，他的眼里有杏黄色的路灯、川流不息的车流，还有孔映的脸。

自从孔映回到棕榈，他以为时间会慢慢让孔映复原，回到他的怀抱，可不曾想那个叫姜廷东的男人毫无预兆地闯入孔映的生活，将一切都打乱了。

他是宝和医院大外科主任，风光无限，未遇到孔映之前，不曾如此狼狈。

但倘若狼狈能换回她，他也甘愿。

“温沉？”

一个熟悉的声音从背后传来，温沉下意识回头去看，竟看到了孔映。

他呆住了，过了几秒，又慢慢摇了摇头：“太醉了，都出现幻觉了。”

檀香花园无聊，孔映待不住，开着车子在市里闲逛了一晚上，又怕被记者逮到，最后只能跑来和平桥看看夜景。

棕榈市周围岛屿众多，跨海桥也不止这一座，但孔映从远处看到这座长长的斜拉桥，就觉得它是特别的。

结果刚走上桥没几步，就看到醉酒的温沉，扶着栏杆，满脸绝望。

“你没事吧？怎么醉成这样？”孔映上前扶住温沉，后者半歪在她怀里。

“这是我当年跟你告白的地方，你还记得吗？”温沉对着空气，喃喃自语。

就在这里，孔映点了头，温沉第一次吻了她。那时候温沉才知道，原来他的心脏也能跳得那么快，快得要冲出胸膛了。

孔映去美国疗养后，温沉也曾试图忘记她，可他已经见过幸福的样子，就像小和尚偷尝了肉，再也无法后退。

“是你上次在居酒屋跟我说的那个女孩？”

孔映想起他上次说自己失恋了，心想怕是他还在为那个女孩伤心。

温沉脑中混沌，只觉怀中温暖，他努力睁大了眼，发现被他当作幻觉的孔映还完完整整地站在他面前。

“……映映？”

一恍神，便叫错了名字，那是他们恋爱时他对她的爱称，她失忆后，他不敢再叫。

孔映笑了：“你叫我什么？”

温沉忽而又想起梁昱君的话。

如果过去不能延续，为何不重新开始？

“我不是有意瞒你的，是我无能，宁可不和你在一起，也想要留在你身边。”

她从车祸昏迷中醒来的时候，他就已经答应了孔武，若想要这辈子再见到孔映，就只能是以朋友的身份。

“映映，映映……”他一遍遍念着那个只属于他的名字，小心翼翼将孔映搂在怀里。

他的动作很轻，生怕弄疼了她。

“温沉，你……怎么了？”

“回来吧，我求求你，回到我身边。”

温沉记得很清楚，孔映出车祸那天的情景。

那是个周末，阴雨天，气压低得让人喘不过来气。他在家看书，晚上已经约好和孔映出去看电影。

下午，他突然接到骨科护士长的电话，说孔映和秦院长的车被一辆大货车迎面撞上，秦院长当场没了。

出事的地方离宝和医院不远，温沉赶到医院的时候，正好碰上送孔映入院的救护车。

她那时候还清醒着，身上沾了不知道是谁的血，流了满脸的泪。

“我妈妈……”见到温沉，她似乎有太多话要说，可她的伤太重，话说到一半就断了。

“温。”她的声音虚弱又飘忽，“我好疼。”

“我在，我在。”温沉抓着她的手，那一瞬间他毕生所学的医学知识全然不作数，他只是个生怕失去最爱之人而语无伦次的普通人。

手术过后，孔映一直处于深度昏迷的状态，温沉推了所有门诊，每天做完手术就跑来ICU守着。

孔武是在那时候，知道了他们一直都在恋爱的事情。

可是那时候的温沉，已经顾不得旁人的流言蜚语了，他唯一想要的，就是孔映能够平安醒来。

或许是上天听到他的祈祷，一个星期后，孔映真的醒了。

可伴随她的苏醒到来的，还有失忆症。

从那天起，温沉在她心中，从恋人回到了普通同事的位置。

正当温沉沉浸在被遗忘的巨大打击的时候，孔武把他叫进了院长办公室。

“你知道，我是不会同意你和小映的事的。”孔武开门见山，不给温沉辩驳的机会，“她是我唯一的女儿，是宝和医院的继承人，她值得更优秀的人。”

温沉何尝不知道，孔映是众星捧月的千金，月亮和太阳才更相配，他这颗不起眼的星星，的确没有资格留在她身边。

可他深爱至此，又如何舍得？

“孔院长，我知道我不能为她做的有太多太多，但我一定能做到的，就是让她幸福。”温沉缓缓弯下腰，深深鞠躬，“求你让我留在她身边吧。”

“你怎么让她幸福？她现在已经不记得你了，你在她眼里，只是个普通朋友了。”

“我会帮她想起来，我……”

“温沉，趁我还好说话的时候，整理下你的心情吧。”孔武寒气逼人，“不要试图去帮她想起来，你知道我有的是办法让你一辈子都再也见不到她。”

到底是哪一样更让自己生不如死呢？是一辈子见不到孔映，还是退回朋友的位置看着她幸福呢？

那之后，温沉常常这样问自己。

孔武是说到做到的人，温沉别无选择。

可他那引以为傲的自控力，在孔映重新出现在他眼前那一刻，灰飞烟灭。

孔映就像人间蒸发了一样，整整三天，姜廷东没有丝毫她的消息。

做什么都没有办法集中注意力，有好几次甚至开着车就走了神，险些酿成车祸。

姜廷东只觉得自己脑中的那根弦在逐渐走向崩溃。

他彻底明白了。

那些喜怒无常，那些幼稚的占有欲，和深夜醒来无缘无故的惆怅，都是因为孔映。

他早就该发现的。

在她胃疼的时候无助地靠在他怀里的时候，在她面对着暴怒的患者家属镇定自若的时候，他就该知道，大事不好了。

暧昧游戏，他先认了真，他认输。

孔映消失的第四天，颜晰来了电话。

“廷东哥，我刚才看到孔医生了，奇怪，她不是借住在岚桥庄园那边吗？怎么会出现在我家这儿？你们……没出什么事吧？”

听到孔映的消息，姜廷东的心情就像夜晚的路上突然被点亮了一盏灯，焦躁和不安一瞬间找到了出口。

“你在哪儿看到她的？”

“就在檀香花园的私人会所……”

这边，姜廷东已经拿起车钥匙：“我现在过去。”

“啊？喂？喂？”

不等颜晰弄清楚怎么回事，姜廷东已经将电话单方面挂断了。

姜廷东的欧陆急停在檀香花园私人会所门口的时候，颜晰正在台阶上等他。

颜晰看到车，走下台阶去迎他，结果姜廷东甩车门的力气之大，让颜晰意识到，他和孔映之间，大概是真的出事了。

“在哪儿？”姜廷东的脸和声音都是冷冰冰的。

“呃，二楼……二楼拳击室。”颜晰看他这副样子，哪还敢问别的问题，只得乖乖回答。

“不要跟来。”

檀香花园的这家私人会所只对业主开放，平日里几乎没什么人。姜廷东大步迈上楼梯，很快到了二楼。

见到孔映的时候，她正在拳击台上和会所教练对打。

教练看到气势汹汹的姜廷东，向孔映使眼色：“你认识？”

孔映瞥了姜廷东一眼：“不用管他，我们继续。”

这句话姜廷东听得清清楚楚，他脱了鞋和外套，一个翻身跳进了拳击台。

教练一看气氛不对，从孔映身旁撤了回来，摘了拳击手套，对孔映说：“我去休息一下。”

孔映嗤笑了一声，掠过姜廷东身边也要走。

姜廷东哪儿肯放过她，一个侧身挡在孔映面前。

这样一躲一挡，来来回回几次，彻底把孔映惹恼了。

她直接一个右直拳打过来，没想到后者轻松躲了，还挑衅地勾勾手："再来。"

"这可是你说的。"

孔映发了狠，直拳勾拳和腹部攻击连环进攻，姜廷东不还击，只是闪躲。

"有种你就还手啊！"

话音刚落，姜廷东突然迎上来，一个投技，只顾着进攻的孔映重心不稳，直接仰倒了过去。

姜廷东快速跟上去，用手肘垫在了她后脑，避免了她直接摔在台上。

"没事吧？"姜廷东只用了三分力，却还是怕会伤到她。

"我没那么脆弱。"孔映躺着，喘着气，直视他的眼睛，"你赢了。"

"赢的人，问问题。"

"你要问什么？"

姜廷东的双手撑在孔映头两侧的台面上，整个人架在孔映的上方："你为什么走？"

孔映轻轻笑了："这还用问？我们完了，结束了。"

"是因为我那天晚上的话吗？说要和你在一起的话？"

"姜廷东，我们说好了。"

姜廷东接了她的话："不认真，不负责。"

"你知道就好。"孔映说，"是你先坏了游戏规则，就不要怪我。"

"可我，现在想认真了。"

孔映继续笑："认真？你确定不是因为你前女友要结婚了，你一时气不过，才想从我这里找找安慰？"

姜廷东蹙眉。

果然是这样。

他从湖边小屋醒来的时候，看到那张请柬从他的外套口袋掉在了地板上，就在怀疑孔映是不是看到了。

“你看到那张婚礼请柬了？”

见姜廷东表情松动了，孔映更加咄咄逼人：“怎么？心虚了？”

“所以，你现在是在吃醋吗？”

“无聊，起开。”孔映想起身，却被他抓住手腕，一左一右狠狠按在地上。

“你干什么？”孔映瞪着眼。

“你走，不是因为我破坏了游戏规则，是因为你怕我提出和你在一起，不是因为我喜欢你，而是因为徐怀莎的婚讯，对吗？”

“对个屁！你个疯子！放开我！”她在姜廷东的手腕上抓出好多条红印子，后者却纹丝不动。

“要我放开你可以，只要你答应我，手机不许再关机，我的电话，也不许不接。”

孔映在他身下挣扎着：“你有病吧？我说了，我们结束了！”

“结束？”姜廷东突然笑了，他很少笑，此时却笑得令人战栗，“你忘了？这个游戏，能喊停的，只有我。”

他低下头，重重地吻住了孔映。

颜晰焦急地在会所外头等着，看姜廷东刚才的模样，是真发火了。颜晰对他的脾气再了解不过，这人真的生起气来，是一百匹马都拉不住的。

想到这儿，他不禁有些后悔自己打那通电话了。

要是孔医生被生吞活剥了，那他岂不是成了罪人？

等了好半天，孔映居然先出来了。

颜晰迎上去，还没说话，孔映的话就迎面劈来：“你竟然跟姜廷东泄露我的行踪。”

颜晰委屈了，这不怪他啊，他也住檀香花园，在自家会所里碰上最近被各路媒体追逐的孔映，怎么就不能出于担心的目的打电话问问姜廷东了？

“廷东哥也是关心你，孔医生，孔……”

孔映不理颜晰，直接坐进法拉利488里，一脚油门开走了。

孔映前脚刚走，姜廷东后脚就出来了。

颜晰见他嘴唇正在流血，看起来很严重的样子，问：“廷东哥，你嘴怎么了？孔医生她，打你了？”

嘴上虽然这么说，颜晰心里还是暗暗佩服的，姜廷东这种定时炸弹孔映都敢招惹，真不简单。

姜廷东瞥了颜晰一眼，阴沉着脸，半晌才吐出四个字：

“被她咬的。”

第十章
那就一起沉沦

法院的传票来得意料之外地快，计划开庭的日子，正好距离患者死亡两个星期。

去世的企业家背景深厚，他们能向法院施压将审理日期提前，孔映不惊讶。

因为是公开审理案件，法庭一大早就被媒体占得满满当当，原告方早早就到了，孔映的律师靳律随后也出现在法庭上，可左等右等，就是等不来孔映。

眼看着开庭的时间要到了，一身黑的孔映才姗姗来迟。

“怎么才来？”靳律低声耳语。

靳律是孔映的学长，孔映当年在斯坦福读医学院的时候，他法学院在读，两人在斯坦福的拳击社团相识，因为兴趣投机，很快结为好友。靳律毕业后去了芝加哥执业，专攻医疗法，后来回国，创办了自己的律师事务所。

“去了趟宝和。”孔映在被告席坐定，气定神闲。

“去宝和做什么？”

“取点东西。”

“你不怕记者逮你？”

“今天开庭，记者都在法院，哪儿会有人还守在医院？”

“孔映，我是你的律师，有任何事情，我强烈建议你对我坦诚相告，这样我好做好应对措施。现在的情况对我们很不利，我看过原告的证人名单了，一长串。这不是游戏，我也不是神仙，如果原告证据充分，我也救不了你。”

“靳大律师，你身为斯坦福法学院的毕业生代表，你不救我谁救我？”孔映见靳律脸色不好，又凑到他耳边补充了一句，“只要你能拖到二审，我就把所有事都告诉你。”

“孔映……”

“记住，我只要一个结果，就是第二次开庭。”

靳律还想再说，但书记员已宣布法官和陪审员入席。全体起立的时候，孔映回头向旁听席看了看，温沉和阮沁都在，就连沈婉都来了。

案件审理进行到证人询问环节，原告方的第一个证人是手术护士。

原告方律师询问她孔映手术过程中是否状态有异，护士回答：“孔主任那天的状态的确很不稳定。”

“能说说是怎么不稳定吗？”

“她脸色很苍白，好像很紧张的样子，手术过程中一直要我帮她擦汗。而且本来不到三个小时的手术，她做了四个小时。”

第二个证人是当天值班的药剂科医生。

原告方律师：“手术前，被告人是否拿着美国处方在你那儿取了药？”

“是。”

“能告诉我是什么药吗？”

“舍曲林。”

“那能麻烦你解释一下，这个药是做什么的吗？”

“舍曲林是精神类药物，目前被广泛用于治疗抑郁症。”

旁听席一片哗然。

一个外科医生在手术前一个小时还在吃抗抑郁药，连法官听了都直摇头。

原告律师明显是下了功夫，还找来了专门研究PTSD方面的专家来当证人，想以此证明孔映的精神状态不足以支持她成功地完成手术。

最后一个证人，是金远光。

“孔主任自从回到宝和上班，整个人的性格和从前大不一样，这是我们整个医院都知道的事实。”

“那你也认为孔主任当时的精神状态不适合上台手术吗？”原告律师问。

“就像刚才周护士所说，作为这场手术的一助，我认为孔主任状态的确不稳定。或许就是这样，她才把医用棉花遗忘在了患者体内……”

金远光做证的全程，都没敢往孔映这里看上一眼。

面对着不利于孔映的证词越来越多，连经历过大风大浪的靳律都开始皱眉，孔映却连一根眉毛都没动。

靳律也不知道是她心太大，还是她干脆放弃了。

审理进行到尾声的时候，靳律提出：“法官大人，因为被告人是在美国接受的治疗，所以我们需要美国那边的医疗记录来断定被告人是否有正当行医的能力，但美国方面对医疗报告的保密性管控严格，拿到报告前，还有一些必要的程序要走，所以我们请求二次开庭。”

“行吧，被告律师，下次上庭前，请务必把所有证据准备齐全，你知道流程，民事案件一般是不会有第三次开庭的。”

“谢谢法官大人。”

第一次庭审结束了。

孔映遣走了阮沁和温沉，待会儿她恐怕还要面对长枪短炮，她不想让他们也跟着一起承受这些。

刚才庭审的内容早被在场的记者实时传送给了各大媒体，舆论对孔映更加不利了。说白了，原告证据充分、令人信服，这场官司孔映毫无胜算可言。

靳律将材料收拾进公文包，面色凝重："第二次开庭我帮你争取到了，你现在该告诉我事情的来龙去脉了吧？"

"你回去查查邮箱，就知道我在说些什么了。"

孔映正和靳律说话，突然被搂住了肩膀。

她抬头一看，竟是姜廷东。

"你怎么来了？"

"公开审理，我不能来吗？"

"看来在私人会所那一口，还没让你想明白。"孔映碍于靳律在这里，不好发作，只得恶狠狠地低语。

靳律见这两人的关系不一般，便道："邮箱我等一下会看，希望是对我们有利的证据。今天这里太乱，我们再约时间讨论吧。"

孔映颔首："知道了，你先走吧。"

靳律礼节性地冲姜廷东点点头，算是打招呼，然后走了。

待会儿还有别的案件在这里开庭，记者们被法警清到了法院大厅，原告已经接受过采访离开了，不接受采访的靳律则匆匆离去，所以此时所有记者们都在翘首等着孔映从法庭里出来。

"我陪你吧。"姜廷东搂着她的肩膀，侧脸低头看着她，孔映似乎在他眼里看到了一种前所未有的温度。

"用不着。"她冷淡道。

姜廷东就像没听到一样，只说："走吧。"

孔映和姜廷东走出法庭，记者们立刻蜂拥而上，开启了狂轰滥炸模式。

"孔医生，你在手术前还在吃抗抑郁药，你明知道自己精神不稳定，为什么还要上台手术呢？"

"从现阶段的证据来看，你对患者死亡负有全责，你是否打算赔付巨额赔偿金来进行庭外和解？"

"你的律师要求二次开庭，请问是否还有什么隐藏的关键性证据，还是这只是拖延时间的战术？"

闪光灯闪得孔映眼睛发疼，姜廷东将手挡在她眼前，护着她往外走。

这一挡不要紧，有几个跑过娱乐新闻的记者认出了姜廷东。

“那个男的不是MG娱乐的制作人吗？怎么在这儿？”

“是啊，难道……和颜晰有关系？”

记者们再次炸开了锅，将孔姜二人团团围住。

“颜晰身为公众人物不方便出席庭审，你是受颜晰之托来陪孔映的吗？”

“你出现在这儿，是不是间接证实了两人的恋情？”

姜廷东突然停下了，记者们哪会放过这个机会，个个都把话筒伸得老长。

“孔映和颜晰，只是朋友。”姜廷东开了口。

“那你为何会出现在这里？”

孔映突然感到姜廷东捏紧了自己的手，她不明所以地抬头去看他，发现他也正在看自己。

“因为，孔映，是我女朋友。”

后视镜里，阮沁和温沉正在说话。

靳律坐在车里，他很紧张，比他当年在最高法院替连环杀人犯辩护还紧张。

他真的没有想到会在这里见到阮沁。

初见阮沁的时候，是2004年，他在斯坦福读最后一年法学博士，阮沁还只是刚进校的本科大一学妹，两人在中国同学会结识，很快陷入了热恋。

两人前后交往了将近一年，一直到靳律毕业，得到芝加哥一间顶级律所的实习机会。

阮沁哭闹着不放他走，威胁他只要离开加州就分手。

靳律也舍不得，可那个实习机会的确难得，他不想放弃。

他请求阮沁等他，等他实习一结束就回加州娶她。

可阮沁没有答应。

两人就此分手。

从此一晃十几年，两人没再联系过，一直到了今天。

靳律不知道孔映和阮沁是什么时候认识的，他虽在和阮沁交往的时候就认识了孔映，但他们两个从没见过面。

见阮沁上了温沉的车，靳律马上发动了引擎，一个急刹挡在了温沉的LX570前。

他下车，走到副驾驶一侧，敲窗，对阮沁说："上我的车，我送你。"

温沉认出这人是孔映的律师，转头问阮沁："你认识？"

阮沁翻了个白眼："何止认识，简直是冤家路窄。"

"那……"

"今天不麻烦你送我了，我待会儿和他说完话，自己回家就好了。"

"好。"

阮沁推开车门，车门把门外的靳律撞得一趔趄。

她踩着高跟鞋上了靳律的揽胜，冲靳律挑眉道："还愣着干什么？给温医生把路让开啊。"

十几年了，她还是没变。

可看到这样的她，靳律莫名心安。

就像时间带走了许多东西，有些事却依然。

咖啡厅里，阮沁和靳律两人面对面坐着。

其实刚才开庭的时候阮沁就看到靳律了，有了那几个小时的缓冲，阮沁现在才能如此淡定。

但靳律就不一样了。

他也想过某时某地会与阮沁重逢，可等真正见到了，才发现冷静这种事，自己连装都装不出来。

明明已经分手十几年了，为什么还会这样呢？他想不通。

“你……什么时候回的棕榈？”靳律问。

“时间不长。”

“你和孔映……”

“她是我学姐啊。”阮沁歪了歪头，“你们又是怎么认识的？”

“同学。”

“哦。”阮沁一副满不在乎的样子，却看到靳律空荡荡的无名指。

仔细算算的话，靳律今年都34了，竟然还没有结婚，她有点惊讶。

“你，有男朋友了吗？”靳律问得小心翼翼，在法庭上叱咤风云的大律师，如今在阮沁面前，却一点底气都没有。

“问来干吗？”阮沁才不想轻易告诉他。

“其实，芝加哥的实习结束之后，我回加州找过你……但你不在原来的地方住了，连号码也换掉了……”

那时候回加州，靳律已经想好了，如果能见到阮沁，他一定要直接求婚。

“因为不想见你。”阮沁回答得很干脆。

阮沁承认那时候自己是在赌气，即便分手了，她还是期待靳律会联络她，即便只是一点点安慰都好，她一定会缴械投降。

可是一年里，别说电话，就连一条问候的短信都没有过。

当希望变成失望，失望变成绝望，那时候她才意识到，靳律有多么狠心。

于是她换掉号码，决定再也不回头了。

其实现在想起来，他们分开并不是任何一方的错，只是错误的时间发生了错误的事，他们的爱情那时候太胆怯，没经历现实的洗礼就怕得瑟瑟发抖。

那现在呢？

庭审过后，孔映回到檀香花园取了行李，搬回了NOSA。

还好今天媒体的注意力都在庭审上，公寓楼下并没有什么记者。

姜廷东就像是知道她会回来似的，抱着双臂靠着车子，正在停车场等她。

孔映将行李提下车，快步向电梯走去，完全将姜廷东当空气。

孔映以最快的速度进了电梯，却还是被长手长脚的姜廷东拦住了正在关闭的电梯门。

电梯徐徐上行，姜廷东步步紧逼，孔映倒退着，背贴上了墙壁。

她仰着头，冷静得如一捧没有波纹的水："姜廷东，你这样追着我，不累吗？"末了又补了一句，"你不累，我都累了。"

姜廷东微微垂下眼睑，咬着唇微微摇头。要让他怎么说，见不到她的这些日子，他快要疯了。

"从前，我没有想过要走到这一步。但你一次次地撞进来，一次次让我心动，这都是你的错。"

他靠了过来，用唇摸索着，落下了细细碎碎的吻，他太温柔，温柔得孔映无法闪躲，只得直面他的深情。

他通红的眼睛里，带着复杂、痛苦，和深深的不安全感。

"不管你是不是在意徐怀莎，她都已经是过去式了。

"是我疯了，现在我想要的，只有你，难道你还不懂吗？

"孔映，是你亲手把我从过去拉出来，你不能一句结束就收回全部，你不能眼睁睁地看着我回到地狱。"

姜廷东捧着她的脸，小心翼翼的样子，令人心疼："你，可以留在我身边吗？"

他的眼睛真好看啊，千万种情绪流转、颤动，都汇在那颗瞳仁，最终消失在他鲸鱼尾巴一般的眼角。

叮一声，电梯到了顶层，开了门。

孔映低低地笑了："姜廷东，别开玩笑了。"

他的瞳孔微微紧缩，连捧着她脸的手指都在微微颤抖。

"我承认你很不错，是个好情人。可是我们的游戏是有规则的，大家都是成年人了，成人法则，懂吗？你何必这么认真？"

一字一句，仿佛刀子，将姜廷东的胸腔割裂了，疼得他喘不过气。

他慢慢放下手。

“是我太天真，以为你会有那么一丝丝喜欢我。”

他的眼灰了，熄灭了。

“如果我让你为难了，那么我道歉。”

他后退。

“我会，从你眼前消失。”

他转身。

夜晚，孔映靠在沙发上，捧着高脚杯，看着窗外渐渐消散的余晖。

下午和姜廷东在电梯里摊牌的时候，他们的对话被在外等电梯的阮沁听到。结果一整个晚上，阮沁一直在跟她闹脾气。

明明当初阮沁是反对她和姜廷东接触的，如今，阮沁却嫌弃她对姜廷东狠心了。

“就算你不接受他，何必把话说得那么绝？我一个外人听了，都要替他心疼死了。”阮沁重重地将消夜搁在茶几上。

“长痛不如短痛，我心里早有答案，又何必拖着他？”

“你一点都不喜欢他吗？今早他可是昭告天下，说你是他的女朋友。现在官司对你不利，原告又有权有势，有几个人敢公开挺你？你难道就一点都不感动？”

感不感动，喜不喜欢，如今说来又有何用？

徐怀莎说得不错，她和姜廷东不是一路人，姜廷东值得比她更好的人。

孔映看着酒杯里红色的液体沿着杯壁缓缓流动，突然想起她和姜廷东的那枚红酒吻了。

“早知道他会动心，我就不该去招惹他。”

“你！”阮沁拿她没办法，仰倒在沙发上，“学姐，你真是个狠毒虫，如果我是男人，我一定要远远避开你。”

他大概也想过远远避开吧？可当初自己一味进攻，根本没给他躲开的机会。孔映想。

但，无论如何，他还是回来了。

在她危难的时刻，披荆斩棘，回到了她身边。

姜廷东真的不再联络她了。

孔映前几天还算正常，一直窝在家里躲记者，吃吃睡睡，逍遥快活。

但这种没心没肺的状态并没有持续多久。

她莫名其妙开始失眠。一闭上眼睛，就能看到那天在电梯里，姜廷东通红的双眼。

这样的状态持续了几天，她不得不开始吃安眠药。

可即便这样，任何细微的声响，都能轻易将她惊醒。

孔映觉得这样的状态，仿佛又回到了旧金山的康复院的时候。

整个人变得麻木、易怒，即便舍曲林的量加到了原来的两倍还多，也只能勉强控制情绪。

夜晚的风很凉，她站在露台上，然而隔壁的灯已经不会再亮了。

是不爱，是不能爱，还是无法爱？

孔映无数次问自己这个问题。

就算他真的忘记徐怀莎，那她就能留在他身边吗？

可又有谁，会想要一个背着官司，还随时有可能自杀的精神病呢？

如果得到就意味着失去的话，还不如不得到。

姜廷东在晨曦中睁开眼。

今天是孔映医疗事故案二审的日子。

他已经整整一个月没有见过孔映了，一通电话，一条短信，都不曾有。

原来思念到极致，是这种感觉。无论何时何地，只要一想起她的脸，胸口就隐隐作痛。

缓慢起身，浑身疼痛无力，他病了，这两天开始莫名发烧，体温居高不下，他照常上班，病情似乎越拖越重。

他今天约了药物试验的家庭之一面谈，这一个月，他已经陆陆续续见过不少参与试验的儿童家庭了。

他想尽快搞清楚药物试验背后的真相，这样他才知道下一步该怎么做。

去患儿家的路上，他隐约觉得后面那辆车有些熟悉。

酒红色的丰田凯美瑞，这几个星期以来，这辆车他已经看到过很多次。

开车的男人戴着渔夫帽，姜廷东在后视镜里看不清他的脸。

难道是巧合？

姜廷东一路开到目的地，等他下车查看的时候，一直跟在他身后的那辆红车已经不见了。

他见周遭无异状，才敲开了患儿家门。

开门的是孩子的爸爸，明明才三十几岁的人，头发却已经半白了，显得很是苍老。

姜廷东此前在电话里已经大致说明了来意，起先这个男人并不愿意开口谈儿子的病情，在姜廷东的一再坚持下，他才同意谈一下关于洛美琳药物试验的事。

“你也知道，杜兴氏肌肉营养不良症这个病，是没办法治愈的，所以当时坂姜制药研发出新药的时候，我和我老婆真的是太高兴了，心想聪聪有救了。”

他嘴里的聪聪，就是他们7岁的儿子。

“其实刚开始吃那个叫洛美琳的药的时候，聪聪是有所好转的。后来事情就变得有些奇怪，开始有传闻说几个参与试验的小朋友死了。那时候我还特意去问过儿科的沈主任，她解释说孩子死亡和洛美琳没有关系，是他们本身病程到了末期，自然去世的。”

“我也不是学医的，自然就信了沈主任的话，不过那时候我也留了个心眼。后来，出事的小朋友越来越多，我就有点害怕了，我和老婆商量过后，就私自带着聪聪退出了那个项目，想先观望看看再说。”

“出院之前，聪聪就有恶心呕吐的症状，出院之后还没有好转，我们就带他去了别的医院，诊断结果是慢性药物肝损伤。”

“是因为洛美琳？”

“我们到现在也不知道是因为什么，我去过很多次宝和医院和坂姜制药讨要说法，可是他们都坚称不是洛美琳的原因。直到后来坂姜制药的人突然上门来，说可以给我们一笔钱，但要我们签一个保密协议。一开始我们是不想签的，可是那些人告诉我们，小朋友生病不是因为洛美琳的原因，他们付这笔钱只是单纯地想帮助我们。你也知道，聪聪治病需要很多钱，我们当时没办法，就签了。”

“那现在聪聪身体怎么样？”姜廷东问。

“现在就只能吃药，等肝移植，还不知道要等到什么时候。”聪聪爸爸掩面叹息。

姜廷东和孩子家长谈了将近一个小时，才道别出门。

走到一楼的时候，他在楼梯口遇见一个戴着渔夫帽的男人在抽烟，嘴角有道长长的疤。

他不动声色地与其擦肩而过，低头发了条短信给陈警官：银河丽湾11栋，聂远在跟我。

发完后，他将手机收起，慢慢向车边走去。

那个男人果然也跟了过来，并且听着脚步声，似乎离他越来越近。

姜廷东站定，突然转过身来，一拳挥过去，对方勉强躲过大半，却还是被砸中颧骨。

“警惕性挺强的嘛。”聂远龇牙，摸了摸脸。

“姜成元派你来的？”

“你管谁派我来的，你只知道今天是你的死期就行了。”聂远袭来，姜廷东连续几个闪躲，却感到脑中嗡鸣，眼前的景象有些混沌。

他还生着病，脚像踩在棉花上一样，几乎使不上力。

两人很快扭打在一起，姜廷东用尽全身力气将聂远压在身下，狠狠地击打聂远的头部。

他当初是如何向林泰下的手，姜廷东今天就要他血债血偿。

聂远吃痛，也不示弱，反过来向姜廷东的腹部连出数拳。姜廷东向上缩了一下，却突然觉得胸前一阵尖锐的痛。

只见头破血流的聂远手里拿着一把弹簧刀，刀上满是鲜血。

姜廷东有那么一秒的愣神，他下意识地去摸自己胸口，然后看到了掌心的血红。

他那一刻十分冷静，也不知道是哪里来的力气，整个人扑上去，甩掉了聂远手中的刀，然后死死抱着他不放。无论聂远如何挣扎，他就是不放手。

他感到胸前液体涌动，听到远处警车的警笛声，眼前的一切旋转着模糊着，最终慢慢沦为黑暗。

中级法院里，孔映的医疗事故案二审开庭。

局势继续一边倒向原告方，许多记者已经在准备孔映败诉的通稿了。

待双方举证完毕，靳律却突然向法官提出临时补充证据。

原告律师立刻起身反对："被告律师未在举证期限内举证，不应该采纳。"

"法官大人，《最高人民法院关于民事诉讼证据的若干规定》第四十二条规定：当事人在二审程序中提供新的证据的，应当在二审开庭前或者开庭审理时提出。所以开庭后提交的新证据，是应当被采纳的。"

"既然是新证据，就看看吧。"法官问，"是什么形式的证据？"

"视频证据。"

“好，开始吧。”

靳律将光碟放入DVD机，很快，画面中出现了宝和医院的手术室，只听站在主刀位置的孔映说道：“这是名骨盆骨折患者，现在我们开始骶骨骨折及半侧骨盆内旋修正手术，请各位配合。”

靳律按下暂停键：“法官大人，如您所见，这是我的委托人为原告父亲做手术时的录像。”

这是孔映在克利夫兰诊所做医生时养成的习惯，无论大小，她的每一场手术，她都会录像记录。来到宝和医院任职后，为避免人多口杂，也出于对患者隐私的保护，她没有将这件事告诉任何人，所以根本没人知道她在记录这些手术。

靳律继续说道：“现在我要快进到手术结尾，也就是我的委托人孔映医生结束手术离开手术室，由金远光副主任接手缝合的片段。相信看到最后，大家就会知道为什么患者腹内会出现那块医用纱布了。”

旁听席的记者们窃窃私语起来，孔映回头望了望坐在旁听席的金远光，后者的脸色早已煞白。

这时候，孔映的手机突然振动了起来。

是颜晰的短信——

廷东哥出事了，刀伤，现在救护车正在路上，速去宝和医院。

孔映冲进宝和医院的时候，正好撞上护士长。

“孔院长，我刚才听说官司我们赢了，是吗？天啊，我真没想到，金副主任居然会为了报复您干出那种缺德事，幸好您录像了，不然……”

“姜廷东，姜廷东呢？”孔映急得连一秒钟都站不住了。

“您说什么？”

“刚才救护车送进来的病人，刀……刀伤。”

“哦，一分钟前刚送去心外了。别提了，我刚才正好在急诊科，眼看着他被抬进来，那血流得，把床单全染红了。您说现在治安怎么这么差……哎，孔院长，孔院长？”

孔映冲进楼梯间，三步并作两步往上跑，终于在走廊里追上了姜廷东的床。

“怎么样了，怎么样了？”孔映喘着气，声音尖厉。

帮忙推床的护士见是孔映，叫了一声：“孔院长。”

“我问怎么样了！”

“开放性胸部损伤，右心室破裂，胸主动脉破裂。”急诊科医生说道。

“谁手术？”

“已经打电话叫温主任来了，估计马上到了。”

孔映去摸姜廷东的手，却摸到了一掌心的血。

她竭力使自己保持冷静，她是医生，生死关头，她不能掉眼泪，她的眼泪也不值钱。

“姜廷东，看着我，看着我。”

孔映抱着姜廷东的头，后者还没有完全失去意识，听见她的声音，将眼珠慢慢转过来，半睁着看她。

“温沉马上就来，没有他做不来的手术的，你会没事的，知道吗？你会没事的。”

孔映的声音颤抖着，她不知道她是在安慰姜廷东，还是在安慰她自己。

见到孔映，姜廷东的表情变得十分安心，他轻轻地、满足地叹了口气：“还以为……见不到了。”

只不过一句话而已，孔映的眼泪就再也无法抑制。

她几乎用尽全身的力气，将嘴唇咬得全是血，都没能阻止自己痛哭出声。

他有多痛，却还担心再也无法见到她了。

“孔映……”

“我在，我在。”孔映哽咽着，将耳朵俯到他唇边。

“不要哭。”

他又叹，却是温柔，太温柔。

孔武来了电话，想必是听说了官司的结果了。

孔映没有接。

不一会儿，孔武的短信进来了：小映，官司既然结束了，明天就回来上班吧。

孔映只回了一个字：好。

她身旁，是全副武装的颜晰。

手术已经进行了7个小时，外面的天色已经渐渐暗了下来。孔映静静地坐在手术室门外，看着警察走来走去。

胸主动脉破裂，死亡率在80%以上，她以前在美国心外科轮转实习的时候，见过许多类似的病人，最终能救回来的，少之又少。

可她除了心焦，毫无办法。

她不断想起姜廷东在电梯里说的那句话："孔映，是你亲手把我从过去拉出来，你不能一句结束就收回全部，你不能眼睁睁地看着我回到地狱。"

是她眼睁睁，是她无动于衷。

这一切都是她的错。

远处，匆匆走来一个男人，与在门外的警察轻声交谈了两句，然后把目光落在了孔映身上。

"你是孔主任……哦不，孔院长吧？"男人突然开了口。

孔映隐约觉得见过这个人，却又记不起是在哪里："你是？"

"我是赵警官，上回您协助过我们调查杀人案。"

孔映想起来了，这个人就是当初来医院找过她的便衣警察。

"你来这儿是？"

"我们找个安静的地方说话吧。"

孔映有些踌躇，颜晰冲她点点头："你去吧，这里有我。有什么事，我给你打电话。"

"好吧。"孔映深吸了一口气，对赵警官说，"那去我楼上办公室谈吧。”

院长办公室如今是沈婉在用，骨科主任办公室又被金远光占了，孔映只好带赵警官进了空病房。

“之前跟你说的，林泰被害一案，车里的第三人，我们已经抓到了。”

“那个叫聂远的人？”

“对，多亏了姜先生，不然我们也抓不到他。”

“什么意思？跟姜廷东有什么关系？”

“整件事我们现在也不是太清楚，出于某种原因，聂远盯上了姜廷东，想要杀他灭口。还好姜廷东警惕性高，及时报了警。”

“他报警了，为什么还受伤了？”

“是他自己先去追聂远的，我们赶到的时候，他正死死抓着聂远，已经被刺了一刀。”

是什么样的力量，能让他在心脏被插上一刀的情况下，还不肯放过聂远。

“如果您知道任何事，请务必告知我们，这样会对我们破案很有帮助。”

“好，我知道了。”

赵警官走了，孔映慢慢在床上坐了下来。

孔映想不通为何聂远会想要姜廷东的命？

姜廷东搬走的这一个月，他到底做了什么，会惹来杀身之祸？

难道，是那份药物试验报告？

可这件事除了她、姜廷东和颜晰外，根本就没人知道。

孔映想起她和姜廷东在岚桥庄园里画的那张人物关系图。难道这段时间，他一直在自己调查，所以才会引起坂姜制药的注意？

孔映心事重重地回到手术室外。

姜廷东的父亲去年过世，母亲远在美国联系不上，妹妹又下落不明，出了这种事，身为叔父的姜成元竟只匆匆露面了几分钟，然后很快以会议为由离开了。

可不是吗？姜成元一家本就不与姜廷东亲近，倘若这个时候嘘寒问暖，岂不更让人怀疑聂远是他派来的？

夜里十点，手术终于结束了。

温沉和心外科的严副主任从手术室里走了出来，孔映率先冲上去："怎么样了？"

"暂时脱离生命危险了，不过心脏和主动脉受创严重，又是大出血，保险起见，要先在ICU观察24小时，再转去普通病房。"

孔映有些腿软，眼看着要跌坐下去，温沉赶忙拦腰抱住了她："没事吧？"

"没事，没事。"孔映脸色苍白。

"ICU暂时无法探视，你在这儿守着也没用，先回家休息一下吧。"温沉心疼孔映，若是继续这么熬着，身体迟早会垮。

"不用了，我在这里等。"

"孔映……"

"我在这里等。"

温沉见拗不过她，只好默许："那有什么需要，给我电话。我的休息室，你也随时来用。"

"嗯。"孔映点点头，又拉住温沉，"谢谢你了，我知道如果没有你，他大概早就没命了。"

"我是医生，应该做的。"温沉露出一个苦涩的笑，"况且，我见不得你哭。"

即便他救的那个人，夺走了他毕生最爱。

孔映一夜没睡，早晨回家换了套衣服，就来上班了。

孔武已经叫沈婉腾了院长办公室出来，孔映进办公室的时候正好碰见往外走的沈婉，她礼节性地点点头："沈主任，这段时间辛苦你了。"

"应该的。幸好那件事真相大白了，不然可真是白白冤枉了你。"沈婉似乎没有任何不快，反而拉着孔映的手拉家常，"我听林姐说，我和你爸不在家的时候你回家住过。正好你爸今天出院，你晚上来家里一起吃饭吧？阿姨准备你最喜欢吃的。”

孔映一反常态，欣然应道：“好啊。”

正说着，秘书过来叫孔映：“孔院长，靳律师来了。”

“那我不打扰你了，晚上回家我们再慢慢说。”沈婉拍了拍孔映的手，抱着东西走了。

秘书忍不住插嘴：“院长，你和沈主任感情真好，就像亲母女似的。”

孔映嗤笑一声：“请靳律师进来吧。”

昨天孔映连宣判都没等到就匆匆离席，靳律这番来，是来补充一些审判过程的。

那盘手术录像，完美地证明了孔映无过错的事实，更清晰地记录下了金远光和手术护士故意向患者腹腔内塞入医用棉花的过程。

据说两人被当庭逮捕，即将被提起公诉。

“但我还是不明白，你为什么要我拖到二审，拖到二审也就算了，还非要我提交临时证据。这段录像，你明明在一审的时候就可以拿出来的。”

“金远光这个人我是了解的，他虽然恨我，但毕竟胆小怕事，能串通护士一起来栽赃陷害我，他一个人做不到。”

“所以，你是想拖延时间，看看背后是否有人指使他？”

“一审之后，就连你都觉得这官司我们要输了，更何况别人？”

靳律觉得孔映的胆子实在太大了，现在说是这么说，可是但凡有一点意外情况，比如法官不批准二审或不采纳临时证据，那可就弄巧成拙了。

到底是多大的事，值得孔映冒着这么大的风险去做？

“那你发现什么了吗？”

孔映在办公桌后坐着，侧身对着靳律，轻轻地敲着钢笔：“一审结束的那个星期，金远光就被扶成了骨科正主任，还进了宝和的合伙人候选名单。我前面去旧金山疗养整整一年，都没人敢提填充我空位的话题，现在事情才出几个星期，我的位置就被人顶替，你不觉得有点奇怪吗？”

“你是怀疑宝和医院高层有人要陷害你？”

“陷不陷害，恐怕只有金远光能给我答案了。我打算中午去趟看守所见见他。”

“也好，他现在已经走投无路，应该会说真话。”

“只可惜那个患者了，白白死了。”孔映叹了口气，突然问，“你难道就不想知道，我为什么要找你做辩护？我手里明明有录像，随便找个小律师就能搞定的事，找你这个大忙人来，岂不大材小用？”

“我们是老同学……”

“你要好好对阮沁。”

靳律愣了，半晌才出声：“你……你知道？”

“以前只知道她交过一个男朋友，却因为异地而没走到最后。知道那个人是你，是她回国后的事了，有一次我在她房间看到你们的合照。”孔映托腮，“何况，我在法庭上看到她看你的眼神了。”

“不行的，她不肯重新接受我的。我也理解，毕竟已经十几年过去了，是没理由不向前看的吧。”

“那你向前看了吗？”

靳律被孔映给问住了。

她又说：“如果对的人已经出现，就是不能向前看，不能忘的。”

孔映果真守约，晚上六点准时踏入檀香花园的孔家别墅。

这还是她回国后和孔武吃的第一顿饭，又恰逢医疗事故案水落石出，孔武心情极好，这一顿饭吃得其乐融融。

饭后，林妈帮着沈婉收拾碗筷，孔武则把孔映叫到书房谈心。

“看到你和你沈阿姨相处得这么好，我也就放心了。以前我一直以为，你是因为接受不了她，才不回家的。”

“你们结婚了，我做女儿的，接不接受，都得接受。”孔映不咸不淡。

“官司那事，是爸爸不对，不该随便停你的职。但你也要理解，爸爸这么做都是为了医院的声誉……”

孔映听得心中不耐烦，打断了孔武的话：“我今天去见了金远光。”

“骨科的金远光？”孔武不解，“他已经被医院开除了，搞不好还要坐牢，你去见他做什么？”

“有些事，我想弄清楚。”孔映走到书桌前，从口袋里掏出手机，搁在了孔武面前，“没想到，还真让我听到了些有意思的事情。”

孔映按下录音播放键。

姜廷东苏醒，已是三天后的中午了。他最后一秒的记忆，还是孔映在哭，再下一秒，他就看到了医院白花花的天花板。

颜晰正在椅子上昏昏欲睡，见姜廷东有反应，立即跳起来。

“孔映的官司，怎么样了？”姜廷东哑着嗓子问颜晰。

“你放心吧，赢了，她已经回医院上班了。”

“她人呢？还好吗？”

“与其关心她，还不如关心关心你自己，你可是差点没命了知不知道？”颜晰摇头叹气，“还有，我可是陪了你三个白天，你怎么不问我好不好？太重色轻友了吧。”

姜廷东锲而不舍：“她人呢？”

颜晰翻了个白眼：“我已经发短信给她了，她白天上班，晚上守你，已经累得不行了，不要催这么急好不好？”

正说着，孔映就急匆匆进了病房。

接到颜晰的短信的时候，她刚下一台手术，急得连刷手服都没换，就赶到心外住院部来了。

“醒了？感觉怎么样？”

姜廷东见到孔映，露出疑惑的表情，微微转头看向颜晰：“颜晰，她是……谁啊？”

颜晰听到这话，差点没从椅子上翻下去。

孔映脑中警铃大作，又不敢马上确认，稳了稳道：“你等着，我去叫严副主任。”

待孔映出了房间，颜晰哪儿还憋得住：“刚刚还在问孔医生的官司，这会儿就装起失忆来了，你幼不幼稚啊？”

“你要是敢乱说话……”

“我才不掺和你们的事，上次在檀香花园会所，我已经搞得里外不是人了。”

姜廷东露出一脸“你知道就好”的表情。

“那现在是怎样？要我避嫌？”

“你自己看着办。”

不一会儿，孔映带着严副主任来了，后者检查一番，道：“孔院长，我们借一步说话。”

两人走出病房，孔映急道：“怎样？”

“没查出什么问题，他身体素质很好，恢复得不错。至于失忆，可能是当时出血过多，脑部缺氧导致部分记忆受损。这样，我先安排个脑CT看看，您先不要太担心。”

“好吧。”

孔映回到病房，正巧碰见重新全副武装好的颜晰：“你要走？”

“我已经攒了一大堆工作，再不回去，社长要把我杀了的。”颜晰偷瞄了姜廷东一眼，“我先走啦。”

正说着，郑浩舜拎着吃的进来了：“颜晰，你是有多懒，你这几天都没工作，居然还支使我买饭。”

孔映疑惑地看着颜晰。

眼看着要露馅，颜晰立即打哈哈：“我是有很多工作啦，是浩舜忘记啦。”

这下轮到郑浩舜不爽了：“喂，我哪有忘记，这几天你本来就很闲啊。”

颜晰扭头看了一眼杀气腾腾的姜廷东，冷汗都要下来了，他一把抓住郑浩舜把人往病房外拖：“廷东哥，我们先去工作了哈，有空我再来看你。”

孔映摇摇头，完全不懂他们在搞些什么。

“你……”姜廷东的眼睛一直跟着孔映转。

孔映在他床边坐下，一脸冷静：“你不记得我了是吗？”

姜廷东一脸无辜地摇摇头。

“我叫孔映，是这家医院的院长，也是你邻居。”她真的没想到有一天，自己要在姜廷东面前做自我介绍。

“我们是朋友？”

“算是。”

“那我……还要在这里住多久？”

“我跟严副主任聊过了，一个星期之后你就可以下床，之后没问题就可以出院了。”

“出院之后，你可以住我家吗？”

“哈？”

“我们是朋友，又是邻居，我出院之后没人照顾我，你是医生，可以照顾我吗？”

姜廷东声音嘶哑，又是一副楚楚可怜的表情。孔映发誓，以前的姜廷东是绝对不会做出这种表情的。

孔映忽而想起他受伤那天的情景，他浑身是血，他那么痛，却还对她说不要哭。

如果当初自己不那么狠心，不留他一个人去面对药物试验背后的阴谋，那或许这一切就不会发生。

如今，她又如何说不？

X I A N G Y U / Q I A N W A N / C I D E / M O S H E N G R E N

第十一章 满月的帕岸岛

经过孔映对姜廷东的观察，他什么都没忘，唯独就忘了她。

然而，自己上辈子一定是欠了姜廷东的。

他出院后，整个人的霸道程度上升到了一个新高度。不是孔映做的饭，连碰都不碰一下。孔映晚回家一分钟，夺命连环CALL必到。就连去楼下便利店，也一定要孔映陪着，陪着还不算，还一定要拉着她的手，美其名曰"伤口有时候会痛，走路摔倒怎么办"。

孔映碍于他病人的身份不好发作，只得一切顺着他来。

电话那头，阮沁分析得头头是道："他这明显是喜欢你啊。唉，想想不要太浪漫，失忆前爱你爱得死去活来，失忆后还是直直栽到了你手里，连个弯都没拐一下。不用说别的，就你做的那黑暗料理，他顿顿都吃，还吃得津津有味，简直就是爱的最高境界了。"

孔映正一边用肩膀夹着手机一边切菜，听阮沁这么说，直接将刀尖插在菜板上，杀气腾腾："你以为我喜欢做给他吃？就连在美国的时候我都没下过厨，现在居然要顿顿给他做，他委屈我还委屈呢。"

"我说，你要不要趁这个机会拿下他算了？"

"干吗？"

"干吗？当然是叫你们谈恋爱啊。他可是个相当不错的对象哎，我上网查过了，论身高长相身材，他五官完美，188cm，八块腹肌，打过MMA业余赛。论收入，他在MG和坂姜制药都有股份，又是全国版税收入第一的制作人，自然富到流油。论性格，以前是有点冷淡了，可是现在温柔黏人还专一。所以……你到底还在等什么啦？”

“你以前不是一直反对我和他在一起的吗？”

“我不是反对你们在一起，我是反对你们玩玩就算的心态。现在他真心喜欢你，你也真心喜欢他，干吗不在一起？”

孔映听罢，一菜刀平着下去，把番茄压了个稀巴烂：“我什么时候说我喜欢他了？”

“你和他摊牌之后，整夜整夜睡不着，吃多少抗抑郁药才能维持病情，要我帮你回忆吗？哎，学姐，学姐？天啊，她怎么每次不听人说完话就挂电话……”

这天周末，孔映好不容易休息，正盘着腿在沙发上看电视，姜廷东抱着抱枕凑过来，脑袋挤进了她的肩膀。

孔映伸手推开他的头，他再挤，孔映再推，他再挤。

“胸口会痛，这样靠着比较舒服。”

一听他说痛，孔映又心软了。

孔映也不知道为什么自己对他的触碰并不抗拒，大概是因为一起度过一段亲昵的日子，所以潜意识里连真正想推开他的想法都没有。

孔映换了个姿势，将整个肩膀让了出来。

姜廷东踏踏实实地靠着，又说：“最近我经常会做噩梦。”

“噩梦？梦到什么？”

“梦到我喜欢上一个人，但怕她不喜欢我，我赌气走了，后来我出了事故死了，没能见到她最后一面。”

姜廷东说得轻松，孔映却听得心颤。

她发誓，当他浑身是血地在她面前闭上眼睛的时候，她是真的以为那是他们的最后一面了。

“我饿了。”见孔映不说话，姜廷东蹭了蹭，也不知道是无意的还是有意的，他的唇轻划过她的肌肤，撩拨得她呼吸不稳。

真是邪了门了，一向淡漠隐忍的姜廷东，一场大手术下来，竟然学会耍起流氓来了。

“姜廷东，我厨艺不精，我有自知之明的。你已经吃了半个月我的黑暗料理，你还没吃腻？”

“你做的，怎么都吃不腻。”

还有，他这张嘴什么时候变得这么甜了？

孔映叹气：“那你想吃什么？”

“番茄炒蛋。”

“就这？”

“嗯。”

孔映系好围裙，正专心致志地打鸡蛋，姜廷东的双手从她的腰摸索进来，激得她一哆嗦。

从前他们接吻她都没这么激动，这会儿是怎么了？难道是以前自己撩他太过，现在风水轮流转？

姜廷东缠着她的腰，将下巴搁在她肩膀，静静地看着她将鸡蛋搅散。

“你这样我怎么做饭？”孔映只觉得心都化了，努力调整着自己的呼吸。

即便隔着布料，孔映还是能感受到他的体温和他一起一伏的胸膛。她知道，被割过一刀的心脏，此刻还能健康有力地跳动，是多么不易。

这很奇怪，他一个简单的呼吸，她就感到十分安心。

“聂远，为什么找上你？”

“大概是因为我在查药物试验的事吧，我去了一些还在世的试验患儿家里。”

“找到了什么线索吗？”

“嗯，除了那些去世的小朋友外，还有很多小朋友因为试验导致肝脏受损，病得很重，在等肝移植。”

“那他们怎么不起诉坂姜制药？”

“坂姜制药当年以签了保密协议为前提，付了一大笔赔偿款。”姜廷东顿了顿，“你是宝和医院的院长，如果我要揭露这件事，你们医院也一定会受牵连……”

“错的就是错的，无论花多大的代价，都要去纠正。”孔映顿了顿，“等你把证据整理好，就交给警方吧，以免夜长梦多。”

“嗯，我已经整理好了，今晚就会寄给陈警官。”

孔映转过身去，几乎落在他怀里。姜廷东穿着V字领的T恤衫，开胸手术的疤痕清晰可见。

孔映想抬手去碰，却还是缩了回来。

她在陈警官那儿看过事发的监控录像，姜廷东浑身是血，还不忘死死抱着聂远。

她当时看得心脏都要坠下去了。

“你怎么这么笨，干吗为了抓他把命都豁出去？”孔映叹息。

孔映不敢想，如果他真的死了，她对他说过的最后一句话就会说——“大家都是成年人了，你何必这么认真”。

那样的话，她永远不会原谅自己。

“你现在是在心疼我吗？”姜廷东喃喃。

“难道我是心疼被你打到头破血流的聂远？”

据说聂远的伤势也不轻，在司法医院住了好几个星期，最近才转去看守所。陈警官说已经提审了他好几次，可聂远嘴巴太硬，一个字都不肯说。

姜廷东抬手摸了摸孔映的脸：“周五晚上，我带你去个地方。”

“哪里？”

“你把那天晚上空出来就好了。”

夜晚，孔映整理完病历，想起姜廷东说最近会做噩梦，隐隐不放心。

主卧的门虚掩着，她轻轻推开，姜廷东已经睡熟了。

他穿着简单的白T恤，隐隐露出孔映最喜欢的那副身材。经历过一场大手术，他瘦了一些，锁骨比从前明显许多。

他的被子只搭到腰，孔映走过去帮他拉被子，却被他拽住了手。

孔映刚想挣脱，却被他一个用力带倒在床上，随即被紧紧搂住。

“姜……”

她刚要喊他的名字，后者却心满意足地叹了口气，喃喃道：“我好想你。”

只不过很简单的四个字而已，却能让孔映无法动弹。

孔映想起阮沁那句话——他失忆前爱你爱得死去活来，失忆后还是直直栽到了你手里，连个弯都没拐一下。

可这次，到底是谁栽到了谁手里呢？

就像是月色点亮夜晚，还是夜晚点亮月色，恐怕没有答案。

夜色中，姜廷东将眼睛睁开一条缝，看着怀中不再挣扎的孔映，安心地哼了一声，更加收紧了手臂。

和姜廷东约定的周五很快到来了。

姜廷东手术后已许久没有开车，这天却突然驾车来宝和医院接孔映下班。

姜廷东下车来为她开门，她提着手提包坐进去，疑惑道：“去哪儿啊？搞得这么神秘。”

“明天是满月。”车子滑出了医院大门，姜廷东突然说，“我们去帕岸岛。”

“什么？”孔映突然瞪大眼睛，以为是自己听错了。

“我们去泰国，两个小时之后的飞机。”

即便姜廷东重复了一遍，但孔映还是没能马上理解：“你开什么玩笑，就一个周末，我们要去泰国？”

“嗯，你周一要上班，所以我们周日晚上就回来。”

“你现在是在恶作剧吗？”

姜廷东从怀里掏出手机，将机票的确认短信给她看：“机票我上个星期就已经订好了。”

意识到姜廷东是来真的，孔映突然有些慌张，她虽然去过许多国家，可如此仓促的旅行还是第一次。

“你怎么不早告诉我？我的护照还在家，还有，我连行李都没准备啊。”

“护照和行李，都准备好了，在后备厢。”姜廷东顿了顿道，“我和阮沁说了要带你出去玩，她很贴心地都帮你收拾好了。”

正说着，阮沁的短信进来了：学姐，和姜大制作人好好玩哦。后面还加了个暧昧的笑脸符号。

孔映无力地扶额。

“怎么，不想去？”

“不是不想去，是你们……好歹和我商量一下啊。”

况且，姜廷东怎么知道她一直想去帕岸岛，他明明连她这个人都不记得了，难道是巧合？

时间来不及给她回答，而车子却载着她一路向机场奔去。

孔映从未有过如此不真实的体验。

十几个小时前，她还在宝和医院的会议室里听着冗长的演讲，十几个小时后，她已经在帕岸岛的满月派对拥挤的人群中，喝着烈酒，伴随着音乐放声大笑。

姜廷东紧紧搂着她的腰，生怕人流将他们挤散。海岸线的烟花照亮荧光色的沙滩，人们的哄笑尖叫与音乐混合在一起，仿佛有一万种声音，让整个小岛都有了生命。

碍于心脏手术，姜廷东无法喝酒，而孔映此时明显已经有些醉了，靠在他怀里，就像从前一样。

他曾极力想要将她从自己平静的生活中剔除，却在徒劳无功之际看着自己的心慢慢沦陷。

“孔映。”

“嗯？”

“留在我身边，和我在一起吧。”

恍惚中，孔映意识到，他们的记忆里，有着太多海的画面。第一次见面在临海路上见证海岸线的日出，在芍芍家附近的那片海为她的自杀举动而争吵，将车子停在海滩上温柔缠绵。

他总是在她最需要的时候，出现在她面前。

直到他浑身是血躺在她面前，她终于明白，这个世界上，她最应该珍惜的人，早已来到她面前……

“到此为止吧。”孔映大声说。

姜廷东听到她这么说，呼吸一窒，目光暗淡下去。

“你忘了我也不要紧，做朋友这件事，到此为止。从今天开始，我们恋爱吧。”

从泰国回来以后，姜廷东结束了病假，回到MG上班。两人的恋爱生活，也正式开始了。

孔映的病情变得前所未有的稳定，即便将药量降到最低也不会出现太大的情绪波动，但她仍旧不敢停药，记忆断层的事在她心中还是一团疑影。

除此之外，一切都很完美。

两人每天早上六点准时起床，简单洗漱后去海边跑步，等孔映洗好澡，姜廷东已经将早餐做好。吃好之后，两人一起出门，在地下停车场道别，然后各自去工作。

下班之后，孔映基本会将自己关在姜廷东的书房里准备第二天的手术资料。等姜廷东做好晚餐了，两人一起吃好，然后倒上两杯红酒，窝在沙发上一起看部电影。

那些孔映以为自己永远不会得到的安全感，姜廷东全都给了她。

孔映甚至觉得，自己一定会被他宠坏的。

这一天周末，孔映没有设闹钟，姜廷东做好早餐后见她还睡不醒，便压到她身上抓她的痒痒。

孔映在半梦半醒中躲闪，姜廷东怎么肯放过她，直接咬住她的脖子，一路吻到锁骨。

孔映轻轻呻吟着抱怨："昨晚吃了两次，还不够啊……"

"这么好吃，怎么够？"睡眼蒙眬的她在姜廷东眼里越发性感，"你既然不起床，我们就做点能让你清醒过来的事。"

结果这一折腾，就是一个上午。

孔映下床的时候，觉得腿都是软的。

姜廷东体力好她是知道的，可自从在一起之后，她才知道他的体力已经不能单纯地用"好"来形容了，明明就是战神。

她招架不住，只能享受了。

此时，姜廷东正抱着她，就像想要把她揉进血液里一样。

"你这样，我喘不过气来。"孔映在他的铁臂里苦苦挣扎。

姜廷东放松了一些，却还是将她牢牢抱着。

"你这辈子，最开心的时候，是什么时候？"姜廷东突然问她。

孔映想了想："大概是从医学院毕业，成为真正的医生的那一天吧。"

过了几秒，她问姜廷东："那你呢？"

姜廷东笑了，凑过来亲了一下她的唇角。

"是现在，是在你身边。"

和梁医生预约治疗的日子又来了，孔映准时出现在了诊所。

之前在这里的一系列治疗还是有效的，她的记忆断层近期一直未再出现。

而今天，是疗程的最后一天。这次结束后，梁昱君就要对她的病情进行进一步的评估诊断了。

照例是先谈话后催眠治疗，孔映已经对这种流程很熟悉了。

"听到你和姜廷东这么幸福，我就放心了。你现在状态这么稳定，他功不可没。"

梁医生说得没错，即便孔映始终羞于承认，但有姜廷东在身边，她的每一刻都过得无比安心。

“温沉知道你们在一起吗？”

“应该知道吧，怎么了？”

姜廷东现在黏她黏得紧，时不时就要出现在宝和医院，就算他们不说，大家也多多少少知道。

“他没说什么？”

孔映觉得这个问题有些奇怪：“他是我朋友，自然是祝福我了。”

梁昱君笑笑：“这样也好。”

与其拖着受折磨，还不如像这样彻底死心。

“温沉之前跟我说他失恋了，上次我又撞到他喝醉，一直在念那个女孩。我从没见过他那样，所以有点担心他，怕他走不出来。”

梁昱君看着孔映，轻轻摇了摇头，她怎么会知道，温沉口中的那个女孩，其实就是她自己呢？

两人的谈话进入了尾声，正准备开始催眠前，孔映的手机突然响了。

是沈婉打来的。

沈婉不常联络她，这个时间突然打来，孔映心里隐隐有些不安。

她接起电话，还没来得及说话，只听沈婉在那边急急呼唤：“孔映！你爸爸病危！你快来一趟医院！”

“什么？”

孔映来不及跟梁昱君打招呼，三步并作两步冲出了诊所。

当孔映踏入孔武的VIP病房的时候，她听见沈婉在哭。

是急性充血性心力衰竭，人从家送到医院的时候，已经没得救了。

孔映跌坐在椅子上。

她就那么坐着，看着沈婉哭花了妆的脸，看着护士将孔武的遗体抬走，看着医院同事来来往往劝她节哀。

一切都发生得太快，快得让她来不及思考。

孔武近来身体不好，她是知道的，可她从未想过，他会以这种方式匆匆离开，连让她见最后一面的机会都不给。

秘书赶到病房，说前任院长的私人律师沈律师来了，要宣读遗嘱。

孔映坐在那里一声不吭。

沈婉见孔映不说话，收敛了哭腔，只道："那快请律师进来吧。"

沈律师来了，表情凝重。

其实孔映已经没有心情听父亲的遗嘱了。

人都已经去了，留下的财产却要立刻由外人宣布何去何从，她寒心。

遗嘱是冗长的，沈律师读了好久，才读到遗产分配的问题上。

余光里，孔映看到沈婉眼神里那种掩也掩不住的期待。

"由独女孔映继任宝和医院正式院长，并继承委托人名下的所有宝和医院的股份，其他私产，包括房产、车辆、股票、现金等一切，均由孔映继承。而妻子沈婉，则获得檀香花园的居住权。"

沈婉的表情，像遭遇了晴天霹雳一样。

她几乎跳了起来，抓住沈律师的袖子："不可能，这怎么可能？他明明是改了遗嘱的，股份、房子、车子，明明我都有一半的！"

沈律师拿她没有办法，只道："这是孔院长的意思，我也只是按规办事。"

孔映的脸慢慢冷下来："不知道吗？遗嘱一个月前又改过了。"

"你说什么？"沈婉惊讶地转过头来。

"你许了金远光骨科主任的位子，还许了他做医院合伙人，可你有没有想过，他要是进监狱了，要这些还有什么用呢？"孔映慢慢道，"金远光和我忏悔的录音还在我这里，如果你想听，随时欢迎。"

"原来是你一直在背后算计我！"

沈婉的脸气得几乎扭曲，孔映看着沈婉，这么久了，她一直在等着撕下沈婉那张假惺惺的面具的机会。

“你想利用金远光将我从宝和医院赶出去，这一招是不错，可沈主任，我年轻，不代表我蠢。”

正说着，陈警官带着两个警察走进了病房。

“沈婉吗？我们正在调查前年在宝和医院儿科的药物试验致死儿童事件，请你跟我们走一趟。”

当罪恶终于被撕开了一角，隐藏在其后巨大的黑暗，就再也压不住了。

电视里，正在插播重大新闻：“坂姜制药会长姜成元在其子姜傲的婚礼上被警方带走，原因是警方接到匿名举报，坂姜制药生产的抗杜兴氏肌肉营养不良症药物洛美琳，造成大量参与试验的患儿死亡及肝脏严重受损。据悉，参与此项试验的时任宝和医院儿科主任沈婉早些时间也同样被警方带走接受调查……”

孔武去世，风云骤变，孔映照常开会工作，一滴眼泪都没掉。

医院内部议论纷纷，说她太狠心，眼中没有父亲，只有遗产和权力。更有人说，沈婉出事，八成是孔映为了争夺遗产而栽赃陷害的。

没人知道，警察带走沈婉后，孔映望着孔武曾住过的那间空荡荡的病房，险些就在医院当场发疯。

她是没有父母的孩子了，她是孤儿了。

她也想像别的失去父母的孩子那样大哭一场。

可现实不会给她时间，她肩上的责任也不允许她垮掉。

孔映靠在姜廷东怀里，后者轻抚着她的头发：“去睡一会儿吧。”

宝和医院因为药物试验的事受到了很大冲击，儿科负责人接连被带走，医院内部人心惶惶，孔映心急如焚，已经好几晚休息不好了。

坂姜制药方面也不乐观，丑闻导致股票大跌，作为股权人之一的姜廷东损失惨重。

这是他们两个在选择披露真相前就想到的结果，即便会伤害到自己，但他们还是去做的，只因为那是对的事。

林泰不会白白死去，颜晰也不会白白受伤，还有那些孩子，也不会因为大人们的私欲而白白付出性命。

“姜廷东，你答应我一件事好不好？”孔映闭着眼睛喃喃。

“什么事？”

“无论外面的世界怎么变，我们都不会变。”

姜廷东吻了吻她的头发：“我答应你。”

审讯室里，陈警官盯着聂远，一言不发。早些时候，聂远已经听说了姜成元归案的消息，警方相信，他很快就会挺不住了。

“陈警官，我要是坦白，您能帮我争取宽大处理吗？”一直沉默的聂远，突然这么问。

陈警官眼看着有戏，便道：“那要看你都坦白些什么了，无关痛痒的小事，可是不算数的。”

“都是大事。”

“说来听听。”

聂远咽了口吐沫：“林泰是我杀的，颜晰也是我下的药，都是受姜成元的指使。”

“你凭什么听命于他？”

“一条人命一百万，他是有信誉的。钱我都转到我远房亲戚名下了，您可以去查。”

陈警官坐在聂远面前，用钢笔敲着桌面：“先说说林泰吧，怎么杀的？”

“是那小子不识好歹，坂姜制药错把洛美琳的药物试验报告寄给了颜晰和林泰，林泰如果不声张乖乖退回来就算了，居然还威胁姜成元要把这件事情曝光，你说他不是自寻死路吗？”

“所以姜成元就派你去灭口？”

“是啊，估计是怕我出岔子，还派了姜傲的司机、那个叫冯貉的小子替我开车。本来做得挺利落的，胸口上一边一刀，没费多大功夫。可谁想到冯貉那小子当晚喝了酒，在抛尸的路上把车给开翻了。”

陈警官点点头，这么说来，事情就对得上了。冯貉在那场车祸中死了，孔映恰巧路过，发现林泰死得蹊跷，由此才引起了警方的注意。

“但颜晰不知情，你为什么要去害他？”

聂远叹了口气：“唉！还不是那份试验报告没找到，姜成元心虚，索性赶尽杀绝算了。但颜晰是个明星啊，去哪儿都有乌泱泱一帮人跟着，我不好下手，只好下药了。结果那小子命大，那么高摔下来都没摔死。”

陈警官向一旁的小警察使了使眼色，后者点点头，快速记录着。

“你刚才说……姜成元是个有信誉的人？”

“对啊，只要事情办成，保证打款及时，每次都是。”

“每次？”陈警官脑中警铃大作，“难道除了林泰，还有别人？”

“陈警官，我要是说了这事儿，您可得帮我争取减刑，这可是个大事儿。”

“你说。”

“你知道坂姜制药的前任会长姜成坂吗？”

姜成坂从前是棕榈市的著名企业家，更是坂姜制药的创始人，陈警官自然知道。

“他怎么了，不是一年多前因病去世了吗？”

“您还真相信他是病死的？”聂远狡黠一笑，“您想想，姜成坂死了，谁受益最大？是不是姜成元？”

“你是说，姜成元为了夺权杀了自己亲哥哥？”

“这倒是其中一个原因，不过另外一个原因，才是决定性因素。那就是这个洛美琳的试验，一直是由姜成元负责的，姜成坂并不知道这其中的秘密，但纸是包不住火的，死了那么多小孩子，姜成坂后来就知道了。”

“然后呢？”

“姜成坂人多正直啊，当下就要全面暂停试验，还要革姜成元的职，这也就算了，姜成坂还逼姜成元上警局自首去。那姜成元哪儿干啊，索性就托人买了毒，叫我去下了，把姜成坂伪装成了心肌梗死，一了百了。”

聂远的话匣子一打开，就再也合不上了：“姜成坂那老头也是傻，遗嘱里大部分资产都捐慈善了，就给儿子留了10%的股份，结果他死了，他儿子也被坂姜制药踢出局了。”

陈警官想起了姜廷东那张淡漠的脸，他突然明白，是什么造就了姜廷东如今的性格。当家族里的每个人都互相算计的时候，又有什么真心可言呢?

陈警官走出审讯室，拨通了姜廷东的电话：“姜先生，案情有进展了，您有时间来一下吧。”

X I A N G Y U / Q I A N W A N / C I D E / M O S H E N G R E N

第十二章 我存在的时间

今天姜廷东早早就打来电话，叫孔映把晚上空出来，说是终于预约到了一家米其林三星的餐厅，要和她一起去。

其实孔映早就知道他想干什么了。

大概一个星期前，孔映把手机忘在医院办公室了，于是借姜廷东的手机打了个电话。

结果电话刚挂断，一条Harry Winston（钻戒品牌）的订单短信就进来了。

她没想到姜廷东会这么快想要跟她求婚。

她那一瞬间彻底慌了，左思右想，不知该作何反应，最终还是悄无声息地把手机放了回去，一直装作不知道的样子。

这一个星期来，她仔仔细细思考过了。遇见姜廷东前，她从未想过自己会结婚。姜廷东的出现，改变了她所有的想法。

如果是他的话，她愿意。

秘书打来电话："院长，有一位姓梁的女士来了，说是您的私人医生。"

"梁医生？请她进来吧。"

孔映刚合上文件，梁昱君的高跟鞋就踏进了办公室。

孔映起身，招呼她：“快请坐。”

“药物试验那事，我都听说了，这些天为难你了，怎么样？情绪还可以？”梁昱君坐下，出言关心。

“还不错，偶尔会有点小起伏，但还是挺稳定的。”

“那就好。上个星期你父亲的葬礼，我也没脱开身过去，真是不好意思啊。”

“没事，就是个简单的仪式，他这辈子没少忙，走的时候安静点也好。”孔映的声音里听不出情绪的起伏，“今天怎么亲自过来了？有什么事吗？”

“我知道你最近忙，可能没时间去诊所，所以就跑一趟来告诉你评估结果。”

孔映表面不动声色，内心却开始隐隐不安。

“你说吧，我准备好了。”

“经过一个疗程的评估，我现在已经能基本确认你的病因。你在美国的PTSD诊断没有错，但除此之外，还有一些别的事。”

“什么事？”

“你的记忆断层，不是因为PTSD，而是因为，你有双重人格。简而言之，你的身体里住着两个人：一个是你，孔映；另外一个人，是阿曼达。”

孔映愣了几秒：“你是说，那几次我平白无故不见好几个小时的记忆，都是因为她在控制我的身体？”

“可以这么说。还记得那封血书吗？你拿给我看的那段监控视频，你并不是在梦游，那是阿曼达为了恐吓你而做的。”

“她是从什么时候开始……开始在这里的？我根本不知道……我……”孔映惊讶得有些语无伦次。

“这几次催眠治疗，我和她有过一些对话。她是个17岁左右女生，比较叛逆，对你有偏执的保护欲。你停掉抗抑郁药的那段时间，她几次出现，是因为她不希望你和姜廷东在一起。”

孔映有些难以消化梁医生的话，这一切又和姜廷东有什么关系？

"但我再三追问，她都没有告诉我她不喜欢姜廷东的原因，只说你忘记了一些很重要的东西，如果你记起来，是不会选择姜廷东的。"

"梁医生，我不懂……"

"我知道这很难接受，没关系，这没有什么可怕的。这几次治疗，我已经在逐渐削弱阿曼达的意志，顺利的话，我会慢慢将她吸收整合。"

见孔映不说话，梁医生有些担心："你没事吧？"

孔映摆摆手："我没事，只是需要时间。"

"有什么心理上过不去的坎，你随时打电话给我。思想负担不要太重，在我看来，阿曼达本性不坏，她是不会做出太过分的事情来的。"

"好，你费心了。"

梁昱君说完，匆匆走了。

孔映坐着，望着窗外的有鸽子飞过的明亮的天，内心却下起了暴风雪。

梁昱君出去的时候，正巧在医院大厅碰上了温沉。两人在医学院的时候是前后辈关系，梁昱君大温沉两届，是温沉的学姐。

"学姐，你怎么来了？"温沉以为她是来看病的，问，"哪里不舒服吗？"

"没有，我是来见孔映的。"

一听孔映的名字，温沉条件反射性地担心："她怎么了？她现在病情不是很稳定吗？"

碍于医患保密协议，梁昱君也不好多说，只是嘱咐温沉："她最近很忙吧？我看都瘦了一圈了，你有空多照顾照顾她吧。"

温沉点点头："我知道了。"

梁医生看了看表："我待会儿还有预约，要先回诊所了，有空我们再好好聊。"

“学姐。”温沉叫住了梁昱君。

“怎么了？”

“我一直在想，没有孔映，我的路要怎么走？”

“那你想出来了吗？”

温沉摇摇头，又点点头。

“是什么？”

“去到一个没有关于她的记忆的城市，重新开始。”

快下班的时候，温沉在自己办公室门口碰到了孔映。

梁昱君的话已经困扰了孔映一天，此时她脸色奇差，见温沉走过来，也没什么反应。

“刚下手术？”温沉问。

“嗯，今天这个有点复杂，做了好久。”孔映揉着太阳穴，“其实倒也没什么，以前比这累的时候多了去了，也不知道为什么今天就特别累。”

温沉看着孔映疲惫的侧脸，担忧道：“你要不要休息一下？”

孔映点点头，她现在只想闭上眼睛，什么都不去看，什么都不去想。

“在我床上眯一会儿吧，你办公室的被褥都还没准备好吧？”

孔武去世之后，他生前留下的东西都被打包送回了檀香花园。孔映也一直忙，连新的被褥都忘记告诉秘书添置。

孔映跟着温沉进了他的办公室。

休息室小小一间，和办公室相连的。

孔映解开白大褂的扣子，走过去打开温沉的衣柜，将衣服脱下，挂了进去。

正在为孔映铺床的温沉，余光里见她在开自己的衣柜，先是愣了一下，然后马上喊了一声：“等一下。”

可是已经晚了。

柜门被打开，一张照片映入眼帘。

孔映愣了。

日期是2014年1月，背景是棕榈市的夜景，地点是她家的露台。

照片里，温沉笑着搂着她，侧过脸去亲吻她的脸颊。

一张照片，化成无数条游蛇，钻进孔映的脑袋里，吐着芯子上蹿下跳，将她折磨得痛不欲生。

温沉冲过来，将手越过孔映肩膀，“啪”的一声把照片按倒了。

“孔映……”他呼吸急促，欲言又止。

碎片从天而降，开始有序地排列。一开始只是一角，然后变成一幅画面，然后变成连续的故事，最后成为完整的三维记忆。

孔映慢慢转过身来，她低着头，始终没有去看温沉。

她突然想起阿曼达的话——你忘记了一些很重要的东西，如果你记起来，是不会选择姜廷东的。

也是可笑，如此重要的东西，她竟给忘得一干二净。

而温沉，又是以怎样的心情，毫无指望地守护在她身边。

“温。”

她轻轻念他的姓，就像他们还在一起时的那样。

温沉的手颤抖着，从相框上，慢慢挪到了她的双颊，最后捧起了她的脸。

他认识那个眼神，那是属于从前的孔映的，更是只属于他的眼神。

她问：“这一年多，你有没有过得很辛苦。”

孔映没有来。

随着夜色渐浓，客人渐渐稀少，最终餐厅里只剩姜廷东一个人了。

时针指向十点，服务生礼貌地前来提醒：“先生，我们要打烊了。”

姜廷东看了看桌上的那捧玫瑰，抽出几张钞票放下，起身要走。

“先生，这玫瑰……”

“丢了吧。”

要送的人，不会来了。

他不是没有心理准备，几个小时前，他脑中关于孔映与温沉的回忆，已经彻底不见了。只剩下他知道他们曾是恋人的事实，其余的一切，都没有了。

但凡被她找回的记忆，都会从他脑中消失，这次也不例外。

但他还是等了，毫无指望地等待了。

即便他知道她不会来了。

姜廷东在餐厅门口站了一会儿，外面下着瓢泼大雨，他没有打伞，伸手去接落下的雨水，突然觉得如果真的失忆了，也许就不会像现在这样痛苦。

夜色中，一辆法拉利488疾驰而来，在已经打烊的餐厅门口停下。

孔映连伞都没打，就这样冲到姜廷东面前。

“对不起，我来晚了。下午有点累，想休息一下，结果睡过头……”

她浑身湿透，冻得双手颤抖。她这个样子，他怎能不心软？

再强硬的话，到了嘴边，也成了无奈。

“已经打烊了，你又何必来？”

“我有些话，想当面和你说。”

“孔映……”

“我今天，记起了一些事，一些和温沉的事。”

一字一句，震动着姜廷东的鼓膜，却也在扎着姜廷东的心脏。

“我和他以前交往过，但我出了车祸之后，把他忘了……我知道这很难解释，我也不奢求你能理解……”

“你还记得你以前对我说过的话吗？”姜廷东拂去她脸上的雨水，“大家都是成年人了，何必这么认真？”

“你……记起我了？”

看着孔映震惊的神情，姜廷东苦涩地笑：“你这么聪明的人，居然没有识破我是假装失忆的，我能不能当作……你是关心则乱？”

暴风雨中姜廷东的脸上，孔映看得到他的孤独与苦痛，那是一种比绝望还要深的深渊，姜廷东就在那里。

“我拼了命想要留在你身边，如果失忆能让我留在你身边一辈子，那么我也会装一辈子。我已经这么努力了，但你还是要走了，所以，我认输了。”

姜廷东俯下身，将她紧紧搂入怀中，这很奇怪，她感受不到他的体温，他的所有热度，好像已经随着这场雨而消失殆尽了。

“你回他那里吧。”是他自私，他看得到她的回忆，却还是自私地想把她据为己有。

“姜廷东……”

姜廷东从怀中掏出一枚戒指，塞进她的手心，然后将她的身子转过来，轻轻向前一推：“你走吧，别回头。”

孔映低头，看着在夜色中仍旧闪亮的钻石，视线沉重而模糊。

泪水混杂着雨水奔涌而下，就连悲伤也一样，像洪水一样从心底涌出。

虽生犹死，大概就是这种滋味吧。

她知道他就在身后。

但她不能回头。

他们，不能再回头了。

孔映一夜无眠。

第二天是周六，清晨七点，出去晨跑的阮沁给她打电话说，隔壁好像在搬家。

姜廷东要搬走了。

搬家工人在姜廷东家进进出出了一天，孔映在猫眼后面守了许久，都不见姜廷东的身影。

直到温沉的电话打来，问她要不要一起出去吃个饭。

她拒绝了，结果温沉直接打包了她喜欢吃的几个菜，上门来了。

她明白温沉想要尽快修复两人的关系，但她现在真的没有心情。

温沉也知道她的想法，于是尽量把话题往公事上绕。

“那些在试验里肝脏衰竭的孩子，已经陆续入院了，都是内科的卢副主任亲自在照顾，你不要太担心了。”

早先孔映承诺宝和医院会负责到底，会承担这些孩子全部的治疗费用，孔映更是与之前负责孔武遗嘱的沈律师商议，要捐出自己的全部资产成立一个基金会，专供患有杜兴氏肌肉营养不良症的儿童使用。

“我也不知道这样做能不能弥补一二。”沈婉的事对宝和医院的业务冲击很大，这个时候孔映又提出为这么多个孩子进行免费治疗，医院财政紧张，院董们也颇有不满，作为院长，她压力巨大。

“你脸色不好，是不是昨晚又没睡好？”

她一闭眼睛就是姜廷东在夜雨中隐忍着苦痛的脸，叫她如何睡得着？

“你为什么一直没告诉我真相？就算我当时失忆了，但还是有权利知道以前的事情的吧？”

“要是我说了，孔武院长大概一辈子都不会允许我见你了。”

“我爸？”

“你出车祸之后，他知道了我们两个的事情，他不同意我们在一起，说如果我敢旧事重提，就连我探病都不会允许。”

温沉不是不理解，孔映是孔家的掌上明珠，含着金汤匙出生，像万千星光中的明月。自己则出身普通家庭，连当年医学院的学费都是贷款才缴齐。既然连孔映都不记得了，他又能用什么坚守在原地。

“你就没想过，如果我一辈子记不起你……”

“从我答应孔武院长不会提这件事起，我就做好了准备。”

正说着，孔映的手机响了，是沈律师。

“孔院长，我已经将您的资产全部清算了一遍，如果您确定要捐赠的话，我明天可以把文件带过去给您过目，没什么问题的话就可以签字了。”

“好，那你明天……”孔映正说着，突然感到一阵剧烈的晕眩。这是一种她从未有过的感觉，就像是身体突然脱离自己的控制，她眼睁睁看着自己将电话掐断，可那并不是自己做的。

“我保护你这么多年，你一个签字就要把我所有的努力都葬送？”

声音很轻，是从自己嘴里说出来的，孔映突然意识到，是阿曼达在和自己争夺身体的控制权。

“孔映，你没事吧？”温沉见孔映神色有异，走上去握住了她的肩膀，生怕她的PTSD又发作。

孔映想说话，却发不出声音。

此时，阿曼达却开口了。

“温，我好想你。”

说着，阿曼达轻轻踮起脚，吻上了温沉的嘴唇。

那一刻，孔映终于明白了为什么阿曼达不喜欢姜廷东。因为从前，不只是她，阿曼达也喜欢着温沉。

正在孔映无法控制自己身体的时候，一阵尖锐的撞击声在她脑中炸裂开来。

眼前的画面开始旋转。

时间回到了一年多前，那场惨烈的车祸。

她乘坐的车已经翻了，浑身是血的母亲，正泫然欲泣地望着她。

孔映喘息着，向前方望去，眼睁睁地望着，那辆撞向她们的货车。

第二天清晨，孔映冲进檀香花园的时候，保姆林妈正在花园里修剪花卉，孔映的车来得太快，一个急刹车，在距离车库门不到十厘米的地方停下了，吓得林妈差点把手上的修枝剪都给扔了。

孔映下了车，重重地摔上车门，林妈赶忙脱了手套迎上去：“小映？你怎么来了？要来也不提前打声招呼，林妈给你做好吃的。”

自从孔武去世办了葬礼后，孔映还没回过檀香花园一次。最近沈婉又进了看守所，这栋别墅就剩下林妈一个人在打理了。

“你忙你的。”孔映脸色灰暗，大步向门厅走去，似乎连跟林妈寒暄的心情都没有。

林妈看着孔映长大的，多少了解她的个性，她这样疾言厉色，林妈还不曾见过。

“出什么事了？这么火急火燎的。小映，小映？”

林妈唤了她几声，后者毫无回应，直接摔门进了别墅。

林妈心觉事情不太对，立即跟了上去。

玄关处，鞋柜门大敞着，孔映正翻找着什么。

“小映，你找什么呢？”林妈不知道到底出了什么事，又怕惹恼孔映，所以不敢多问。

孔映继续翻找着，头也不回道：“我爸那双深棕色的暗纹皮鞋呢？”

“皮鞋？”孔武的鞋子那么多，林妈一时记不起来。

“特意在意大利定做的，我妈送他当生日礼物那双。”

说到生日礼物，林妈才想起来，大概三年前吧，孔武过生日，秦幼悠托人在意大利私人定制了一双皮鞋给孔武，孔武很是喜欢。

“那双在底下的柜子收着呢。”

孔映蹲下来，拉开下面的柜子，在看到那双鞋的那一刹那，整个人突然静止了。

林妈不知道怎么形容当时孔映的表情。

那是一种混杂着难以置信，又痛入骨髓的表情。她就这么呆呆站着，一直盯着那双鞋子，未发一言。

“这鞋子，怎么了？”

人都走了，怎么突然找起一双鞋来了，林妈不解。

孔映伸出手，轻轻地关上了柜门。

她倒退两步，几乎跌倒。林妈赶忙上前搀扶，见她面如死灰，担心道：“这是怎么了？脸色怎么这样难看？”

“林妈……”孔映声音嘶哑，身体止不住地颤抖。

林妈看她这样，快心疼死了，只得抱着孔映的头："我在，我在，我的小映啊，这是怎么了？"

"我不懂，我不懂……"孔映闭上眼，两行清泪悄然落下。

只是几个星期不见而已，沈婉已经瘦得脱了相，失去了化妆品的掩盖，她终于看起来与真实年龄相当了。

"沈阿姨，好久不见了。"看守所里，孔映保持着一贯高傲的语气。

沈婉自然是恨孔映的，她处心积虑地经营了这么久，一环一环地算计着，居然在最后关头败在了这个小姑娘手上。

"看来你也不好过。"孔映脸上的憔悴，逃不过她的眼睛。

"我好不好过，也不至于在这铁栏后面过。"

"你这次来，不会只是为了看我出洋相的吧？"

"我是来问我母亲的事的。"

"秦幼悠？"沈婉嗤笑，"一个连自己母亲都不记得了的人，又想从我这里知道些什么呢？"

"倘若我说我记起来了呢？"

要是没有昨晚阿曼达的突然袭击，孔映恐怕还不知道何时会记起有关母亲的事。她之所以急着见沈婉，是因为她记起了一些画面，一些恐怖到极点的画面。

她和母亲的那场车祸里，她被甩出车外倒在血泊中，模糊的视线里，撞向她们的大货车的驾驶门打开了，跳下了一个男人。

她没看清那个男人的脸，可她认识他脚上的鞋。

意大利私人定制，内衬皮料甚至鞋带都是母亲亲手挑选，别无二家。

孔映到死，也不愿相信杀害母亲的凶手，居然会是他。

"我只想问你。"孔映的声音陡然变得急促起来，"我父亲，为什么要害我和我母亲？"

沈婉眼中闪过一丝惊讶，但很快恢复如常："孔映，看来你的抑郁症还没治好，又在这里胡言乱语了。”

“我看到了，我和母亲出车祸那天，开那辆大货车的人，就是我父亲！”说到后面，孔映的嗓音越发尖厉，几乎要刺破沈婉的耳膜。

沈婉就知道这一天会到来的，可是没想到会来得这么快。她沉默了几秒，终于叹了口气：“你想知道什么？”

“动机。”

“现在问这个，还有用吗？”

“我问，你说。”

“是你妈她自己多事，明明药物试验那种事，可以睁一只眼闭一只眼的。”

原来，原来是一样的原因。

姜成元怕药物试验败露，杀了姜成坂。而自己的父亲，也是为了一样的原因杀了母亲。

“你爸他没想到你也会在车上的，你是他唯一的骨肉，他是不会舍得的。”

“那他就舍得陪伴了他几十年的发妻？”孔映想大笑，相守几十年的枕边人，竟然为了利益就能毫不犹豫地取了对方的性命。

沈婉听她这样说，突然笑了：“你真以为我和你爸是你妈去世后才开始的？孔映，你有的时候真的很聪明，有的时候却糊涂得要命。”

“你……”孔映浑然不觉自己已将嘴唇咬破，指甲几乎要陷在桌子里面了。

她常年在海外生活，竟然不知道他们两个早就背着母亲在一起了。怪不得当初母亲刚刚去世半年，父亲就急着要娶沈婉进门。

“你爸从来就没有爱过你妈，要不是为了宝和医院，他早就和你妈离婚了。”沈婉说，“这个世界上，没有什么是永远的，只有利益除外。”

沈婉的这句话，像刀一样插在了孔映的脑子里。

孔映的全部记忆，已经在姜廷东脑海里，彻彻底底地消失了。

姜廷东意识到这一点的时候，正坐在录音室里，眼前即将出道的新人女歌手刚好唱到他写的那首歌的“我层层筑起的安全地带，你既然闯进为何还离去”这句歌词。

终于。

他们之间最后的联系，终于也断了。

那一切的意义又是什么，她的记忆将他们紧紧捆绑，他伴她走过漫长旅程，可为何等到他真正准备好的那一刻，一切戛然而止。

是他的错吗？还停留在原地不肯向前走。

“姜部长，有什么问题吗？”

音乐都停了，姜廷东仍一言不发，新人有些惴惴不安，不知道自己是否做错了什么。

“今天先这样吧，辛苦了。”姜廷东收拾了下东西，出了录音室。

前几天姜傲刚刚被警方证实与药物试验以及几宗杀人案无关，已经被获准回家了。但这依旧拦不住坂姜制药乱作一团，董事们吵着要开董事会，有不少高层都希望姜廷东能回来主持大局。

其实这个问题，姜成坂很多年前就和姜廷东谈过。

姜廷东不是没想过继承坂姜制药，事实上他也在两年前答应过父亲，会慢慢从MG退出，然后逐步学习接手公司事务。

如果那时候答应继承公司，是为了年迈的父亲。那么现在，又是为了什么呢？

“姜部长！”新人追上来，有点胆怯，“是我刚才唱得不好吗？”

这个新人叫Maggie，是美籍华人，前阵子通过美国区选秀进入MG，社长很喜欢她，所以她才做了不到三个月练习生就被选中出道了。

姜廷东甚至没有停下脚步去看她，只是说：“不是，是今天时间太晚了，你先回去休息吧，明天我们再继续。”

"可是……"

姜廷东叹了口气，终于停下来了。

Maggie个子娇小，比姜廷东矮了一个头还多，此时正仰着头，可怜巴巴地看着他。

"这是专辑的最后一首歌了，我们还有时间。"姜廷东用仅存的一点耐心解释。

Maggie终于乖顺地点点头。

"那明天见。"

"或许……"在姜廷东转身之际，Maggie又开口了，"您是姜怡的哥哥吗？"

这句话，似一记重锤，狠狠地敲在姜廷东的心上。

他已经不记得有多久没听过这个名字，五年？十年？或者更久，明明应该是最亲密的家人，命运却将他们过早地推向了两条永不再交会的路。

"你认识姜怡？"

"您真是姜怡的哥哥？一开始我还以为是重名的呢。"

"你怎么知道她？"

"在美国的时候，我们是高中同学，很要好的。那时候经常听她提起你，说你是个很棒的哥哥。只可惜……"

只可惜，姜怡失踪了。

"部长，我请您吃饭吧，我知道很多关于小怡的事，如果您想听的话，我都可以告诉您。你们……很久没见了吧？"

姜廷东看了看表，举棋不定。不知道孔映怎么样了，一下子恢复了全部记忆，她会不会很辛苦。

想见她，又不能见。

他回头，没有用，孔映回头，只会给他带来更长久的疼痛。

见姜廷东不回答，Maggie赶忙又说："忙了一天您肯定也饿了吧？我们就在公司门口随便吃点就好。"

姜廷东的确想知道姜怡的事，即便是从旁人的口中，他还是想了解，这么多年来，妹妹过的是怎样的一种生活。

“我请你。”姜廷东终于答应了下来。

Maggie爽快地笑了：“那我就先谢谢部长啦。”

孔映病了，整整三天，高烧不止。

心空了，陷落到谷底，化成灰，变成日日夜夜的折磨。

她做了许多梦，关于姜廷东的，关于秦幼悠的，关于孔武的。

她不懂。

她早就知道这世界上的所有东西都有保质期，也明白人心险恶，但她还是不懂。

大概母亲到死的那一刻，都不会想到，夺走自己性命的人，是那个自己爱了多年的男人。

那个母亲不惜与家中决裂，也要携手一生的男人。

她很想姜廷东。

明明知道记忆里的自己爱着温沉，但她还是无法控制地去想姜廷东。

无数次午夜惊醒，她想翻身去抱身边的姜廷东，才发现只剩下冰凉的被子。

倘若他在，她是否就不会如此狼狈。

她的情况跌入了谷底。

精神与身体的双重折磨，给了阿曼达绝好的机会，孔映开始逐渐意识到自己在失去对身体的控制权，很多时候她明明是有意识的，可是身体却不是自己的，只能看着阿曼达慢慢入侵。

她与身边所有人切断了联系，甚至连阮沁也不见。

这一刻，她只想自生自灭。

MG娱乐门口的日料店，是一间装潢考究、菜品精致的小店。

“这些都是我和小怡的照片，您看看吧。”Maggie将手机递给姜廷东。

这些照片已经有些年头了，许多都是Maggie特意翻拍到手机里的，一直留了许多年。

大部分都是高中时期拍的，有在派对上拍的，有在旅途中拍的，还有在毕业典礼上拍的。

他的小怡长大了，笑得灿烂，不再是那个小小的窝在他膝盖上哭泣的小女孩了。

姜廷东一张张翻看着，突然觉得，这个世界上恐怕没有比他更不称职的哥哥了，居然只能在多年后，以这样的方式参与妹妹的人生。

“我只知道小怡是和她妈妈赌气，一个人去背包旅行了。但我怎么也想不到好好的一个人会失踪，而且一失踪就是这么多年。”

“她之后，再也没联系过你吗？”

“一点消息都没有，很多时候我会想，她大概是在路上碰见了喜欢的人，索性就在那里结婚生子，过上了安稳的生活了也说不定。”

这也只是美好的幻想。

现在科技如此发达，想要隐姓埋名并没有那么容易，何况姜怡失踪时才多大，又怎么可能为自己彻底换一套身份？

其实姜廷东和母亲这些年，已经为最坏的情况做好了准备。

只是不甘，只是想要知道一个结果。

“姜先生，好久不见了。”

姜廷东回头，见阮沁正站在他椅子旁，后面还跟了一个西装革履的男人。

“哦，好久不见。”

“介绍一下，我男朋友，靳律，是孔映那次医疗诉讼的律师。”

阮沁向来称呼孔映为学姐，这个时候却直呼其名，提醒姜廷东的意图再明显不过。

姜廷东和靳律握了握手，寒暄了一番。

“这位是？”阮沁看向Maggie，满脸的敌意。

阮沁知道孔映和姜廷东之间出现了问题，不然孔映也不会搬回来，姜廷东更不会搬走。可是这才几天的工夫，姜廷东转身就和小姑娘单独吃上饭了，孔映可还在家生着病呢！

Maggie一头雾水地看向姜廷东，后者的声线逐渐冷淡下来：“这位是Maggie，是我们公司的艺人。”

“哦，是艺人啊。”

阮沁觉得自己真是看错姜廷东了，从前以为他会是那个守护孔映到最后的人。现在他不是也就算了，居然还吃起窝边草。

“你都不问问我，学姐她最近怎么样？”阮沁追问。

要他怎么问，问她是否和温沉恩爱如初，问她是否终于找到了那个对的人。

“她过得好，就行了。”

“好？如果病入膏肓的人也能叫过得好，那她的确过得不错。”

姜廷东的心忽然被揪了起来：“她怎么了？”

“你不知道？高烧三天了，人都烧到说胡话了，就是不肯去医院。我要请假照顾她，她居然直接把卧室门给锁了。”

“温沉呢？没在她身边吗？”

阮沁不清楚孔映和温沉的过往，所以有点奇怪姜廷东为什么要在这个时候提起温沉。

“温医生去美国出差了。”

在大脑发出指令之前，姜廷东的身体已经先动了。

“Maggie，我要先走了，不好意思。”

姜廷东走到前面去付了账，然后冲出了日料店。

“这还差不多。”望着姜廷东的背影，阮沁脸上的表情总算柔和了下来。

“怎么回事？”一直在旁边没说话的靳律终于出声了。

“两个别扭的人，别人再不推他们一把，大概这辈子都见不到了。”

靳律笑了，宠溺地揉着阮沁的头发：“就像孔映推我们一样？”

阮沁的脸腾地红了：“你少说两句行不行。”

其实姜廷东按门铃的时候，孔映的一只脚已经跨上露台的栏杆了。

孔映只穿了一件短袖，夜风吹得她浑身冰冷，可是她已经感觉不到了。

门铃响了许久，终于还是停了。

或许Sarah说得对，她从来就不是一个正常人，就像现在这样，她只想摆脱一切，摆脱父亲杀害母亲的事实，摆脱阿曼达对自己的折磨。

“阿曼达，你不是想要这副身子吗？那我就把这身子杀死好了。”

一瞬间，身体又不受控制了，只听阿曼达带着哭腔说道：“你有这么恨我吗？我保护了你这么多年，我只是想让你好好的。”

这种失控的保护，不要也罢。

“小时候孔武打你的事，你都忘了吗？每次他打你，我都会出现，这样你才不会痛，是你唤我来的，现在不需要我了，就想逼我走吗？”

又是一阵恍惚，孔映又忽然能控制自己的身体了。

再拖下去，阿曼达一定会阻止她。

孔映艰难地爬上栏杆，慢慢地站了起来。

她张开手臂。

“孔映，你在干什么？”

孔映只听到一声怒吼，在她反应过来之前，一个人影已经从隔壁露台跳了过来，一把抱住她的腿，将她狠狠拽了下来。

她跌到姜廷东怀里，后者的身体却重重砸在墙上，疼得闷哼一声。

“有没有事？”姜廷东顾不上自己，急急问她。

见孔映不回答，姜廷东更加着急：“温沉是怎么照顾你的？这种时候还有心情去出差？”

半晌，渐渐平静下来的孔映才叹气：“你又何必怪他。”

“我要是没来……”

姜廷东甚至都不敢想那个后果。

再迟那么一秒，一切就都晚了。和那晚在海边一样，她不是闹着玩的。

姜廷东顾不得背部尖锐的痛感，将孔映慢慢扶起来，安置在沙发上。

两人相对而视，却没人说话。

姜廷东捏住孔映冰冷的手，半晌才说：“你死了，我也活不下去。”

孔映突然说：“我尽力了。”

未等姜廷东回答，她又说：“遇见你之前，我以为死没什么大不了；遇见你之后，我才发现，原来我也想活着。”

孔映声音沙哑，毫无生气。

“但不是这样活着，不是这样不能向前、不能倒退地活着。”

她不止一次想过，索性什么都不要，只是牵着姜廷东，躲到一个无人岛去生活。

忽而，孔映被紧紧搂住，她抬头，看向姜廷东那大雪纷飞的眼。

“孔映，你知道我对你第一次心动，是什么时候吗？”姜廷东顿了顿，眼中的雪花化成温柔的潺溪，“是那晚在荧光海滩，你浑身湿透，对我说，那个甩了我的人一定是个疯子。”

孔映低低地笑了：“那我也是疯子了。”

姜廷东轻轻捧着她的脸：“你要活着。我说了，你死了，我也活不下去。”

叮咚，门铃响了。

温沉正抱着一大捧玫瑰，站在门外。

他两个小时之前刚下飞机，连家都没回就赶过来了。

见前来开门的人是姜廷东，温沉愣了一下，还没等他说话，姜廷东就先开口了：“玫瑰花能治病吗？”

姜廷东的脸阴沉成这样，温沉立即猜到是孔映出了事。

温沉掠过姜廷东，将玫瑰放在厨房餐台上，正好看到在沙发上裹着毛毯、面如土色的孔映。

“怎么了？”温沉冲过去，将手覆盖在孔映的额头，“怎么这么热？”

“感冒了，过一两天就好了。”孔映咳了两声，对姜廷东说，“你回去吧，今天麻烦你了。”

的确，温沉都来了，他又能以什么立场留在这里呢？

“露台风大，不要让她再上去了。”姜廷东给温沉留下这句话后，重重地关上了门。

第十三章 阿曼达的过去

或许是真的怕孔映会自杀，那次之后，阿曼达没再出现过了。

对于孔映尚有意识却无法控制身体的情况，梁昱君给出的解释是，孔映最近的精神状态极不稳定，才会导致即便意识清醒时也会被夺走身体控制权的情况。

但无论如何，阿曼达的销声匿迹，证明她对孔映并没有过多的恶意，这也为梁昱君争取了更多时间为孔映做治疗。

在温沉的照顾下，孔映的身体一天天好转，终于在一周后，重新回到医院上班了。

两人按部就班地恋爱，不温不火。温沉是个无可指摘的好男友，温柔体贴、细致入微，对孔映宠溺到无人能及的地步。

即便这样，孔映还是觉得心里空了一块。

可到底是什么变了呢？

抹去记忆的同时，难道也把对一个人的心动也抹去了？

孔映说不出口，说不出她对温沉再也没了记忆中的那种感觉。

温沉独自背负一切，等了她这么久，倘若再说，就只剩下残酷了。

于是孔映很努力地在对温沉有所回应。

她演的戏，温沉看在眼里，疼在心上。

他不知道自己除了默默守护以外，还有什么别的办法能让她重新快乐起来。

清晨，晨曦游荡，两人握着热咖啡，肩并肩站在医院天台。

孔映突然问温沉："你还记得有一次，我们本来说好了要去旅行，结果那天下大雨，急诊科送来了好多连环车祸的患者吗？"

"怎么不记得。我们做好手术的时候，订好的火车班次早就离站了，你还闹了脾气。"

"是啊。"孔映微微地笑，"结果你更离谱，拉着我奔去火车站，临时买了两张慢车票，连跟最初的目的地都不一样。"

"所以你现在才想来跟我兴师问罪吗？"温沉看着她，眼里温柔的水波一圈一圈地荡漾。

"那趟车真的很慢啊，是绿皮火车吧，我记得？我靠在你肩上，火车在金黄色的麦田里穿梭，太阳就在麦穗的缝隙中升起来了。我大概没和你说过，那个景象好美，那时候，我也好幸福。"

那是他们的回忆。

但也只是回忆了。

温沉很想问她，她现在是否幸福，他想知道，却不敢问。

"孔映。"

"嗯？"

"你说，是爱人比较幸福，还是被爱比较幸福？"

"为什么突然问这个？"

"一般人都会觉得是被爱比较幸福吧，可他们大概没想过，倘若得到的爱不源自所爱的人，是没有幸福可言的。而爱人的那一方，因为认定了那个是对的人，所以就算只得到一点回应，也会欣喜若狂吧。"

孔映听得出温沉的意思。

"我不希望你努力，如果是一定要勉强自己才做出来的事，我宁愿你不做。因为看到你那样，我会觉得自己自私，更会愧疚。"温沉伸出手来，迎着晨风轻揉孔映的头发，“况且，我从来没有怪过你。你能像这样回到我身边，此刻站在我身旁，我已经充满感激了。”

“温沉……”孔映望着他的脸侧，他如此美好，美好得让她不忍触碰，“我不想你受伤。”

温沉转过身来，正视她的眼睛：“即便耗上漫长时光，即便最后一败涂地，我也愿意。”

药物试验案的初审，终于拉开了序幕。

这个案子涉案广泛，受害者众多，事件又牵扯到姜成坂和林泰被害、颜晰受伤，以及姜廷东被刺，案情复杂之程度远超同类型的其他案件，引起了社会各界的强烈关注。

宝和医院的律师团全员出动，再加上靳律和其律所的几名律师，阵容可谓强大。财大气粗的坂姜制药更是请出了全明星律师团，为应诉做足了准备。

坂姜制药和宝和医院都清楚这个案子最终是赔偿金额上的较量，他们要尽力降低总赔偿金额，又要想方设法将最大责任推给对方，这样才能把对自身的损失降到最低。

即便是非公开审理，但由于案件牵扯涉广，旁听席几乎坐满了。

姜廷东作为受害者之一出庭做作证，孔映则没有出席。

他知道她没有来的原因。

是不该再见面的。

只是毫无指望地期待着，倘若偶遇，是不是就可以归结为命运的安排。

无数次望向法庭的那扇门，开开合合，只是没有那个人。

“证人？证人！”法官的声音将姜廷东拉回现实，“提问结束了，你可以下去了。”

姜廷东起身走下来，坐回旁听席，案子继续审理，聂远审结后，终于到了姜成元。

姜廷东就这么坐着，听着姜成元讲述自己如何雇用聂远，将姜成坂伪装成心肌梗死害死。

他一件件供述着，声线没有丝毫颤抖，就像在叙述几件再平常不过的事情。在他眼里，人命是不值钱的，只要是挡了他的路，那就只有一个下场。

穆穆的死、林泰的死、颜晰的受伤，和聂远招供的一样，他件件都有参与，且证据确凿，连法官听了，都不住摇头。

姜廷东握着拳头，却冷静得吓人。

法警将姜成元带下去的时候，姜廷东突然站起身，快步走向庭审区，一个翻身越过了栅栏，抬拳就向姜成元挥去。

法警阻拦不及时，姜成元的脸上结结实实挨了一拳，瞬间开了花，要不是有法警搀扶，整个人早就仰摔在地上。

姜廷东练过，两个法警只顾着姜成元，一时间没能推开他。姜廷东就趁着这个空当，往前一扑，又在姜成元的胃上补了一拳。

正当姜廷东要再打第三拳的时候，从后面赶来的另外三名法警终于将他拖住了。

在法庭上大打出手，法官怎能不急，当下就以“扰乱法庭秩序”为由将姜廷东驱逐出庭。

颜晰担心他，也跟着出来了。

姜廷东不是冲动的人，若不是被逼到忍无可忍，他是不会做出这样的举动的。

“姜成元肯定是跑不掉的，二审你别来了，在家里等结果吧。”事到如今，颜晰也不知道该怎么劝姜廷东才是。

“颜晰。”刚才推搡的时候，姜廷东梳上去的刘海已经掉到了额头前面，遮住了眉毛，“我好累。”

这次颜晰第一次听姜廷东说累。

他们认识这么多年了，这是第一次。

“要不要……我打电话给孔医生？”颜晰还不知道他们分手，一脚踩进了姜廷东的雷区。

“不用。”

“为什么不用？这种时候她应该陪在你身边吧？”颜晰追在姜廷东后头问，结果走在前面的姜廷东一个刹车，颜晰整个人撞上了姜廷东的后背。

“廷东哥，我拜托你走路能不能安稳一点，撞得很痛哎……”

“我们分手了。”

“哈？”颜晰语无伦次了一会儿，突然问，“你不会是和Maggie好上了吧？”

“Maggie？”

“之前公司就有人看到过你们俩单独出去吃饭，现在她红了，一接受采访就说你是她的贵人，难道不奇怪吗？按理说社长才是选中她出道的人，要论贵人，也该是社长吧？”

Maggie的首张专辑一上市就销量火爆，除了硬实力，她外形又讨喜，蹿红速度和当年的颜晰比起来有过之而无不及。

姜廷东不是不知道她的心思。

他没有疏远Maggie的唯一原因，就是她曾是姜怡的好朋友，姜廷东或多或少，将一些自己对姜怡的愧疚转嫁到了Maggie身上，所以才会额外照顾她一些。

“这事就跟你和孔映传绯闻一样，你觉得有谱吗？”

“我也觉得不太像啦，可是，你们为什么突然分手啊？”

之前受伤那阵他假装失忆，不还蜜里调油的吗？都搬到一起同居了，怎么又突然不好了？颜晰真是百思不得其解。

只可惜，姜廷东不会给他答案。

一个星期后，坂姜制药、宝和医院与受害者家属达成赔偿协议，赔偿共计8000万元，其中由坂姜制药支付5500万元，宝和医院支付2500万元。

涉案的沈婉以及当年的几位医生的行为已经构成犯罪，被吊销行医执照，与参与相关药物研发的坂姜制药员工一起，被判处有期徒刑三至十年不等。

至于姜成坂和聂远，牵扯到故意杀人，案情复杂，还需要再次开庭审理定罪。

消息一出，坂姜制药立即召开了临时股东大会，半数股东通过了选举姜廷东任董事长这一提议。

姜廷东向MG社长提交辞呈那天，棕榈市又下雨了。

自从与孔映分手的那个雨夜后，姜廷东就极其讨厌下雨。因为一下雨，那晚的心情就会卷土重来，令他无法安眠。

NOSA公寓里，孔映看着单膝跪地的温沉，突然有些恍惚。

“案子已经结了，你愿意跟我走吗？”

温沉早前收到了澳大利亚一家世界著名的心脏研究中心的任职邀请，请他去做项目总负责人。

于是他求婚了，他想带孔映离开这个伤心地，一切从头开始。

“那家研究所很不错，恭喜你。”

孔映是真心的。

那是一家世界顶尖的心脏研究所，能拿到那里的任职邀请，是件非常值得骄傲的事情。

“那你呢？愿不愿意跟我走？”

“我走了，宝和医院怎么办？”

“我知道你累了，这几个月发生了这么多事，你需要休息一下。”

孔映的确累了。

从和坂姜制药的官司开始，她就萌生过将医院交给职业经理人管理，自己休一个长假的想法。

况且现在宝和医院因为巨额赔偿款遭受经济重创，的确需要比她更有管理经验的人来稳定局面。

倘若她点头，那她和温沉的未来，她甚至可以想象到五十年以后。

安稳、平淡、富足，他们会有一栋房子、几个孩子和两条狗，会携手到老。

理智告诉她，她应该答应。但内心深处，她犹豫不决。

“温沉，我……”

窗外下着大雨，狂风席卷着街道与高楼。

突然，灯光全灭。

深夜，姜廷东独自开着欧陆在路上飞驰，明天是周末，他要去岚桥庄园那边过夜。下周一，他就要去坂姜制药上班了。

电台的气象主播正在播送气象预报，说今晚有暴雨大风，已导致棕榈市部分街区大面积停电。

姜廷东听到了NOSA所在区域的名字。

没了孔映的记忆，他仍旧记得，她怕黑。

姜廷东刚拿起蓝牙耳机，却停住了动作。孔映此时一定有温沉陪伴，他又有什么必要担心。

于是他又把耳机默默地放了回去。

突然，电话响了。

那个名字在屏幕上亮起的时候，姜廷东有一瞬间怀疑自己看错了。

他以为她不会再打这个号码了。

他调整了一下呼吸，接了起来。

“之前电影院停电的时候，你给我听的歌，叫什么名字？”孔映的声音，沙沙地从听筒那头传来。

“怎么了？”

“我在家，停电了，有点害怕。”

“我放给你听吧，我车上有CD。”

姜廷东将CD推进去，将通话改成免提。

一首很老的安眠曲，没有歌词，只有哼唱，柔美的声音在电波中回荡，配合着窗外的雨，再令人安心不过了。

一曲结束，电话里只剩下两人的呼吸声。

“廷东。”

这是第一次，孔映只叫了他的名。

“我可以，回到你那里吗？”

姜廷东心中一紧，问：“多久？”

“很久很久，行不行？”

姜廷东深吸了一口气，企图压住狂跳的心脏。

“你在哪儿？”姜廷东问。

“告诉我你在哪儿吧。”

“我刚下班，要去岚桥庄园。”

隐约间，姜廷东听到电话那头钥匙的碰撞声，只听孔映说：“这一次，换我去找你吧。”

孔映本来是打算答应温沉的。

可停电那一瞬间，她突然意识到，自己要的不是平静安稳的生活，她只想要她爱的人。

那个在停电的电影院里用音乐安慰她，那个怕她着凉不惜翻越露台将她抱进房间，那个在她想要去死的瞬间一把抱她在怀里的人。

她只想要姜廷东。

于是，她终于鼓起勇气对温沉说了实话。

“对不起，我不能跟你走，我知道我这样很卑鄙，但我现在的心，是没有缝的。”

温沉太温柔。

他非但没有怪她，反而轻轻地抱住了她。孔映懂得，这是一个代表告别的拥抱，告别彼此，也告别过去。

她看到了温沉的千疮百孔遍体鳞伤，她却无能为力。

“温沉，我要告诉你一件事。”孔映靠在温沉怀里，在他耳边呢喃，“我身体里住着另外一个人，她叫阿曼达，是我的另一重人格。我不知道她以后还会不会出现，但有一句话，她大概一定想让你知道。”

“是什么话？”

“她爱你，很爱你。”

岚桥庄园内，法拉利488的车灯穿透雨幕，照亮了姜廷东高大的身影。

他本可以在里面等的，可一想到她在奔向自己的路上，他就恨不能早见她一秒。

孔映推开车门撑起伞，见姜廷东站在门口，停住了脚步。

姜廷东在屋檐下，双手插在风衣口袋里，静静地注视着她。

明明只有十步的距离，中间却像隔着山海，他们花费多少时间与等待，才像这样重新站在彼此面前。

她走的时候，他没有送她。

她回来的时候，他来接她了。

孔映丢掉了雨伞。

高跟鞋在雨中踩出急切的水花，她就像一只流浪许久的小鹿，奋不顾身投入他的怀抱。

姜廷东稳稳接住了她。

他抱着她，像抱着一件无价之宝，珍惜而郑重。

她稳稳靠在他怀里，像闯进一个防空洞，隔离了全世界，只剩他们两个。

暴雨如注，却挡不住熊熊燃起的火苗。

“我走的那天，你是不是想和我求婚？”孔映问。

“你知道？”

“你把戒指都给我了，我怎么会不知道？”孔映顿了一下，补充道，“还作数吗？我是说，你的求婚，还作数吗？”

姜廷东心里满溢着喜悦，面上却装得有些冷淡：“这我可要考虑一下。”

孔映撇嘴，手上松了力气：“也太没诚意了吧？”

姜廷东哪儿肯放过她，反而将她箍得更紧：“我可以有诚意，那你的诚意呢？”

"你要什么样的诚意？"

"留在我身边一百年，少一秒都不算。这个怎么样？"

"以科学的角度来说，我能再活上六十年，都相当不容易了。"孔映笑了，踮脚凑近姜廷东的耳朵，突如其来的暧昧热气像一丝电流蹿过姜廷东的身体。

只听孔映慢慢说："不过，我答应你。"

姜廷东在坂姜制药上班的第一天，就不可避免地遇见了姜傲。

之前警察将姜成元和姜傲从婚礼上带走，导致姜傲和徐怀莎连结婚仪式都没有完成，场面之难看，至今还是许多人茶余饭后的谈资。

名义上，姜傲还是坂姜制药的社长，但若姜廷东坐上会长的位置，有权任命社长，那姜傲被换下去，是迟早的事。

所以大家都说徐怀莎机关算尽，到头来却聪明反被聪明误。

但姜廷东心里明白，姜傲也不是毫无胜算。姜成元在接受调查期间，已将名下全部股权转让给了姜傲，如今姜傲拥有坂姜制药超过30%的股份，谁会最终坐上那把交椅，很难预料。

阮沁正式搬离了孔映的公寓，去和靳律住了。

姜廷东倒是暂时没有搬回NOSA，他目前住的公寓离坂姜制药只有几条街的距离，来往公司方便。现在他和孔映不住在一起，两人工作日又都忙，大多数只能在周末见面。

这天姜廷东上班，车刚开进坂姜制药的地下停车场，就看到VIP停车位上停着一辆出租车。

这片区域是公司高层们停车的地方，按照等级划分，每个人都有固定的车位，外来车辆是不准停的。

姜廷东正觉得奇怪，只见出租车的后座走下一个戴着墨镜的中年女人，冲他微微一笑："廷东。"

姜廷东顿了一下，像是再次确认似的看向那个女人，一时间没有回答。

"怎么，不过是几年不见，就连自己亲妈都不认识了？"女人摘下墨镜，露出了一张保养得宜、妆容精致的脸。

“妈。”姜廷东虽然吃惊，但并未显露出惊讶的表情，只是平静道，“您回来了。”

卫虹回来之前，早就想象到了今天的场景，她知道自己这个儿子向来淡漠，又从小不与她亲近，如今分别了这么多年了，关系必定生疏。

卫虹和姜成坂离婚的时候，姜廷东才12岁，姜怡才8岁。当时他们协议离婚还没到一个月，卫虹就带着姜怡远赴美国，从此很少与国内联络。

她最近一次回国，还是七年前的事，那一年姜怡失踪，她在美国的资源用尽了，不知道还有谁可以求助，于是心急如焚地回国来找姜成坂帮忙。

只可惜，所有办法都试过了，还是没能找到姜怡的下落。

“这次回来得匆忙，也不知道你现在住在哪儿。只听说你回坂姜制药上班了，就来这儿等你了。”

“您应该提前告诉我一声的，我给您安排住的地方。”

“不用，知道你忙，不想给你添麻烦。”卫虹走到姜廷东面前，上下打量，“上次见你，你还是个毛头小子，现在是真的长大了。”

“但您还是没变。”

“怎么可能？老了，不如从前了。”卫虹笑笑，“你去上班吧，我见到你就好。晚上有时间吗？陪妈妈吃顿饭吧，我也想跟你说点事情。”

“今晚？”

今天是周五，姜廷东本来约了孔映的。

“怎么，你有约了？”

“是，和我未婚妻。”

“你什么时候订的婚，妈妈怎么不知道？”

卫虹起先是十分惊讶，但问出这句话后，就有些后悔了。这么多年来她没有尽过一丝母亲应尽的责任，姜廷东不告诉她，也是情理之中。

“你别介意啊，妈妈没有责怪你的意思。”

“没关系，趁这个机会见一面吧。我晚上五点下班，您给我打电话就好。”姜廷东礼貌地点了一下头，“那晚上见。”

望着姜廷东远去的背影，卫虹默默地叹了口气。

在孔映的印象里，姜廷东很少提及母亲。所以姜廷东给她打电话说母亲回国了，希望她能过去一起见面的时候，她几乎没什么概念。

姜廷东预约了晚上七点在一家法国餐厅，孔映是下了手术直接赶过来的，她到的时候，姜廷东和卫虹已经到了一段时间了。

卫虹一直以为姜廷东的订婚对象是那个叫徐怀莎的女孩，结果孔映介绍自己名字的时候，卫虹甚至没能掩饰自己的错愕。

卫虹虽然不与姜廷东十分亲近，但作为母亲，自然还是关心儿子的终身大事。闲谈之后，她就开始问起了孔映的家庭和工作情况。

孔映是个直来直往的人，说话不会兜圈子，卫虹的问题，她都一一如实作答。

卫虹在美国居住了这么多年，自然对孔映在美国的经历很感兴趣。两人在这个话题上相谈甚欢，甚至连姜廷东都插不上嘴，只得在一旁默默地吃饭。

谈到孔映的从医经历，卫虹问她：“你在克利夫兰诊所做过医生？”

“对，我医学院毕业后，在那里做了五年的住院医生。”

卫虹听到这儿，犹豫了一下，问道：“你姓孔，那你在美国的时候，用的应该不是孔映这个名字吧？”

“嗯，我在美国的时候一直用Cheyenne这个名字。”

“你就是Cheyenne Kong？”卫虹的神色由犹疑变得可怖起来，“2008年夏天，你在克利夫兰诊所的急诊科实习？”

孔映不知道她是从哪里知道得这么清楚，但她那个时候的确在急诊科轮转。

“您想知道什么事吗？”

“我当然想知道！”卫虹突然站了起来，情绪十分激动，“你以为你回了国，你做的坏事就没人知道了吗？”

卫虹的声音很大，引得餐厅里的顾客纷纷侧目。

孔映一头雾水，还不知道发生什么事时，就见卫虹拿起面前的红酒，直接向她泼了过来。

一瞬间，孔映满脸满头都是红酒，狼狈不堪。

“妈，您干什么？您疯了！”姜廷东赶忙拦住卫虹，急切地询问孔映，“你没事吧？”

“你还护着她？你知道她是谁吗？”卫虹几乎歇斯底里，“廷东，她就是害死你妹妹的人啊！”

孔映难以置信地，看向卫虹指向自己的手。

姜廷东回到NOSA的时候，孔映正坐在客厅的沙发上发呆。

姜廷东走过去，从后面环住她的腰，十分温柔。

“你妈妈怎么样了？”孔映问。

“我送她回酒店了，她还有时差要倒，已经睡了。”

“事情说清楚了？”孔映叹了口气，“我不想解释，但我根本不认识你妹妹，我又怎么可能害她，造谣也要有个依据。”

“嘘，好了，好了。”姜廷东吻了吻她的额头，“等明天我再去跟她谈，姜怡失踪太久了，我妈她人又偏执，大概是把你错认成别人了。对不起，让你受委屈了。”

姜廷东明白，孔映那样骄傲的人，在公众场合受辱却没有反击，是看在他的面子上，不想让他难堪。

好不容易把孔映哄睡了，姜廷东自己却睡不着了。

他从未怀疑过孔映，但他身为兄长，终究还是想知道母亲为何会做出那样的指控，妹妹身上又到底发生了什么。

天还没亮，他就到了卫虹下榻的酒店。

时差关系，卫虹已经醒了。她见姜廷东这么早来，就知道他是来问姜怡的事的。

卫虹泡了茶，对姜廷东说：“其实我这次回来，就是想和你说小怡的事的。”

“您说。”

“小怡她……找到了。”

姜廷东的心陡然提了起来：“找到了？怎么回事？在哪里？”

“死在克利夫兰的一场连环车祸里了，烧得面目全非，连指纹都没法辨认，所以才一直都……一直都无法确认身份。”

姜廷东张了张嘴，却没有发出声音。

姜怡失踪了这么久，姜廷东以为自己多少有心理准备了。

那是一种缓慢的疼痛，像植物一样有着根系，深扎在姜廷东的肺里，长出的枝叶紧紧缚住他的胸腔。

他那么宝贝的妹妹，原来……早已经不在这个世界了。

“到底发生了什么事？”姜廷东的声音很轻，伴随着疼痛的呼吸，飘忽不定。

“连环车祸，油罐车司机疲劳驾驶，先是撞上了小怡的车，后面又撞上了议员的车队，油罐车爆炸，着了大火。孔映当时是第一辆救护车上的救护员，明明小怡的伤势更重，她却先去救了议员，可小怡没等到第二辆救护车来，就……就死了……”

“这些，您是听谁说的？”

“我特意去问了当时和孔映一起在救护车上的另外一个急救员，是他说的。我就又去找这个姓孔的医生，但是没有找到，只知道她不在美国工作了。”

姜廷东沉默。

他不会怀疑孔映，以前不会，现在也不会。

企业家那场医疗事故发生的时候，他见识过她勇于承担责任的模样，即便最后被证实那并不是她的错误。他更见识过她对病患的好，不分贫富，不分阶级，永远尽职尽责。

这样的孔映，是绝不会做出那种事的。

卫虹看出了姜廷东的抗拒，不禁悲从中来："如果这个样子你还要和那个姓孔的结婚的话，你怎么对得起小怡？廷东，小怡可是你亲妹妹啊。"

"妈，事情已经过去这么久了，当时的情况谁也不能百分之百还原。况且，孔映的为人我很清楚，她不是会做出那种事的人。"

"你清楚她的为人？"卫虹像是听到了什么好笑的事情，一脸的难以置信，"你既然这么会看人，那你和我说说，你和徐怀莎，是为什么分手？"

"那件事情已经过去了，您不要再提了。"

"今天我问过了，她当初和你分手，就是因为你丢了坂姜制药的继承权。你也和她在一起有七年了吧？七年你都看不清徐怀莎是为了钱和你在一起。难道这个孔映，你短短几个月就看清了？"

姜廷东哑然。

他知道现在说什么都没有用，卫虹已经认定了孔映就是间接害死姜怡的人，他再为孔映辩解，只会火上浇油。

对孔映，他打算闭口不提此事，他深知她的性子，是不会轻易过去的。

卫虹只会短期停留在国内，等她回美国了，事情就会慢慢平息了。

"小怡的骨灰我已经从克利夫兰领回来了，这次我回来，已经联系好了人，打算把小怡的骨灰安葬在你爸爸旁边。"卫虹平静了一下，开始说起姜怡的后事。

"好。"

"廷东，就算妈求求你，为了小怡，不要和那个女人在一起。就算你不为了我，也该想想你自己，发生了这样的事，你还会幸福吗？"

姜廷东没有说话。

他只知道，如果她不在他身边，他会永远不幸。

还好有一个病人临时取消了预约，不然梁昱君还不知道何时才能见突然出现在她诊所的孔映。

两个小时前，孔映接到了卫虹的电话。

在卫虹的责备里，孔映慢慢拼凑出了一些事实。

电话里卫虹提及的克利夫兰的那场连环车祸，孔映已经记不太清了。但卫虹提到的那个议员，孔映倒还记得。

也就是说，卫虹并非信口胡说，那场事故，孔映的确有参与。

"梁医生，我请您帮个忙，催眠我，帮我问阿曼达几个问题，我想跟她确认一件事。"

"什么事？"

"七年前克利夫兰的那场车祸，我失去的那一个小时的记忆，她做了什么？她到底有没有把一个伤势最重的亚裔女生丢下不管？"

梁医生是第一次听说这件事，忍不住多问两句："怎么了？七年前的事怎么突然现在问起来了？"

"那个死去的女生……是姜廷东的亲妹妹！我现在只想知道，她的死，是不是我的错，不然我没法心安。"

"好吧，我尽力吧。"梁医生叹了口气。

不知过了多久，孔映悠悠转醒。她低头，见自己手里拿着一封信。

梁医生说："是阿曼达给你写的信，你看看吧。"

孔映：

克利夫兰那场车祸过去这么多年了，我以为事情早已结束了，却没想到原来没有什么事是会彻彻底底结束的。

你应该忘了那时候那个小姑娘的情况了吧？她当时已经烧得不成人形了。我不是医生，但我也知道，就算她上了救护车，也终究会是尸体一具。

但这一切终究是我的错，她那时至少还有些生命体征，如果是你，一定是会先去救她的。

我承认，我选择先去救议员是有私心的。但在你指责我之前，请你想一想，如果那个议员因为你的救治不当而死了，会对你的职业生涯造成什么样的影响？我不说你也应该清楚。

知道吗？我有时候甚至会羡慕你，即便你的外表看起来再冷酷，但内心永远是善良的，你绝不会做那些有违你原则的事。

还记得吗？从前在檀香花园，秦正看不起孔武这个上门女婿，处处对他冷言冷语，孔武压抑在心里，就只能拿你来发泄。秦幼悠不在的时候，只要孔武稍有不高兴，就会对你拳脚相向。每当那个时候，我就会出来保护你。还记得你右手上那一条小小的疤吗？你一直不知道是怎么来的对吧？那是孔武用皮带抽的，那一下，真的好疼啊，不过我很开心，承受那种疼痛的，是我，而不是你。

孔武已经死了，你也不是那个受了委屈只会蜷在角落里哭泣的小女孩了。从今以后，你或许不再需要我了。你应该已经想摆脱我很久了吧？你放心，我不会再打扰你的生活。陪伴你这么久，也该到说再见的时候了。尽管这不是我的初衷，但给你带来这么多麻烦，我很抱歉，即便这迟来的道歉并不能弥补什么。

再见，我的小女孩。

阿曼达

信纸飘落到了地板上，孔映颓然失笑。

怪不得她对克利夫兰那场连环车祸没什么印象，她只记得有一次跟急救车出现场，中间一个小时的记忆凭空消失，等回过神来的时候，她已经回到医院里，在帮忙救治受伤的议员了。

原来，代替她向姜怡下了生死判决的，是阿曼达。

可她却无法真的去责怪阿曼达什么。

阿曼达在她身体里蜗居的这些年，替她含下了多少的苦痛，如果没有她，或许就没有今天的自己。

所以如今，她只能责备自己。

丢下仍有生命体征的姜怡等死，去救了没有生命危险的议员。

无论姜怡当时是否已回天无力，但自己终究是错的，而且错得过分。

她是杀人凶手。

是彻头彻尾的罪犯。

“孔映，你没事吧？”梁医生担忧。

“没事。”孔映站起身，将那封信收进皮包里。

“好吧，如果有什么事，随时给我打电话。”

“梁医生，这可能是我最后一次在你这里治疗了。”

梁医生有些惊讶：“为什么？抛开你的PTSD不说，阿曼达虽然很久没有出现了，但不能保证她就……”

“阿曼达她，不会出现了。”孔映平静地直视梁医生，“从此以后，我就只是我了。”

X I A N G Y U / Q I A N W A N / C I
D E / M O S H E N G R E N

第十四章
南苏丹之花

坂姜制药董事会和姜成元宣判的日子，恰巧是同一天。

上午法院刚宣布判处姜成元和聂远死刑，下午记者们就蜂拥到坂姜制药，来见证这场姜家两位公子的输赢战争。

姜廷东快有三天没有听到孔映的任何消息了，手机永远没人接，微信也没有回复，打电话去宝和医院，秘书不是说她在手术就是在开会。

姜廷东隐隐感觉孔映是在介怀姜怡的事，可他这边为董事会的事忙得焦头烂额，分身乏术，一直没有一个当面和她说话的机会。

正想着，姜廷东的秘书推开他的办公室门："姜董，社长夫人问您有没有时间，说想跟您聊几句。"

姜廷东愣了一下，才反应过来秘书说的社长夫人是徐怀莎。

马上就要开董事会了，这个节骨眼上，不用想也知道徐怀莎一定是来为姜傲求情的。

毕竟姜成元已经判了死刑，董事们自然更倒向姜廷东，他若真的当了会长，姜傲难保不会被踢出坂姜制药。

徐怀莎大概就是为了这件事来的。

"说我忙，不见，有什么事以后再说。"

姜廷东套上西装外套，看了看墙上的时钟。

还差五分钟两点。

属于父亲的东西，他要替父亲拿回来了。

姜廷东走出办公室，大步向会议室走去，挺拔利落，周身带风。

“廷东。”徐怀莎知道他去会议室会经过这条路，所以一直在等他。

姜廷东停下，面无表情地看着她。

她没怎么化妆，人看起来有些憔悴。

徐怀莎走上前：“我知道你很忙，我只占用你两分钟时间。这两分钟，你不会不给我吧？”

“有什么你就说吧。”

“无论你相不相信，姜傲他的确是无辜的，他没有害过伯父，也从没有伤害过别人。”

“接受吧。”姜廷东突然说。

徐怀莎抬眼，惊讶地看着姜廷东。

“无论是什么结果，接受吧，别再做无用功了。”说罢姜廷东就要离开。

“你从前恨我，是因为心里还有我。但你现在不恨我了，我知道。”

“这还重要吗？”

“我爱过你，但我现在也是真的爱姜傲，我不想看到他为他没有犯过的错误而承担后果。”

“你是不想让他承担后果，还是不想让你自己承担后果？”姜廷东笑了，“姜傲已经洗清了嫌疑，他手上还有股份，就算失去职位又能如何？徐怀莎，你不能太贪心。”

“我……”姜廷东说中徐怀莎的心事，后者一时说不出话，社长夫人这个头衔，她才用了多久，转眼就要丢掉，她怎能不急？

“安分一点吧。”

姜廷东说完，大步离开了。

宝和医院院长办公室里，孔映和沈律师面对而坐。

“院长，这字一签，您全部个人资产就要全数捐出了，您确定不再考虑考虑了吗？”

沈律师到现在还一头雾水，孔映刚从孔武那里继承了遗产，再加上她原先就有的财产，继续过令人艳羡的奢侈生活难道不好吗？为何突然提出要捐赠资产？

“这些钱用在创立‘杜兴氏肌肉营养不良症’基金会上，我没有什么可犹豫的。”

创立基金会一事孔映早就在计划了，若不是之前阿曼达从中作梗，这字早就签成了。

现在阿曼达不在了，她终于可以放手做她想做的事了。

“我知道我不该插嘴，但宝和医院已经赔偿了法院判决的全部数额给那些孩子，2500万，不是小数目啊。您现在又是何必呢？”

“全世界得这个病的孩子那么多，我帮了这些，那其他的呢？要是在这个基金会的帮助下，有人能研制出有效的药物，那我这点牺牲，也不算什么。”

从前沈律师对孔映的印象一直是嚣张跋扈、我行我素且以自我为中心，若不是这件事，他还没发现孔映原来还有这么善良柔软的一面。

孔映在捐赠确认书上龙飞凤舞地签下了名字，没有一丝犹豫。

“辛苦你了沈律师，基金会后续的事情，还要你多上心。有什么需要，你随时找靳律师商议。”

沈律师一边收起文件一边应道：“好，这是肯定的。”

沈律师刚走，阮沁的电话就进来了。

“学姐！董事会选举的结果出来了，姜廷东出任会长了！”

“哦，知道了。”

“你这是什么反应？你未婚夫是坂姜制药的会长了哎，再过不了多久，你就是会长夫人啦！”阮沁在电话那头咯咯笑着，“那以后，我就是会长夫人的学妹啦。”

孔映望了望无名指上的那枚钻戒，心中有些苦涩。

“对了，你快下班了吧？晚上有个给会长的庆功party，就在我们公司对面的新皇酒店，你一定要来啊。”

“我今天很累，不过去了。”

“那怎么行？这么重要的时刻你不在的话，多扫兴啊！”

听孔映半天不讲话，阮沁又问：“话说，今天早上我还在公司见到会长，他还特意停下来问我最近有没有见到你。怎么？你们俩又吵架了？”

“没有，只是工作忙，没空见面。”

“你是不知道，我们公司那些单身女职员全在蠢蠢欲动，一副要把会长给吃干抹净的样子。也是啊，帅气多金的钻石王老五，谁不喜欢？”

“是吗？”孔映心不在焉地回着话。

“当然是啊，所以你今晚一定要出现，要给她们看看，谁才是正主。”

孔映沉默了一会儿，像是下定了什么决心一般：“那晚上见吧。”

“嗯，晚上七点，等你来！”

孔映挂掉电话，将戒指从无名指摘下，捧在手心里，像在看一件无价之宝。

孔映苦笑，自己又有何颜面戴着它。

最后，她将戒指重新放回盒子里，然后将盒子收进了手提包。

孔映再了解姜廷东不过，他不是喜欢热闹的人，这个庆功party，多半是那些想讨好他的高层们提议开的。

毕竟这么大的公司，一朝易主，很多事情都要重新洗牌，于是人人都想在这时候下功夫，想赶在别人面前让新任会长注意到自己。

孔映一出现姜廷东就看到她了，他立即向身边人道了“失陪”，穿越人群走到孔映身边。

孔映没有穿晚礼服，身上仍是白天上班的那套职业装。

两人还没说上话，道喜的人就一茬又一茬地拥到姜廷东身边，姜廷东只好换上职业性的笑容，礼节性地寒暄着。

卫虹也在场，远远地看着孔映，眼里透着警告的意味。

孔映没有理睬卫虹，只是隔着人群全神贯注地看着姜廷东，好像怎么也看不够。

好不容易摆脱了来道贺的人，姜廷东轻轻搂住孔映的腰，轻声对她说："这里太吵，我们去外面说吧。"

两人出了宴会大厅。

孔映从手提包里掏出戒指盒："这个，还给你。"

姜廷东看着戒指盒眼熟，便伸手打开了，里面果然是他当初送孔映的戒指。

"我不能和你结婚了。"

姜廷东狠狠地抓着戒指盒，指节都发白了。

"孔映，你什么意思？"

"就是我说的意思，我们取消订婚，分手吧。"

"到底因为什么？"

"我想走了。"

"你说我们只是成人间的游戏不能当真的时候，我放你走了！你说要回去温沉身边的时候，我放你走了！这次，我不放你走！"

"你妹妹姜怡的事，我想起来了。"

"你说什么？"

"是我做的，你母亲说得没错，间接害死姜怡的人，是我。"

姜廷东哑然。

"知道这些，你还要我留在你身边吗？你要留一个杀害你妹妹的凶手在身边吗？"孔映看着姜廷东惊愕的脸，惨然失笑，"我很抱歉，但我也知道道歉于事无补了。我不能欺骗你一辈子，这是我唯一能做的了。"

姜廷东没有想到，他怎么也没有想到。

他只知道自己还不想让她走，即便如此，他仍旧不愿让她走。

“让我走吧，就当是对我的惩罚，这样，我也能体会失去爱的人的滋味了。”

在姜廷东愣住的那几秒，孔映已经转身走出去很远了。

“孔映，你要是这次走了，就别再回来！”

听着姜廷东在背后的怒吼，孔映鼻子一酸，还是没能忍住眼泪。

怎么会这么痛？心在痛，浑身都在痛，刻骨钻心，痛到她无力地张着嘴，连哭泣都发不出声音。

走出很远很远，远到没有人能看到她了，她终于跪倒在地，放声痛哭。

一个月后，温沉正式向宝和医院提出了辞职，这个周末，他就要飞往澳大利亚开始他的新生活了。

棕榈市国际机场，孔映看着眼前这个温文尔雅的男人，突然想到，经此一别，他们不知道何时才能再相见了。

温沉不仅是她的同事，更是她最为信赖的工作伙伴。他也不仅是她的朋友，更是她最愿意吐露真心的知己。

倘若没有那场车祸，他们或许早已结下百年约定，发誓相伴到老。

可一切都变了，命运让他们相遇，又将他们捉弄，最后的结局，只剩下分道扬镳。

人们都喜欢说如果，可是这个世界上，没有如果。

她在他身边，真真切切地幸福过。她会珍藏那些宝贵的回忆，那都是温沉带给她的，美妙的人生庆典。

“保重身体啊。”孔映微笑着，直视眼前的男人。

“你要幸福，知道吗？那是我唯一的愿望了。”温沉俯下身，仍像以前一样轻揉她的发丝。

“嗯。”

“你告诉姜廷东，如果哪天他伤了你的心，那我一定会回来把你带走的。”

“嗯。”孔映抿着嘴唇，轻轻点头。

她没有告诉温沉，幸福，她大概永远也不会得到了。

孔映一直站在那里，直到看不到温沉的背影了，她才收回目光。

她一转身，撞进了一个男人怀里。

这很奇妙，当你不用看到一个人的脸，只凭触感和气味，就能在茫茫人海里认出他的时候，孔映才知道自己积累了多少思念。

“来送人？”姜廷东先开了口。

“嗯，你呢？”

“我妈回美国，我来送她。”

“嗯。”孔映佯装平静，“那我先走了。”

“等一下。”

孔映停在原地，她在极力控制自己，倘若再多看一眼姜廷东，她一定会奋不顾身投入他怀里的。

“这样，实在太难了。我尝试过很多办法，还是不行，忘不掉你。”姜廷东低垂着眼。

“我们没有办法在一起的，你也知道。”

“如果你不能承受的话，我们秘密恋爱，不告诉任何人，这样……也不行吗？”姜廷东慢慢从后面握住她的手，他的声音很低，写满了委屈与妥协。

孔映多想说好，然后冲进他怀里，再也不放开他。

离开姜廷东的那一瞬间她就明白了，这一辈子，她不可能再有如此确切的爱了。她毫无保留、轰轰烈烈地爱过了。

不，不是爱过，是还爱着，没有尽头地爱着。

“就像你忘记徐怀莎一样，忘记我吧，有一天我也会忘记你的。”

她怎么忍心自私，让姜廷东背负上为了情人而舍弃妹妹的枷锁？

孔映推开姜廷东的手。

不知等到她真正忘记姜廷东的那一天，她又会如何回忆自己今天的决定。大概没有释然，只会遗憾心酸吧。

姜廷东当选会长之后，并没有马上辞退姜傲，他知道姜傲是个尽职尽责的社长，一直将公司打理得很好。

没想到，是姜傲主动辞职了。

据说是有一些患儿家属还不肯放过他，频频寄恐吓信件到他家。他不堪其扰，索性抛下所有，带着徐怀莎一起迁居海外了。

姜廷东是在电视上看到孔映捐出了全部资产，创建了杜兴氏肌肉营养不良症基金会的事的。

孔映的私人号码早已成了空号，姜廷东打去宝和医院院长办公室才知道，孔映两周前已经辞职了，现在的院长是孔映特意聘请过来管理医院的职业经理人。

姜廷东辗转打听，却没人知道孔映去了哪里。

姜廷东很想孔映。

人们都说，思念会随着时间慢慢消退，可他对孔映的思念，却像潮水一样周而复始，从未有过改变。

白天忙的时候还好，但一到深夜，他无论尝试什么方法，都无法将孔映的身影从脑海中驱逐出去。有时候躺在床上，即便身体很累了，但还是睡不着。

短短半年而已，姜廷东已经患上了严重的失眠症。

所以当梁医生在预约名单中看到姜廷东的名字的时候，是有那么一丝惊讶的。

她开始的时候还怀疑是否是同名同姓的人，可等她见到姜廷东本人的时候，立即确定这个人就是孔映常常跟她提起的那个男人。

世界这么小，她没想过有一天孔映故事里的男人也会坐在她面前，向她寻求帮助。

同样的故事，从另一个当事人口中讲出来，是很奇妙的。

更奇妙的是，姜廷东告诉了梁医生自己曾经拥有孔映的回忆，这是她没在孔映那里听过的。

“我一直想不明白一件事，就是我为什么会得到她的记忆？”

倘若没有那些记忆，这一切大概都不会发生，他和孔映只会是擦肩而过的陌生人。

“你没有注意到一件事吗？你得到她记忆的时间，和她失去记忆的时间，是同一天。”

“这能说明什么吗？”

“说明她的记忆，你不是凭空得到的，而是被转移到了你的脑子里的。”梁医生推了推眼镜，“她有没有和你提过，她出车祸的时候，具体在什么位置？”

姜廷东努力回忆了一下，印象里孔映不常提起那场车祸，至于具体发生在哪里，他更不知道了。

“这个和我得到她的记忆，有什么关系吗？”

“我也只是猜测。”

“稍等。”姜廷东拿出手机，他记得孔映对他说过，那时候她母亲还是宝和医院的院长，于是他输入了“宝和医院院长”“车祸”两个关键词，新闻很快跳了出来。

“说是在天竺路，当时她和她母亲在车上……”姜廷东突然皱起了眉，“天竺路？”

“怎么了？”

“我那晚打架的地方，也是在天竺路。”

梁医生思考了片刻：“我有一个很大胆的猜想，但是这个猜想没有什么科学依据。”

“是什么？”

“你刚才和我说，你得到的孔映的记忆，大多都是快乐的记忆对吧？包括她和她母亲的，还包括她和她前男友温沉的。”

“是的。”

“其实人类的记忆是很复杂的，就像信息可以通过无线电传输一样，理论上，在很特殊的情况下，记忆也是有可能被传输的。你想，你们的事故在同一时间同一地点发生，你们的大脑都受到撞击，可能在短暂的时间内处于了同一频率，她原本该失忆的部分，却传输到了你的大脑里，由你保留了下来。”

这还是姜廷东第一次听说这种理论。

“我知道这听起来很超自然，但这是我目前能想到的最合理的解释了。”梁医生笑了，“我们对大脑还知之甚少，我做心理医生这么多年，还是有很多搞不明白的难题。”

姜廷东又对梁医生讲了姜怡的事情，听到这里梁医生终于明白孔映为什么离开姜廷东了，她是在替阿曼达承担着害死姜怡的责任。

梁医生了解孔映，她从来不会为自己辩解，即便这件事是阿曼达做的，她还是揽在了自己身上。毕竟将做过的坏事归咎到双重人格上，又有谁会真的相信呢？

可是碍于和孔映签的医患保密协议，梁医生不能告诉姜廷东个中缘由。

事已至此，姜廷东和孔映，都没有办法回头了。只能用力记住曾经无比幸福的感觉，然后用以后的日子来慢慢怀念。

从梁医生的诊所出来，已经是傍晚了，晚霞将海岸线染了色，甚是壮美。

和孔映失去联络后，即便上班没有原来的住处方便，姜廷东还是搬回了NOSA。

或许，是期待有一天她能再出现在这里吧。

打开家门，望着黑漆漆的客厅，姜廷东叹了口气。

正当他去摸灯的开关的时候，整个屋子突然亮了起来，紧接着就是一声：“生日快乐！”

姜廷东有点蒙，等到Maggie把蛋糕捧到姜廷东面前，他才意识到今天是自己的生日。

“部长，快吹蜡烛许愿啦！”Maggie笑道。

“你不要叫他部长了，廷东哥现在明明是会长好不好？”颜晰跟着插嘴。

姜廷东吹了蜡烛，这才看清屋子里的人，颜晰、浩舜和几个以前MG的同僚都在，阮沁和靳律竟然也来了。

姜廷东接手坂姜制药后，将法律事务交由靳律的律所打理，再加上阮沁是坂姜制药的员工，自然比以前更加熟悉。

“部长，你不许愿吗？”

Maggie还是固执地叫着他部长，在她眼里，姜廷东永远都是那个一丝不苟、才华横溢的金牌制作人。

“不必了。”

许愿？姜廷东在心里暗暗地苦笑。

他唯一的愿望，已经注定不能实现了啊。

“你没事吧？”Maggie关切地望着他。

餐桌上早已备下了一桌子的菜，基本都是阮沁准备的。姜廷东顿了顿：“你们先吃吧，我换件衣服就来。”

等他换好衣服出来，却在卧室门口碰见了阮沁。

“还没有学姐的消息吗？”阮沁问他。

姜廷东摇了摇头。

阮沁叹道：“每次回到这里，就会想起从前我和学姐住在一起的那段日子。然后就会怀疑，为什么人和事，会变得这么快？”

阮沁心里其实是埋怨孔映的，她再了解孔映不过。孔映是害怕受伤，但更害怕伤害到自己所爱的人，所以她所做的一切，一定都是为了姜廷东。

“她离开，应该是有她的理由吧。”姜廷东的声音像湖水，阮沁听出了里头翻滚的波浪。

“可是，学姐会在哪里呢？”

她在哪里？

这个问题，姜廷东数万次地问过自己。

他日日夜夜地想，捐出了全部财产的她，又能去哪里？她吃得好不好，睡得好不好，身体好不好？关于孔映的一切，都让他殚精竭虑得快要疯了。

“部长，快来吃东西吧，菜都要凉啦！”客厅的方向传来Maggie的声音。

生日晚宴上，靳律宣布了与阮沁的婚讯，靳律还特意感谢了不在场的孔映，说如果当时没有她的撮合，他们两个也不可能时隔十几年后再次相遇，并最终走到一起。

夜里11点，来参加生日party的人陆陆续续离开了，到了最后，只剩下Maggie一个人了。

姜廷东正在露台上吹风，Maggie拉开玻璃门，对姜廷东说：“部长，我帮你收拾下厨房和餐厅吧？”

“没事，放那儿吧，待会儿我自己来。”姜廷东偏了下头，“时间不早了，你早点回去休息吧。”

Maggie没有想要离开的意思，她走到姜廷东身边，仰起头：“部长，我能问你个问题吗？”

“什么问题？”

“吃饭的时候，他们说起那个叫孔映的人的时候，我看你好像很在意的样子……”

“她是我未婚妻。”姜廷东看向隔壁空荡荡的露台，补了一句，“曾经是。”

姜廷东知道Maggie要问什么，索性直接给了她答案。

“未婚妻？”Maggie睁大了眼睛，“我……我还不知道你订过婚。”

姜廷东望向远处灰黑色的大海：“我们以前很喜欢在这里看夜景，就站在我们两个现在站的位置。”

“那你们那时候，一定很幸福吧？”

“嗯。”

“部长，其实有句话，我一直想说。你在帮我制作专辑的时候，我就想说了，但后来你辞职了，就一直没来得及。”Maggie目不转睛地看着姜廷东的侧脸，“我……我喜……”

“Maggie。”姜廷东突然打断了她的话。

她要说的话，姜廷东已经从她的眼神里看出来了。

“我没有什么可以给你的。”

“我什么都不要，只要你的心就好了。”Maggie焦急，脱口而出。

“那怎么办，”姜廷东低低地叹了口气，鲸鱼形状的眼睛是暗淡的，“我已经没有心了。”

Maggie走后，姜廷东又在露台上站了很久很久。

他掏出手机，翻看着与孔映的聊天记录。他们在文字上都不是健谈的人，大部分都是极为简短的对话，不是谈工作上的事，就是约定见面的时间。至于恋人间的亲密对话，几乎不见踪影。

即便这样，他还是不舍得删除这些记录。

姜廷东在输入框编辑了许久，写了又删，删了又写，想说的话太多，一下子又不知从何说起了。

二十分钟后，他终于按下了发送键。

明知道孔映大概不会看，但他还是这样做了。

就像受伤的小鸟，明明翅膀已经断了，心里已经清楚无法达到目的地，却仍期望降落的时候，会落入某个人的怀里。

手机细微地振动。

姜廷东看到新消息提醒的时候，一瞬间无法相信自己的眼睛。

是孔映。

是一条整整60秒的语音微信。

他试图使自己平静下来，可微微颤抖的指尖，已经等不及似的点开了新消息。

嘈杂的背景音，却没有人声，偶尔夹杂着一丝喘息声。

六十秒，这是他人生中最短暂、也最漫长的六十秒。

十分钟前，非洲，南苏丹。

孔映正在临时搭建的流动诊所为一名被炸伤的儿童进行紧急手术。

这是一间极其简陋陈旧的泥茅屋，但这已经是孔映作为驻扎在南苏丹的无国界医生，这几个月工作过的环境还算不错的流动诊所了。不仅如此，在这里手机偶尔能接收到信号，这让孔映不至于完全与外界断了联系。

据长期驻扎在这里的医务人员说，南苏丹国内的武装冲突从去年开始逐步升级，所以他们不得不放弃医院，转而以流动诊所的方式为当地居民提供医疗协助。

手术进行得很顺利，很快到了缝合阶段，外面突然响起了枪声，一名外勤人员紧急敲响了手术室的门："孔医生！反对派找到我们的流动诊所了！待会儿他们的轰炸机也会来！我们要马上撤离！"

"再给我五分钟，我在缝合！"

这半年来，孔映对这样的情况多少已经习惯了。南苏丹的政府军和反对派的内战升温极快，整个国家又陷入饥荒，局势十分不稳，他们这些无国界医生的诊所经常遭到抢劫和掠夺，所以一旦发现危险信号，就要马上撤离，不然别说医疗物资，就连他们的性命都可能不保。

但如果这个时候离开，缝合不当很可能会让这个孩子死于感染。孔映千辛万苦才把他从死神手里抢回来，决不允许在最后关头出岔子。

"你先走，我缝合好了就跟你们会合。"孔映一边以极快的速度为孩子进行缝合，一边对助手说道。

"可是孔医生！"

"可是什么？赶紧走！"

"那我们在后门等您！"

"五分钟之后如果我还没出来，你们就先走。"

听着屋外的枪声越来越响，助手来不及再劝孔映，匆匆离开了手术室。

"宝贝，别怕，我一定会让你活下去的。"孔映一边安慰着还在麻醉中的孩子，一边收尾着缝合工作。

当最后一针穿过，缝合线被剪断，孔映这才发现自己早已满头大汗。

突然，一声巨响，整个诊所都震了起来。

孔映知道，是反对派的轰炸机来了。

她一把抱起孩子冲到诊所外面，孩子的母亲还在焦急地等待，她将术后恢复简单给这个母亲讲了讲，然后就叫他们赶紧去避难。

孔映脱下手术服，疾步向后门走去，可就在这时，一声更大的爆炸声从天而降。

墙壁瞬间碎裂了，碎木飞溅，其中有几块甩到孔映的头上，她吃痛，伸手去摸太阳穴，竟是满手的血。

天花板开始摇晃，很快坠落，孔映的身子哪里承受得住这种重量，一下子被压倒在了地上。

手机从她的口袋里甩了出来。

一片寂静中，响起了细微的提醒音，有一条来自姜廷东的新消息。

孔映动弹不得，她咬着牙，艰难地向前爬了一点点距离，尽全力伸出了手，将手机攥在了手中。

鲜血模糊了她的视线，她花了好久，才看清楚他的信息。

他说：回来吧。想你想得快要疯掉了，你不是说我会忘记你的吗？那你回来告诉我如何忘记你再走吧。我的人生如果没有你，就没有任何意义。我知道，我放走过你很多次，可我……从来没有放手过一次。

孔映哭了。

血混合着泪水，奔涌而下。

她多想告诉他，离开棕榈的这些日子，她没有一刻不想回到他身边。思念几乎要把她的心分食殆尽，就算躲到遥远的非洲，还是无法停止。

她摸索着按下语音键，想给予他回应。
可是她好痛。
痛到再也发不出任何声音了。

X I A N G Y U / Q I A N W A N / C I
D E / M O S H E N G R E N

第十五章
放不下的执念

清晨，姜廷东睁开眼睛。

这是孔映离开的第365天，整整一年过去了。

他每天都以为自己会在这难熬的挂念中死去，可每当清晨来临，他还是会醒来。

手机日历提醒着他，上午九点，有一个全球心脏病药物会议要在新皇酒店会议厅举行。

姜廷东打好领带，看着镜子中的自己，又想起他和孔映住在一起的时候，孔映每天都要为他挑选搭配西装的领带。

为什么她已经离开了这么久，还存在于每个角落?

八点四十，姜廷东驱车来到新皇酒店。

他还记得这里，和孔映最后一次见面的地方。

可他当时太傻，不知道那会是他们的最后一次。

如果他知道，他大概死，也不会放她离开。

姜廷东将钥匙交给泊车小弟，步上台阶。

然后，他在人群中看到了温沉。

“姜会长。”温沉追了上来，礼貌地冲姜廷东点了点头，“好久不见。”

“好久不见。”姜廷东冷冷侧了一下头，并未停下脚步。

温沉察觉到姜廷东的敌意，笑道：“现在还把我当情敌看待吗？”

见姜廷东不答话，温沉又问：“孔映还好吗？我昨天才回国，但发现她的号码已经打不通了，好像辞去了宝和医院的职务了。”

听到孔映的名字，姜廷东这才收起脚步，慢慢定住眸子：“她离开棕榈市了。”

姜廷东的回答让温沉一时间摸不着头脑，他疑惑道：“你和孔映，不是在一起吗？”

“我找不到她了，整整一年了，没人知道她去了哪里。”

“找不到？”温沉一下子急了起来，“是不是她身体里那个人格做了什么事？”

“什么人格？”

“她没告诉你吗？她有人格解离综合征，她身体里还住着另一个人格，有时候那个人格会跑出来控制她的身体。她回去你身边之前对我说过，她想要尽快治好，这样才能安心留在你身边。”

姜廷东手中的会议资料，轻轻地飘落在了地上。

直到现在阮沁还很困惑，为什么姜廷东突然打电话给她问她要孔映家的钥匙？

现在姜廷东正站在孔映的书房里，试图找出孔映离开的原因。

这间公寓已经太久没人住过了，早就铺了一层薄薄的灰，阮沁一边打扫，一边问姜廷东：“你确定学姐是因为某个特殊原因才不得不离开的？”

孔映的书架里装满了书，大多是大块头的医学书籍，姜廷东找了一会儿，觉得没有什么价值，便把注意力转向了孔映的书桌。

书桌上东西不多，但其中一个文件夹引起了姜廷东的注意。

那个文件夹的标签写的是——Personal Medical Record（个人病史档案）。

姜廷东翻开文件夹，里面是孔映记录的车祸后有关自己的所有病历，包括在美国的就诊经历，以及在梁医生诊所的治疗进度。

正在姜廷东翻看的时候，一封信掉了出来。

阮沁凑过来看，见到这封信的署名是阿曼达，觉得有点熟悉，她随即想起来，阿曼达，不就是寄血书给孔映的那个人吗？

“当时寄血书给学姐的，也是个叫阿曼达的人。”

只是一张纸而已，看得姜廷东心里发凉。

这张纸，正是当初阿曼达在梁医生的诊所写给孔映的道别信，信上，也完整地记录了姜怡当时到底为什么没有得到救助。

姜廷东一闭上眼，就能想象到当时姜怡无助而惊恐的样子，他恨自己没能保护好她，让她那样孤独地死去。

可这一切，从来都不曾是孔映的错。

孔映只是为了承担这个身体所犯下的错误，承担阿曼达的贪婪的后果，才不得不选择离开的。

除了一年前那条没有声音的语音消息，她再未与他的世界有任何联络。

她到底会在哪里？

姜廷东开始到处联系认识孔映的人，可没有一个人知道她的下落。

接到电话的白兰薰告诉她，孔映在大概一年多前，来过她的画廊，在那幅雪青色的睡莲前坐了很久很久。

“她只说她要去一个很远的地方，我当时以为她是说去旅行，就没多问。”

姜廷东想起很久以前白兰薰对他说过的话：“这株睡莲看到在水中的自己，产生了疑惑，它搞不清了，到底自己是睡莲呢，还是水中那个才是睡莲，而自己只是个倒影呢？”

姜廷东终于懂了。睡莲和倒影，指的就是孔映和阿曼达。

一切早有预兆，只是他未曾注意。

国内没有人知道孔映去了哪里，姜廷东没有办法，只得开始尝试联络孔映在美国的一些朋友，期待他们会知道一些内情。

阮沁和靳律也一起帮忙，最终电话打到孔映在美国疗养时的主治医生Sarah那里的时候，事情终于出现了转机。

电话打通的时候，正是棕榈市的傍晚，旧金山的早晨，阮沁拿着手机闯进了姜廷东的会长办公室，连秘书都没能拦住她。

“学……学姐她……”阮沁话都还没说全，眼泪已经流了满脸。

“怎么了？”姜廷东看到她的表情，心里一沉。

“是学姐在美国的主治医生，她……”

姜廷东来不及想其他的，迅速起身，从阮沁手里拿过手机，用英文说道：“你好，我是孔映的未婚夫。”

“你好，我是Benson医生，你叫我Sarah就好。”电话那头传来一个温柔的女声，“实在抱歉，我真的不知道Cheyenne她已经订婚了，不然我得到消息的时候，是一定会告诉你的。”

“她出什么事了？”

“我很抱歉，她一年前在南苏丹做无国界医生的时候，受伤去世了。”

在那之后的很久，阮沁都无法向靳律描述，那一瞬间姜廷东的表情。

如果一个人的身体还活着，灵魂却死了，大概会是那样的表情吧。

他站在那里，握着手机，好久好久，久到阮沁确定Sarah早已挂断了电话，姜廷东仍旧一动不动。

阮沁和秘书都不敢出声，只能眼睁睁看着，姜廷东的眼泪顺着脸颊一滴滴落下来。

孔映早就不在了。

她决定去做无国界医生的时候，登记的档案里留的是美国的地址，紧急联系人填的也是Sarah的信息。她出事的时候，无国界组织第一时间就联系到了Sarah。

南苏丹战火纷飞，连诊所都要打一枪换一个地方，保存遗体并不容易，Sarah知道孔映的父母已经去世，在中国又没有别的亲人，只能答应无国界组织先行火化的提议。

就这样，孔映出事的一周后，Sarah飞往南苏丹，将孔映的骨灰带回了旧金山安葬。

孔映死去的那一天，正是姜廷东收到那条没有声音的语音信息的那一天。

原来她用尽了生命的最后一点力气，想传达给他些什么。

可惜，他再也听不到了。

从那之后，姜廷东就像变了一个人。

他很少回家，通宵达旦地工作，原本就不苟言笑的人，变得像一台没有温度的机器。

人人都夸他敬业，替去世的父亲将公司打理得如此之好，却没人看得到他心中巨大的缺口。

倘若从前是思念，那如今，是永失所爱。

他宁可孔映在世界的某个角落幸福地生活着，永远不再与他联络，也不希望她就这样消失，留给他满身的遗憾与伤痛。

转眼三个月过去，无国界组织终于回复了姜廷东的请求，同意他前往南苏丹去看一看孔映生前工作的地方。

就这样，姜廷东即刻放下了手上的工作，踏上了去往南苏丹的路。

中国与南苏丹之间没有直飞航班，姜廷东先飞到埃塞尔比亚首都亚的斯亚贝巴，而后又转机来到了南苏丹首都朱巴。

孔映当时的驻扎区域距朱巴还有一段相当远的距离，姜廷东乘车加独木舟渡河再加徒步数个小时，才终于抵达流动诊所所在地。

迎着猎猎的风，姜廷东望着这一片荒地上建立起来的简陋的流动诊所，想到当时孔映就是在这样的环境下工作，心中抽痛。

流动诊所的负责人，英国籍医生Pratt接待了姜廷东，在听说他的来意之后，Pratt医生的神色有些惊讶："我不太明白，你不是阮护士的未婚夫，而是孔医生的未婚夫？"

"阮护士？"

"一年前那场轰炸，给我们的流动诊所带来了重创。越南籍的阮护士在那次事故中不幸遇难了，而孔医生她只是受伤，并没有生命危险啊。"Pratt医生说罢，喃喃自语，"会不会是哪里搞错了？"

几天前无国界组织的非洲总部给Pratt医生打过电话，只说是遇难的医护人员的家属要来，所以他今天见到姜廷东，还以为他是阮护士的家属。

"稍等一下，我去打个电话确认一下。"

过了大约二十分钟，Pratt医生终于回来了，姜廷东焦急地站了起来，期盼着他能带来一丝奇迹。

"是总部的文件搞错了，把孔医生和阮护士弄混了，至于你所说的孔医生的骨灰，应该是阮护士的。"Pratt医生抓了抓头发，"真不敢相信他们犯了这么大的错误，姜先生，真对不起。"

那一瞬间，姜廷东觉得自己的心脏活了过来。

就像冬天的鱼，遇到温暖的河流，陡然醒了过来。

他深吸了一口气，问道："那孔映还在这里工作？我能见见她吗？"

"她已经不在这里了，那时候局势很混乱，她受了伤，短时间内不能再做手术，所以就自行退出医疗队了。至于去了哪里，我只记得她说过想去泰国休息一段时间，其他的，我就不知道了。"

两人正说着，诊所里突然走进来一个黑人小男孩，是和妈妈一起来接种疫苗的。

Pratt医生看到他，马上对姜廷东说："看到那个小男孩了吗？他就是反对派轰炸我们诊所的时候，孔医生拼死也要救的小家伙。那时候孔医生为了完成他的手术，说什么也不肯撤离，就耽搁了几分钟，这才受了伤。"

姜廷东远远望着活蹦乱跳的小男孩，忽而想起在宝和医院的时候，孔映就是这样，从不曾放弃过任何一个病人。

Pratt医生继续说道：“你的未婚妻不仅是个技术精湛的外科医生，更是个心怀大爱的人，你应该为她感到骄傲。她守护了希波克拉底誓词，是一个真正值得尊敬的人。如果你能找到她，代我向她问好。”

“我一定会的，谢谢你。”姜廷东握住了Pratt医生伸过来的手。

“祝你好运。”

一个星期后，姜廷东来到泰国罗勇府的一个小渔村。

从前孔映和他提过萨婆婆的事，他从保姆林妈那里问到了萨婆婆居住的大致地址，直接把公司的事务临时推给社长，飞来了泰国。

但毕竟只是大致地址，这一带有许多村庄，到底能不能找到，他心里也没底。

附近的村民都很热情，虽然语言不通，但都很乐于帮忙。

就这么辗转找了三四天，终于在这个极其偏僻的小渔村里，有人认出了姜廷东拿着的照片里的人。

村民特意给他画了张草图，用箭头告诉他怎么走，应该找哪栋房子。

姜廷东按着这张图走，明明看着是死胡同了，可是走到尽头，突然出现左拐的一条小路。

姜廷东从小路慢慢穿出来，一栋临海的别致清雅的二层民宿就出现在了他的眼前。

他一辈子也不会忘记这个画面。

孔映穿着一片式的墨绿色长裙，坐在门廊的摇椅上，眯着眼睛轻轻摇着。

她一点都没变，仿佛他们昨天才见过。

他找了她那么久，久到他以为这辈子都没机会再相见，可她却在一瞬间闯进他毫无防备的视线。

他一步步走近，皮鞋踩在沙滩上，没有声响，只留下一串串脚印。

“小映。”一个老妇人从屋内走出来，捧着一碗刚切好的菠萝，招呼孔映，“来吃水果了。”

“您又去买水果啦？”孔映笑眯眯的，伸手去摸叉子，却扑了个空。

“你看你这孩子，总是这么心急，我拿给你。”萨婆婆弯下腰，将叉子柄塞进孔映手中，又将她的手握上，“好了，吃吧。”

姜廷东只见孔映摸索着拿起碗，用叉子胡乱地使着力，半天才叉起来一块水果送到嘴里。

“甜吧？”萨婆婆一边慈爱地瞧着孔映，一边捋顺她耳边的碎发，“我们小映头发有点长了，改天我给你剪剪吧。”

“索性就剪成短发吧。”

萨婆婆转过身，看到站在门廊外的姜廷东，愣住了：“你……”

“萨婆婆，怎么了？”孔映问着，眼睛却没有看向这边。

姜廷东又向前走了两步，隔着栅栏几乎要和孔映面碰面，可后者却一点反应也没有，只是没有聚焦地、空洞地望着萨婆婆站的方向。

她瘦了，似乎一阵风就能吹倒。

她很孱弱，脸色苍白得像一张纸。

她的眼里，没有光。

那一刻，姜廷东的心仿佛被揉碎了。

萨婆婆用询问的目光看着姜廷东，后者用一种近似请求的眼神，咬紧嘴唇用力摇了摇头。

“怎么了？是有人来了吗？”孔映再次询问。

萨婆婆转向孔映，安抚地拍了拍她的肩膀：“没事，只是个路过的游客。小映啊，我扶你进去吧，待会儿太阳该落山了。”

“嗯。”

姜廷东眼睁睁看着，孔映慢慢摸索着萨婆婆的手臂站了起来。

他不敢出声，双眼却早已通红。

过了一会儿，萨婆婆独自出来了，冲姜廷东摆了摆手："她已经回二楼房间了，你进来坐吧。"

姜廷东跟着萨婆婆进了这栋二层小楼，屋内是传统的泰式装潢，精美典雅，客厅的正面供奉着金身佛像，空气中飘着一丝香烛的气味。

"坐吧。"萨婆婆端来一杯冰茶。

"谢谢您。"

"你是怎么找到这里来的？这地方，应该不好找吧？"

"您认识我？"姜廷东刚才还在想怎么跟萨婆婆解释自己这次来的用意，没想到萨婆婆单刀直入。

"也不算认识，小映来泰国的时候，钱包里夹着你的照片，我无意中看到的。你是她的……"

"我叫姜廷东，是她的未婚夫。"

"原来是这样，那你……"

"她失踪之后我找了她好久，后来听说她在南苏丹做无国界医生的时候出了事，她的同事和我说她在轰炸中受伤了……"

萨婆婆叹息："就是你看到的那样，已经彻底看不见了。"

姜廷东只觉脑中轰隆一声，理智被炸得荡然无存。

"那个时候，他们的诊所被炸毁了。她的肋骨断了，眼角膜也被化学品烧伤了，视力一天比一天下降得厉害。"

萨婆婆每说一个字，姜廷东的拳头就攥紧一分。

"所以她就退出了无国界组织，来泰国找我了。她来的时候，视力已经非常不好了，她说她累了，问我能不能收留她。"萨婆婆说着，抹起了眼泪，"她是我的外孙女，我怎么会不管她？可我只是想不明白，她这么善良的孩子，我的小映啊……为什么会落得这样的下场？"

她这样的人，得到全世界都不算贪婪，可老天偏偏什么都要夺走。

何止萨婆婆不懂，姜廷东也不懂。

“我信佛信了一辈子，没求过佛祖什么事。但现在只有一个心愿，就是让我们小映的眼睛好起来。”

“我想带她回国，国内的医疗条件更好，或许有得治。”

“我何尝没有劝过她。”

“她怎么说？”

“她是不会跟你走的。她说过，她从前做错了事，伤害到了爱她的人。所以她没有颜面回去，她说唯一能做的，就只有赎罪。”

姜廷东明白，孔映还在为姜怡的死而自责。

“她对我说，如果她被压在诊所的废墟里的时候，就那么死了就好了，那样就能解脱了。我知道，她的心死了。除非医好她的心病，不然她宁可瞎一辈子，也是不会回去的。”

姜廷东沉默。

“所以，就让她继续留在我这儿吧，她虽然不是我的亲外孙女，却也是我的心头肉，我会好好照顾她。”

“可是……”

萨婆婆摇着头打断了姜廷东的话：“你还年轻，有些事既然无法挽回，就该向前看。听我的，回去吧。”

一个星期后，姜廷东提着大包小包，回到了萨婆婆位于罗勇府的民宿小楼。

他在董事会上告了假，并在这一个星期内将全部工作一应安排好。

萨婆婆看到他这个样子，就懂了。

“我想要照顾她，请您允许我在这里常住吧。只是，我有个请求，不要让她知道我的身份，不然她一定不会让我留下的。”

萨婆婆叹息地摇摇头：“好吧，既然你心意已决，那我就不劝你了。”

萨婆婆手脚麻利地打扫出一间卧室，姜廷东就这样搬了进去。

“萨婆婆，来客人了？”住在隔壁的孔映听见了响动。

“嗯。”萨婆婆看了看姜廷东，“我请了个佣人，叫阿东，以后就要在我们家常住了。”

“是吗？”孔映摸索着走到姜廷东的房门口，用生疏的泰语向姜廷东打着招呼，“你好，我是孔映，是萨婆婆的外孙女。”

姜廷东想答话，却怕她听出自己的声音，张着嘴却不敢发出声音。

“小映啊，阿东他……”萨婆婆看着这两个人，心都快要揪起来了，“阿东的嗓子受过伤，不太方便讲话。不过没关系，他听得懂中文，你有事的话，都可以和他说。”

“这样子。”孔映踉踉跄跄往前走了两步，伸出手，“对不起啊，我看不见，以后估计要常常麻烦你了。”

姜廷东握住孔映的手的时候，整个人都在颤抖。

岁月匆匆，他没想过他只能以陌生人的方式与她相见。

但他知足了，只要看到她还活着，他就知足。

萨婆婆家离海边不过几百米，与著名的沙美岛遥海相望。虽然同是海滨城市，但罗勇府的气候与棕榈市却不太相同，棕榈市昼夜温差极大，但在罗勇府，无论白天黑夜气温都很宜人。

孔映漫步在沙滩，姜廷东默默地跟在她身后，每当她要走偏的时候，他就会上前拉一下她。

他不敢逾越，生怕她起疑。

突然，孔映停下了：“阿东，这里可以坐吗？”

她大约是走累了，姜廷东马上扶着她，在沙滩上坐下。

“真好，是不是。气温刚好，风刚好，海声也刚好。”

“我从前也跟一个人看过许多次海，我记得我第一次见他的时候，正好赶上日出的大海。后来，正午的海、日落的海、深夜的海，我们都一起看过。”孔映笑着摇摇头，“不知道他现在再看到海，还会不会想起我来。”

他在她那双空洞无神的眼中，看到了苦涩。

姜廷东多想告诉她，就算某一天这个世界上的江河湖海全数消失，他还是会一样想念她、想见她。

远远地，海滩上几个中国游客的手机里传来一阵歌声，正是颜晰今年新专辑里的歌，叫《终局》。

MG为颜晰制作这张专辑的时候，已经是孔映失踪后的事了，那时候姜廷东也早已离开MG。但在MG社长的盛情邀请下，姜廷东还是为颜晰写了这首《终局》，由他亲自作词作曲兼制作。

“我知道这已是终局/人们都说终会忘却/你也说我会忘却/但眷念随时间增长/我眼睁睁绝望无能为力……”

孔映静静听着。

姜廷东侧头看着她。

他知道，这大概不算是最好的终局。

但他已别无所求。

这一天，萨婆婆外出买东西，姜廷东也跟着去了，只留孔映自己一个人在院子里晒太阳。

隔壁住着一对老夫妇，是从曼谷退休后搬来罗勇府的，尤其是妻子汶玛姨，人很健谈，明知道孔映泰语不好，但每次都会隔着院子的栅栏跟孔映聊上两句。

“又出来晒太阳呀？”汶玛姨热情地打着招呼。

“嗯。”孔映点点头，算是见过了。

“我说，你萨婆婆是从哪里找到的阿东？长得那么帅，都可以去做明星了。”汶玛姨说完，才意识到孔映看不到这个事实，赶忙改口，“声音还很好听呢！”

“阿东他……跟您说话了吗？”

“你也知道，阿东不会讲泰语，所以我们也没什么话。不过那天我倒是听见他和你萨婆婆在说话，声音低低的又有磁性，好听极了。”

还未等孔映再问，萨婆婆突然冲进院子，冲孔映叫喊：“小映！”

“怎么了？”孔映闻声不对，赶忙问道。

萨婆婆冲到孔映面前，一把抓住她的手：“你快跟我来，阿东溺水了。”

汶玛姨听不懂他们的对话，只眼睁睁看着她们急匆匆地跑出去了。

孔映是在跟着萨婆婆奔去海滩的路上才知道前因后果的。

小朋友淘气，不知道怎么启动了停在海边的水上摩托车，一下子蹿了出去，几个小孩子哪里会开，结果半路就翻了，孩子们掉进了海里。当时姜廷东和萨婆婆正在回家的路上，姜廷东见状，马上冲进海里面去救孩子，先是救上来了两个，等到救第三个的时候用尽了力气，就溺水了。

萨婆婆带着孔映赶到的时候，姜廷东已被其他人救上了岸。孔映不敢耽搁，跪下来摸索着他的胸口，直接将他的衬衫撕开了。

当她的手触碰到他的皮肤的时候，她有那么一秒的愣神。

“怎么样了？”萨婆婆焦急地问。

“等一下。”孔映抬了抬姜廷东的头，打开了他的呼吸道，然后马上开始做胸部按压。

每三十次按压，伴随着两次人工呼吸，如此循环往复，就在孔映快要坚持不住了的时候，姜廷东终于咳着水醒了过来。

见到人醒过来，围观的人们都松了一口气。

“没事吧？”萨婆婆可真是被吓坏了。

姜廷东摆摆手，艰难地坐了起来。

孔映也筋疲力尽地跌坐在沙滩上，大口大口喘着气。

被救的孩子家长千恩万谢许久，才领着三个小淘气走了。

姜廷东慢慢将孔映扶起，却明显感觉后者有些抗拒。

“阿东，你衣服都湿透了，赶快回去换一换。小映，你也快回去歇歇吧。”看着两人都没事，萨婆婆心里的石头总算落了地。

回了家，姜廷东换下湿衣服，去冲了个澡。等他冲完澡出来，却见到孔映站在卫生间门外，像是在等他。

孔映什么都没说，只是伸出右手，碰到了他的肩膀，然后一路往下，抓住了他的手。

她沿着姜廷东的掌纹，细细摸索着他的掌心，似乎想要确认什么。

姜廷东心里颤动，又生怕露出破绽，想收回手，又不舍得收回。

就在他踌躇间，孔映慢慢放下了他的手，道："对不起，是我冒犯了。"

姜廷东想抓住她收回的手，却在触碰到的前一秒，缩了回去。

姜廷东不知道自己要忍耐多久，忍住抱紧她的冲动。

明明他回来的那一天就已经下定决心，如果能以这样的方式待在她身边，他宁愿装一辈子不讲话。

可等真正走到这一步，他无法抑制地变得贪心，他想治好她的眼睛，他想光明正大地和她在一起。

"阿东，你有没有想过谈一场毫无保留的恋爱？遇到喜欢的人，不再衡量不再计较，紧紧抓着他不放手，就算他不喜欢也要厚着脸皮追上去，一直到……一直到不爱了，才放手。"

孔映说着，低低笑了："如果再给我一次机会，我一定会那样的。一定。"

姜廷东在她眼中看到了深深的悲戚。

转眼将近一个月过去，坂姜制药有许多事务还在等待姜廷东处理，秘书的电话来得越来越频繁，董事们也越发不满。

但他无法丢下孔映不管。

他永远也无法原谅自己。如果不曾有姜怡的误会，如果当时他留住她，她也不会跑到非洲去做无国界医生，落得今天这样的下场。

她的眼睛死了，他的心也跟着死了。

姜廷东起草了辞呈，打算飞回棕榈市辞职并交接工作，然后再回到罗勇府来。

萨婆婆怕孔映起疑，只说阿东打算回去探亲几天，过阵子就回来。

孔映听了只是点点头，也没什么反应。

临走前，孔映和萨婆婆去送他，孔映眼睛不好，却坚持送他到去往曼谷的大巴车站。

“阿东，你要是家里的事太忙，不用赶着回来的。小映有我照顾着呢。”临行前，萨婆婆嘱咐着姜廷东。

孔映听着，原本空洞的目光慢慢集中在姜廷东身上：“我等你。”

说完这句话，孔映只感到被阿东抱了一下，他抱得很轻，里头却藏了太多话。

就这样过了大约一个星期、两个星期、三个星期。

姜廷东的音讯就像逃走的水蒸气，无处可寻。

孔映开始有些不安，经常会催萨婆婆联系阿东，问他什么时候回来。

可萨婆婆没有姜廷东的联系方式，也只能干等。

那一天天气很好，孔映正坐在客厅纳凉，座机响了，电话是萨婆婆接的，只听萨婆婆“嗯嗯”了几声，然后就是无尽的沉默。

“怎么了？”见萨婆婆许久不说话，孔映问。

萨婆婆踌躇了一下：“是中国来的电话。”

孔映已经听出了萨婆婆语气中的不寻常，于是追问道：“到底怎么了？是不是阿东的消息？”

萨婆婆叹息。

“阿东他，不回来了。”

孔映的心瞬间提了起来：“为什么？”

“他在家里那边出了事。”

“出事？出了什么事？”

“说是被人捅伤了，抢救了好几回，都没能脱离生病危险。刚才他的朋友来电话，说他想见你最后一面。”

孔映手里的杯子“啪”的一声掉落在地，碎了一地。

“怎么会……怎么会……”

“唉，事情出了挺久了，之前一直在昏迷着，早上好像醒了一会儿，只说了一句想见你，就又昏睡过去了……”

“我不相信……”

见孔映这个样子，萨婆婆也跟着抹眼泪：“小映，是婆婆不好，一直瞒着没告诉你阿东的真实身份。其实，其实他就是……”

孔映颤颤巍巍地站起身，摔倒了，又爬起来，萨婆婆想要来扶她，都被她推了开来。

其实孔映早就知道了。

听了汶玛姨的话，她起先只是怀疑，直到在沙滩上阿东因为救小朋友险些溺水，她触碰到他胸口因心脏手术留下的疤，才真真正正地确认。

可是她不敢说。

一旦说了，她就又成了那个害死他妹妹的凶手，她又不得不逃离他身边。

和姜廷东分手的时候，她太怕了，因为怕被爱人抛弃，所以她先下手为强，说出了决绝的话。

说到底，是她太自私。

总是在衡量，总是在不安，战战兢兢怕受到伤害，却伤了她最爱的人。

应该留在他身边，应该对他坦白姜怡和阿曼达的事，如果那之后会被讨厌会被甩的话，也应该咬紧牙紧紧跟在他身边的。

现在，不在了。

一切，都不在了。

孔映张着嘴，无法发出声音，她只感到有一种悲恸从心脏深处炸裂开来，蔓延到了四肢。

她喘息着流泪，好久好久，终于哀号了起来。

X I A N G Y U / Q I A N W A N / C I D E / M O S H E N G R E N

第十六章 最熟悉的陌生人

孔映赶回棕榈市的时候，已经是深夜了。

“他刚签了捐献全身器官的协议。”一直守在医院的卫虹见孔映来了，只说了这么一句。

卫虹不是没有怪过孔映。

可如今姜廷东游走在生死边缘，双目失明的孔映又在萨婆婆的搀扶下跌跌撞撞，卫虹没有气力再纠缠姜怡的事情了。

还有，今早医生告诉她，姜廷东在各项生理指标这么差的情况下，能够撑到现在，已经十分不易了。

卫虹知道，他是在等孔映。

他拼尽全力留的这最后一口气，是在等他最爱的人。

“这是他保存在我这儿的，说是万一没见到你最后一面，让我交给你。”卫虹递给孔映一个小盒子和一盘CD。

孔映摸索着盒子的边缘打开，手指探进去，摸到了一对环。

原来是他们的结婚戒指。

原来他还留着。

她把盒子牢牢抓在手里，像在抓一根救命稻草。

“我……进去看看他。”孔映推开了萨婆婆的手，听着护士的声音，摸索着墙壁自己往前走。

护士跟她说，今天姜廷东已经不似前阵子那样日日昏睡，尤其是听说孔映要来以后，已经能多少说一些话了。

孔映默默听着，心里略有慰藉，可她又怕，怕这就是老人们说的回光返照。

消好毒，穿好隔离衣，护士引着她进了病房。

她摸索着，伏在姜廷东床前，紧紧攥住了他的手。

“来啦。”呼吸器下，姜廷东艰难地说着话。

听到他的声音，孔映一阵鼻酸，可忍着没哭，她知道姜廷东不喜欢她哭。

“气我骗你吗？”

孔映摇摇头：“不生气。再说，你伪装得一点也不好。”

姜廷东笑了，如释重负：“那就好，我怕你怪我。”

孔映摩挲着他的手，他的手很凉，生命在消耗。

“你还记得我要自杀那会儿，你跟我说了什么吗？”孔映问。

“说什么了？”

“你说，我死了，你也活不下去。”

姜廷东喃喃：“是啊。”

“可没有你，我怎么办呢？”孔映像是在问姜廷东，又像是在问自己，“我这么自私，总想着要你照顾我，你得死在我后边才行。”

他何曾不这么想呢？

姜廷东看着孔映，一生太漫长，他这么早就要走，留她一个人，他不放心。

他尽力了，只是天不遂人愿。

“廷东，你娶我吧。”孔映顿了顿，“就现在。”

姜廷东没想到孔映会提出这个要求，只觉心中温热，却没敢讲话。

“本来我是想等你从中国回到罗勇府，再跟你坦白姜怡的事的，对不起，如果我能早一点……”

“不晚的。”姜廷东小心翼翼捏起那枚钻戒，却犹豫着不知该不该给她戴上。

“你确定，要嫁给我？”姜廷东微微地叹着气，人之将死，他又何必再为孔映套上枷锁。

“你是怕我戴上这戒指，以后就忘不掉你了吗？”孔映道，“姜廷东，我不忘你。”

姜廷东就知道她会这样说，那是他认识的孔映，倔强，清冷，却又炽热。

终于，他轻轻把戒指套上了孔映的无名指。

孔映拿了剩下的那枚，摸索了半天，才找到姜廷东的无名指，仔仔细细套上。她又慢慢站起来，俯身在姜廷东的脸颊上印了一个吻。

“是什么时候？”姜廷东问。

“嗯？”

“你对我第一次心动。”

“等你度过危险期，就告诉你。”末了，孔映又补充了一句，“只要你活着，我什么都答应你，什么都给你。”

姜廷东的手指拂过她长长的睫毛，那是他最喜欢的一双眼睛，里面有他所爱的一切。

“你知道吗？知道你看不见了的时候，我的心都要碎了。”姜廷东凝望着孔映那双无神的眼，“我把眼角膜留给你，你要替我活着。”

“我什么都不要，我就要你活着。”

“孔映，我累了。”

“你别这样，姜廷东。”见他隐隐有告别之意，孔映像大事不好般拽住他的衣袖，“姜廷东，你不能丢下我一个人。”

“嘘，别哭。”姜廷东用尽全力抬手，摸了摸她的头发，“我的好姑娘。”

说完这句，时间好像静止了一般，即便孔映看不到，她还是能感觉到，有什么东西穿过她的胸腔，彻底离她而去了。

孔映嗫嚅地叫了两声姜廷东的名字，没有回应。

“是那次，是你说要带我去一个没人找得到我们的地方！”

那场医疗事故，她被暴怒的患者家属围攻，他救她于水火，捧着她的脸认真告诉她，要带她去一个没人找得到他们的地方。

那是她第一次心动。

可他听不到了。

空气里，只留下生命监测仪拉长的警报声。

眼角膜移植手术被定在了两天后，与姜廷东的葬礼在同一天。

萨婆婆提出留下来照顾孔映，一直照顾到她眼睛康复为止，孔映不答应，坚持让她回了泰国。

在这样的时间里，任何人的陪伴，在孔映眼里都变成了负担。

况且，她离开的近两年里，姜廷东是如何独自熬过日日夜夜，她光是想想就痛得喘不过气。她如今独自面对，就是要亲手把自己的心捧到刽子手面前，看着它被千刀万剐

这样，会不会赎一点点罪。

棕榈市的这年春天，天气骤然冷了起来，气象局发布预警，说是棕榈市迎来了百年一遇的强冷空气。原本美丽热情的海滨城市，冷风席卷着行人们的匆匆脚步，显得萧瑟冷清。

孔映回到了NOSA，明天，就是手术的日子了。

她从包里取出那盘姜廷东去世前留给她的CD，摸索着推进CD机。

里头传来沙沙的声响，慢慢地，前奏响起，呢喃般的哼唱传了出来。

孔映愣了一秒。

是那首会在她怕黑时抚慰她的安眠曲。

这首曲子，是她在离开姜廷东后，找了很久，都没有找到的那一首。

孔映明白，姜廷东希望她在以后漫长岁月的黑夜里能少一份惊

惶，多一份安稳。他的心，她再懂不过。

音符抚摸着孔映的鼓膜，就像在黑暗的雨夜，爱人走来，在黑夜里扭开一盏台灯，靠着她喃喃自语。

可是她的爱人已经不在了。

一曲结束，孔映摸了摸脸，掌心湿了大半。

忽而，门外传来嘈杂声，像是有人在搬家。

孔映走到门边，将门打开一条缝，只听一个女声在说："这些是要拿走的，剩下的收拾好扔掉吧。"

她听出说话的人是卫虹。

姜廷东的遗物并不多，大部分都在NOSA，卫虹取走了大半，剩下的也都已打包好，不日就打算丢掉了。

"能不能留给我？"

孔映将门完全打开，声音很轻，平静得像一潭湖水。

卫虹知道她就住在隔壁，见到她并不十分惊讶。

看着她那空洞的双眼和消瘦的身子，卫虹那满腔狠毒的话到底是说不出口，只道："你拿去吧。"

随后，卫虹就指挥着工人们把那个不要的纸箱子搬进了孔映的公寓。

工人见孔映瞧不见，心生怜悯，将箱子一路搬到客厅，走的时候还帮孔映带上了门。

一道门，隔绝了全世界的喧嚣与嘈杂。孔映独坐在纸箱子面前，没有表情。

她慢慢摸索着，箱子里的确不是什么要紧的东西，一台母带录音机、一些书、一些资料，还有几盘录音母带。

双眼看不见，孔映只能一切摸索着来，花了整整一个小时，她才把录音机重新安装好，将母带放了进去。

她以为里面会是姜廷东以前做制作人时的曲子小样，却没想到一按下播放键，传出的却是姜廷东说话的声音。

"今天是你离开的第7天，我也不知道为什么要开始录这个，大概这样可以假装和你说说话吧。在电视上看到你捐赠了全部财产，宝和医院的人又说你辞职了，可是没人知道你去了哪里，我很担心。明明比任何人都要了解你，我的身上为什么装满了无力感？不应该故作冷漠，不应该对你说走了就不要回来，应该死死拉住你，无论如何也不放你走的。”

……

“今天是你离开的第95天，已经三个多月了，没有一通电话，没有一条微信，甚至连做梦也梦不到你。我搬回NOSA了，每天都要走到露台很多次，想着什么时候你会突然出现在隔壁。如果那样是我痴心妄想的话，起码让我在梦中见到你吧，这样小小的愿望也没法满足吗……”

……

“今天是你离开的第172天，我30岁生日，想看到你捧着蛋糕唱着生日歌祝贺我。到底是为什么呢？每一天，我都还在有你的踪迹里生活。吃到甜的东西会想到你喜欢西瓜口味，喝到红酒会想到你的吻，看到海鲜会想到拥着胃疼的你的夜晚。空气中到处都有你的日子，这样一天又一天，你也和我一样吗？”

……

“今天是你离开的第365天，见到了温沉，知道了一些我以前不知道的事情，我自作主张在你书房里找到了阿曼达的信，原来你一直在背负阿曼达的错误……”

……

“今天是你离开的第372天，联系到了旧金山的Benson医生……”声音到这里突然停止了，孔映仔细听着，母带一直在转动，可除了哽咽，什么都没有。

……

“今天是你离开的第461天，明天我就要飞南苏丹。你会不会怪我来得太晚，那条60秒的微信，我知道你尽力了，如果你累了，就好好休息吧……”

……

“今天是你离开的第470天，在保姆林妈那里打听到了萨婆婆在泰国的大致地址，不知道你会不会在那里。你还记得你曾经问我的那个问题吗？我的答案没有变过，无论这个世界如何改变，我们依然。”

孔映呜咽着，将额头贴上冰冷的地板，慢慢痛哭出声。

六个月后，NOSA公寓主卧里，起床铃声响了许多次，一个女人终于从被窝里探出了头。

深蓝色的金边丝绸睡袍勾勒出女人窈窕的身材，她光着脚落在了地板上，慵懒地摇了摇脖子。

咖啡机嗡嗡作响，空气里飘着浓缩芮斯崔朵的香气。电视里播送着晨间新闻，女主播的声音仍旧甜美。

“近日，坂姜制药前任会长姜廷东被害一案告破。据警方介绍，嫌疑人名叫费思源，系洛美琳药物试验的受害儿童家长，因对坂姜制药心怀怨恨，于三个月前闯入坂姜制药地下停车场，将正打算驶离公司的姜廷东刺伤……”

女人瞥了一眼犯人的面孔，随手关掉了电视机。

坐回梳妆台前，化上优雅的妆，丝绸睡袍的肩带被拉向两侧，顺着滑润的肌肤褪去，随后，又换上一套黑色的紧身连衣裙。

收拾妥当，女人踩着尖细的红底高跟鞋出门了。

法拉利488引擎轰鸣着，载着女人来到一处花店。

“又来买花啊？”年轻的花店小哥见老主顾来了，热情地招呼着，“还是老样子，十株白色马蹄莲？”

“嗯。”女人摘下墨镜，露出一张精致的脸。

小哥麻利地将花扎好，递到女人怀里，好奇地问：“看您每周都来，这花儿，送人还是自用啊？”

女人拨弄着怀中娇嫩的花儿，没回答，只是问：“你知道，马蹄莲的花语是什么吗？”

“哟，这可难倒我了，买这花儿的人不多。”

女人笑了，低低道：“是——‘忠贞不渝’。”

未等小哥再说话，女人已经离开了。

车子开得飞快，很快出了市区，一路奔向位于郊区的山茶岗纪念墓园。

女人很快登上西面的一座小山丘，这里她每周都来，墓碑的位置她早已烂熟于心。

只是今天，那里还站了另外一个人。

“梁医生？”女人微微露出惊讶的表情。

梁昱君闻声抬头，看到女人的脸，淡淡地笑了。

“孔映，好久不见。”

“你怎么在这里？”

“姜廷东也是我的病人，我理应来看看。”

“这样。”孔映慢慢走上前去，在姜廷东的墓碑侧面放下那束新鲜的马蹄莲。

墓碑上刻着他的生卒年月，1986/6/20–2017/4/1，照片里的人西装革履，英俊冷淡。

“我听到新闻的时候，也很震惊，好好的一个人，怎么就突然过世了。据说凶手是药物试验孩子的家长，迁怒姜家人，才下的手，是真的吗？”

“是啊。”孔映低垂着眼，看着照片上那个有着鲸鱼形状眼睛的男人。

“他很伟大，我听说他的器官救了五个人。”梁昱君的手扶住孔映的肩膀，“节哀。”

孔映没答话，只是静静地看着。风将梧桐树枝吹得哗啦啦响，但那是唯一的声音了。

两人也不知站了多久，梁昱君开了口：“有时间吗？找个地方坐坐，聊聊吧。”

孔映颔首。

山茶岗纪念墓园偏远，周围少有餐厅茶座，两人便走进了墓园内的一家供吊唁亲朋们稍事休息的茶馆。

梁昱君选了个十分僻静的角落，点了一壶菊花茶。

“听说你回国后，没有回到宝和医院去，而是把心思都放在基金会上了？”梁昱君边帮孔映斟茶边问。

“嗯。”

“怎么没回去工作呢？”

“有职业经理人在，我不用操心了。”

梁昱君点点头：“很奇怪是吧，你又回到了这里，可是一切又都不一样了。”

的确是物是人非了，在她踏上去往南苏丹的飞机的时候，就该知道的。只可惜那时候的她顾着逃避，却没有发现，有些事她忘记学会珍惜。

“什么时候开始的？”

“什么？”

“我是问，她什么时候走的。”

孔映不解地摇摇头：“她？”

“到了现在，还要隐瞒吗？”

孔映突然充满戒备地咬了咬嘴唇：“我不懂你什么意思。”

“你看，你还和以前一样不会说谎。”梁医生又笑了，“你知道，我没有怪你的意思，我知道，她不是你逼走的。”

孔映盯着梁医生，眼神慢慢由防备变成了无奈，又变成了忧伤。

“角膜手术结束后，她走了。”孔映慢慢转着手中的茶杯，“你是怎么发现的？”

“你不是她，你不是医生，所以你不能回去医院。她一直很关心慈善，所以你在力所能及的范围内帮她完成这个心愿。还有……”

“还有什么？”

“如果她还在的话，是没有勇气来看姜廷东的。”

孔映的声音颤抖起来：“一切因我而起，我会替她活下去，并日日赎罪，赎害死姜怡的罪。”

梁昱君站起身，拍了拍她的肩膀：“保重，阿曼达。”

梁昱君走后，阿曼达摸着自己无名指的那枚戒指，在座位上坐了很久很久。

半年前，角膜移植手术后，在病床上醒来的，不是孔映，而是阿曼达。

阿曼达也不知道自己为何会控制着这副躯体，明明留下那封信后，她不曾打算醒来了。

她等啊等，等着孔映将她驱逐出这具身体，可是冬去春来，又到了初夏，孔映没有丝毫回来的迹象。

那时候她才终于懂了，姜廷东死了，把孔映的心也带走了，那种彻心之痛让她永永远远地沉睡了，不会再醒来了。

为心所困，失去了姜廷东的孔映，哪儿也去不了，像一只受伤的困兽，只能选择一场隐秘的自杀。

是啊，孔映说过，没有姜廷东，她也活不下去。

他们本是两个病入膏肓的陌生人，互相拯救，互相依附，没了彼此，就算活着，也是行尸走肉。

而这一切，阿曼达清楚，自己是始作俑者。

于是她不再自称阿曼达，她扮成孔映，学习她的表情，学习她的语气，学习她的穿着打扮。她演得很好，除了梁昱君，没人看出破绽。

那是她对自己的惩罚，对自己独活的惩罚。

她会替孔映活着，完成她的心愿，在这个世界留下名为“孔映”的印记。

一直到老，一直到死。

阿曼达走出茶馆，淡红的秋樱随风而飘，外面的棕榈树一如以往的绿意盎然，阳光透过大片叶子的缝隙洒向地面，却照不进她心里。

她走回那一片熟悉的山岗，在姜廷东身旁的那一块墓碑停下。

那是一块没有名字的墓碑，只刻着生卒年月，1987/7/27-2017/4/3，而那十株马蹄莲，就被放在姜廷东的墓碑和这块无名碑的中间。

不远处，有个随父母来吊唁亲属的小女孩问："爸爸，只有认识的人的墓碑，才会挨在一起，对吗？"

那个爸爸看了一眼两块墓碑回答："他们可能只是恰巧葬在一起的陌生人。"

陌生人吗？

或许吧。

还记得，重见光明的那一日，阿曼达拿起病床床头的日记本，第一页上，歪歪扭扭地写着几个字：廷东，你等我。

所有人都以为姜廷东死了，孔映仍好好活在这个世上，他们最终没有在一起。

只有阿曼达知道——他们，永远在一起了。